藏在漢字裡的古代家國志

漢字裡的故事

許暉

著

引言

　　「中國」這一稱謂，始見於一九六三年在陝西寶雞出土的西周青銅器何尊，是一位叫何的宗室貴族所鑄，故稱「何尊」。尊底部有一百二十二字銘文，描述了周成王營建成周（洛陽）之事，其中記載周武王的訓誥有「余其宅茲中國，自茲乂民」的句子，意思是說：我將住在這天下的中心，從這裡治理民眾。顯然，這裡的「中國」指以洛陽為中心的中原地區。

　　在甲骨文中，「中」的字形是一杆帶有「游（飄帶）」的旗幟，旗幟中間有一個小圓圈標注位置，表明此為立中之處。古時凡有征伐大事，一定要先「建旗」，將旌旗豎立在中央之地，眾人見之而來，聚集在旌旗之下，然後開始議事。旌旗一定要建在中央之地，故又稱「建中」。當然，中央之地也可以指城邑的中心地帶，因此「中」字形的這個小圓圈也可以指城邑。

　　而「國」的字形，左邊是一個小圓圈指代城邑，右邊是一把戈，意為持戈護衛城邑。那麼，毫無疑問，「國」是由城邑所組成，而城邑則是由一戶一戶的「家」所組成。先有人，再有家，再有城，最後有國。

　　正因為這一個次序，古時方有「家國」一詞，由家而至於國，因家而至於國。《逸周書》中有〈皇門解〉一篇，屬於西周文獻，其中指責亂臣「讒賊媢嫉」（以讒言傷人，相互嫉妒），「以不利於厥家

國」（以不利於他們的「家國」）。由此濫觴，現代意義上的「國家（country）」概念竟然被古代中國人以「家國」稱之。

這就是學者所總結的血緣宗族和國家制度相結合的「家國同構」現象，乃是宗法社會的顯著特徵。從《禮記・大學》的齊治平（「身修而後家齊，家齊而後國治，國治而後天下平」），到孟子之言「天下之本在國，國之本在家，家之本在身」，到士大夫興亡之感的「家國憂」、「家國恨」，直至今日根深蒂固的愛國情結，仍然有著「家國同構」的宗法制的遺緒。

這本小書把一百零二個漢字分為君臣、律法、軍事、德行、生死五個專題，詳細講解漢字中所體現出來的「家國同構」現象，以及由此衍生的獨特士大夫及家國情懷。

目　錄

君臣篇 ──────────── 君臣篇

德行篇 ——— 德 行 篇

生死篇

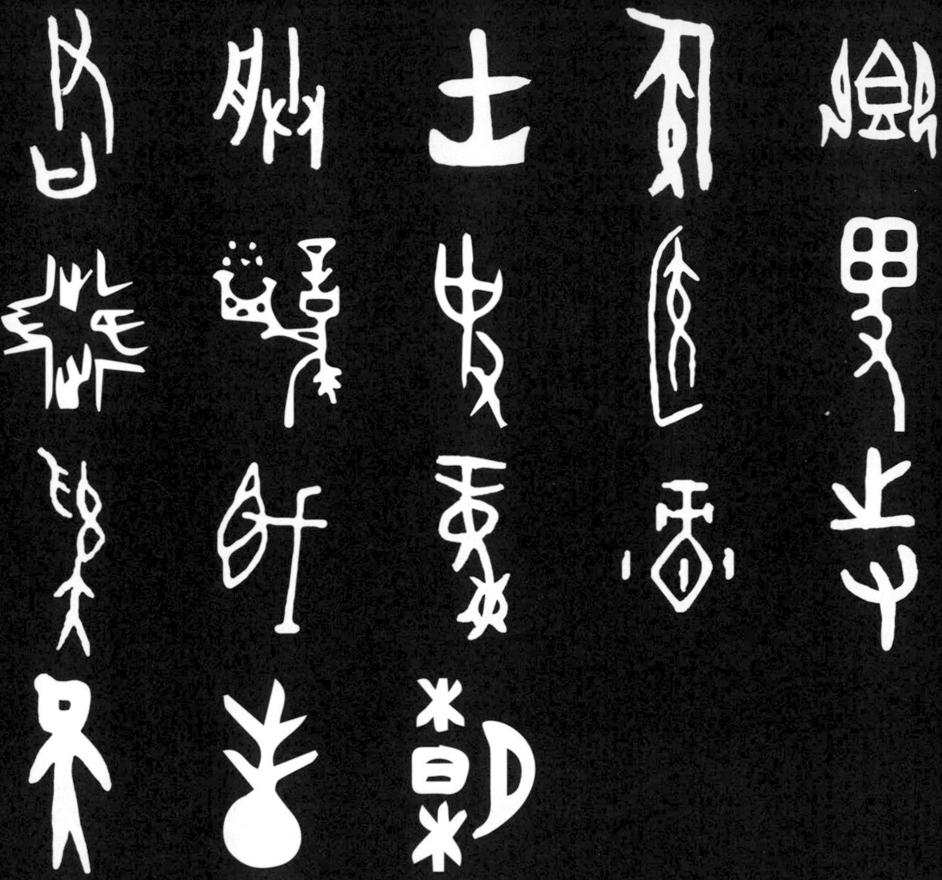

君臣篇

❶　　　　　　❷

神職人員手持權杖傳達神的旨意

君子之交淡若水，小人之交甘若醴——《莊子》

　　君王，國君，「君」是怎麼演變成這樣至高無上的稱謂呢？

　　君，甲骨文字形❶，這是一個會意字，上部是一隻手持著一根杖子，下部是「口」。這根杖子可不是一般的杖，而是神杖，只有神職人員才可以持有。下部的「口」是指用口發布命令。整個字形會意為神職人員傳達神的旨意。金文字形❷，「口」被覆蓋了。金文字形❸，筆劃更粗更美觀。小篆字形❹，上部略有變異。

　　《說文解字》：「君，尊也。從尹口，口以發號。」其中「尹」是部落酋長之稱，只有他可以握有權杖。日本漢文學者白川靜先生則認為這個字下部的「口」並非指嘴巴，而是「一種置有向神禱告的禱詞的祝咒之器」，因此，「君」會意為「手持神杖、誦詠禱辭、能夠召請神靈降臨的巫祝的首長。巫祝的首長擁有統治權，因此氏族的首長謂『君』」。白川靜先生最為卓異之處，在於從不把「口」字當作口腔之「口」，而是認作一種祭祀的器具，他自己的術語是「祝咒之器」，裡面裝有各種禱詞。如此一來，「君」就成為一種神職，進而引申為國家的最高統治者，即《尚書》的定義：「皇天眷命，奄有四海，為天下君。」

　　不過，除了國君的義項之外，「君」還有其他特定的稱謂。天子、諸侯、卿、大夫，擁有土地的各級統治

❸

❹

者都稱「君」；夫人也可稱「君」；也可稱父母為「君」，比如「嚴君」；妾稱夫為「君」；妻子稱丈夫為「君」；丈夫稱妻子為「細君」，東方朔的妻子叫細君，後來就用作妻子的通稱。諸如此類，不再贅述。

「君子」是儒家學說中的理想人格，東漢學者班固的《白虎通義》解釋道：「或稱君子何？道德之稱也。君之為言群也；子者丈夫之通稱也。」北宋王安石解釋得更清晰：「故天下之有德，通謂之君子。」

孔子曾經總結過：「君子有三戒：少之時，血氣未定，戒之在色；及其壯也，血氣方剛，戒之在鬥；及其老也，血氣既衰，戒之在得。」在他的心目中，君子有三戒：少年時，血氣未定，戒的是女色；等到成年了，血氣方剛，戒的是爭鬥；等到老了，血氣已經衰敗，戒的是貪得無厭。

孔子還總結過君子有三畏：「畏天命，畏大人，畏聖人之言。」在他的心目中，君子有三畏：敬畏天命，敬畏居上位的人，敬畏聖人之言。君子還有九思，即九種要用心考慮的事：「視思明，聽思聰，色思溫，貌思恭，言思忠，事思敬，疑思問，忿思難，見得思義。」看要看得明確；聽要聽得清楚；臉色要考慮是否溫和；容貌要考慮是否謙恭；說話要考慮是否忠厚誠懇；做事要考慮是否認真謹慎；有疑惑要考慮向人請教；生氣時要考慮到後果；遇到可得的利益時，要考慮是否合於義。這些都是儒家對「君子」的要求。

至於「君子之交淡若水」的說法，出自《莊子》一書：「君子之交淡若水，小人之交甘若醴。君子淡以親，小人甘以絕。」西晉玄學家郭象注：「無利故淡，道合故親。」因沒有利益所以淡，因天性相合所

以親。唐代經學家孔穎達疏：「君子之接如水者，言君子相接，不用虛言，如兩水相交，尋合而已。」賢者之間的友誼平淡如水，不尚虛華。人們口頭上說「君子之交淡如水」，可是很少有人想到後面還跟著一句「小人之交甘若醴」，小人的友誼像甜酒一樣甘甜，但這種甘甜卻是出於利益的考量，不是出自本心和天性，因此當得到利益或者利益失去之後，立馬就會翻臉斷交。君子和小人對待友誼的態度，從這兩句話裡可以區分得清清楚楚。

〈湘君湘夫人圖〉
明代文徵明繪，紙本淡設色，北京故
宮博物院藏

　　文徵明（1470～1559），明代
詩人、書畫家。初名壁（亦作璧），
字徵明，以字行，更字徵仲，號衡
山居士，長洲（今江蘇蘇州）人。
工行、草書，尤精小楷。擅山水，
筆墨蒼潤秀雅，兼善花卉、人物，
名重當代，與沈周、唐寅、仇英並
稱「明四家」。

　　〈湘君湘夫人圖〉是根據屈原
《九歌》中〈湘君〉、〈湘夫人〉兩
章而作。作者自稱此圖仿趙孟頫和
錢選，追求一種古意，人物造型來
自晉代畫家顧愷之〈女史箴圖〉和
〈洛神賦圖〉，用高古遊絲描，施朱
紅及白粉，人物修長飄逸，格調清
雅。

　　畫面上，湘君、湘夫人一前一
後，前者手持羽扇，側身後顧，似
與後者對答，設色古淡，有神光離
合之感。湘君和湘夫人為湘水之
神，一說即堯的兩個女兒，也就是
舜的妻子娥皇、女英。舜死後，二
妃悲傷不已，淚染青竹，死於江湘
之間。

朕

手持工具填塞船上的縫隙

帝高陽之苗裔兮，朕皇考曰伯庸——屈原

①   **②**

凡是華人都知道，「朕」是皇帝的專用稱謂，除了皇帝，任何人都不准使用，但是這個稱謂是怎麼來的呢？

朕，甲骨文字形 ❶，這是一個會意字。關於這個字形，古往今來眾說紛紜。大致說來，左邊是一條船（舟），右邊是兩隻手捧著一個上下豎立的工具，古文字學家商承祚先生在《甲骨文字研究》一書中認為，這個工具是「密縫之具」，即彌補船上漏縫的工具，古文字學家徐中舒先生在《甲骨文字典》中也認為「像兩手奉器治舟之形」；還有人認為雙手上面那一豎就是表示船縫；也有學者認為那一豎表示撐船的篙，會意為雙手持篙撐船，但撐船之人應該位於舟中，而這個字形卻是人在舟外；白川靜先生《常用字解》一書則另闢蹊徑，認為左邊是一個放有物品的盤子，右邊表示雙手捧持物品，整個字形會意為雙手捧持盤中的物品呈獻給人，「舟」因為和盤子的形狀極為相似，後來也用作器具的托盤，不過白川靜先生的解釋卻脫離了「舟」的本義。

朕，甲骨文字形 ❷，左右位置對換。金文字形 ❸，接近甲骨文。小篆字形 ❹，右上訛變為「火」，清末民初甲骨文學者葉玉森先生在《說契》一書中解釋說：「像兩手捧火爨舟之縫。」彌補船的漏縫需要用火。我們現在使用的「朕」的字形，左邊從「舟」訛變為「月」，右

❸   ❹

邊又訛變為「关」，導致字形面目全非，完全看不出造字的原意了。

《說文解字》：「朕，我也。」清代文字學家戴震解釋說：「舟之縫理曰朕，故札續之縫亦謂之朕。」其中「札續」即用捆綁、纏繞的方法續補上去。戴震的意思是說：「朕」的本義就是舟縫，引申為可以「札續」的一切縫隙都稱「朕」。上古時期，造船最主要的困難之一，就是防止木板拼合處漏水。一九七八年，河北省平山縣出土的戰國葬船坑中，有五艘戰國木船殘體，船板之間遺留有麻布、油灰，專家認為這些物品極似是用來將船皮塞縫的材料。「朕」這個字就是對這種艙縫工藝的具象寫照。

根據《周禮・考工記》的記載，周代有「函人」一職，職責是「為甲」，即負責掌管用犀牛、兕（ㄙˋ，像野牛的青獸）等野獸的皮製作甲冑之職。製作甲冑時，其中的工序之一是：「視其朕，欲其直也。」前述戴震的解釋就出自對這句話所作的注。元代學者馬端臨在《文獻通考》中的解釋與此類似：「朕，縫也。縫路皆直，則製作之善也。」要把兩塊獸皮縫合在一起，必須將縫隙對齊才能嚴絲合縫。

但是「朕」為什麼引申為「我」，卻沒有任何令人信服的結論。有一種說法認為，「朕」的上古讀音跟余、予的聲母發音極其相近，因此借用為第一人稱代詞。東漢學者蔡邕說：「古者尊卑共稱朕。」最早的時候，「朕」並不是皇帝的專稱，任何人都可以自稱「朕」，比如屈原〈離騷〉中的名句：「朕皇考曰伯庸。」意思是我已故父親的名字叫伯庸。秦滅六國之後，秦始皇才開始規定「朕」只能用於皇帝自稱。

為《說文解字》作注的清代訓詁學家段玉裁提供了一個非常有趣

的觀點：「趙高之於二世，乃曰天子所以貴者，但以聞聲，群臣莫得見其面，故號曰『朕』，比傅『朕』字本義而言之。遂以亡國。凡說文字不得其理者，害必及於天下。」段玉裁的意思是說，秦二世受趙高擺布，群臣都見不到他的面，只能聞聲，群臣跟皇帝的關係就像一條窄窄的縫隙一樣，因此秦二世號為「朕」，是比附「朕」字的本義而言。雖然自稱「朕」確實是從秦始皇開始的，但段玉裁的聯想極為符合皇帝（尤其是昏君）和群臣的關係。

順便說一下：段玉裁的觀點並非出自自己的發明，而是由經歷秦始皇和秦二世兩代的奸臣趙高而來。根據《史記‧李斯列傳》的記載，趙高對秦二世說：「天子所以貴者，但以聞聲，群臣莫得見其面，故號曰『朕』。」

士

供戰士使用的斧鉞

其僕維何，釐爾女士——《詩經》

①

在先秦諸侯國中，國君以下分卿、大夫、士三個級別，再往下就是庶民了。古書中常常可見「卿大夫」、「大夫士」等稱謂，這是非常嚴格的等級，絕對不能混淆。因此，後世所稱的「士大夫」，在先秦應該是「大夫士」。直到戰國中期以後，隨著官僚階層的興起，表示等級制的「大夫」逐漸被表示階層的「士」所超越，才慢慢形成了「士大夫」的稱謂。

士，許慎認為這是一個會意字，《說文解字》：「士，事也。數始於一，終於十。從一從十。孔子曰：『推十合一為士。』」按照許慎的解釋，「士」的本義就是「事」，表示善於做事，從一開始，到十結束，非常完美地完成了一件事情。《白虎通義》也說：「士者，事也，任事之稱也。」任事即做事稱職。近代文字學家吳承仕先生認為，男人最原始的事就是耕作，他說：「事，謂耕作也。蓋耕作始於立苗，所謂插物地中也。人生莫大於食，事莫重於耕。故士為插物地中之事。」因而將「士」用作負責耕作的男子的美稱。

至於孔子所說的「推十合一為士」，清代學者黃生解釋道：「《說文》引孔子『推十合一為士』，言能綜萬理於一源也。」如此一來就符合了「士」的各種引申義：「通古今，辨然不然，謂之士。」「博學，審問，慎思，明辨，篤行。」「以才智用者謂之士。」諸如此類。

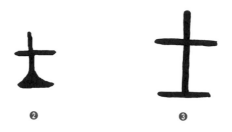

❷   ❸

　　但是，許慎並沒有見過甲骨文和金文，只針對小篆字形加以解說，跟「士」的金文字形嚴重不符。我們看「士」的金文字形❶，很明顯這是一個象形字，像一把「鉞」的形狀，「鉞」用青銅或鐵製成，樣子像比較大的板斧。因此，「士」的本義是使用斧鉞的戰士，引申為男子的美稱。金文字形❷，下面「鉞」的寬刃更加清晰。小篆字形❸，下面的寬刃完全看不出來了，因而才讓許慎附會為「從一從十」。

　　士階層如同卿和大夫階層一樣，也分為上、中、下三等，分別稱上士、中士、下士，不過天子之士獨稱「元士」。元者「善之長也」，是受有天子爵命之士，不能混同於諸侯之士。此外，還有秀士（德行才藝出眾的人）、選士（德業有成者）、俊士（選入太學者）、造士（學業既成者）、進士（可進受爵祿者）等諸多名目。

　　有趣的是，現在的社交場合稱女人為「女士」，很多人都誤以為是從西方禮儀而來的，其實不然，《詩經》裡早就出現了這個稱謂。《詩經‧既醉》：「其僕維何，釐爾女士。」其中「釐（ㄌㄧˊ）」，是賜予的意思。這句詩的意思是：侍奉的人怎麼樣？賜予你德行美好的女子為伴侶。孔穎達解釋說：「女士，謂女而有士行者。」有士人操行的女性稱作「女士」，跟今天的禮貌用語沒有什麼區別。

　　還有「紳士」一詞，也大多被誤以為是來自西方禮儀，其實不然。「紳」是士階層繫在衣服外面的又大又長的帶子。用大帶子束腰，其餘的部分垂下來做為裝飾，這種服飾稱為「紳」。「紳」的長短在等級制中有著嚴格的限制，《禮記》規定：「紳長制士三尺，有司二尺有五寸。」士的「紳」長三尺，官吏的「紳」長二尺五寸。之所以要規定士階層

束「紳」，是要求他們恭敬謹慎，像「紳」一樣自我約束。後世就把這個階層稱為「紳士」，後來又用來指在地方上有財有勢或得過一官半職的人，一般都是地主和退職官僚。

❶ ❷

箭射中了獸皮製成的靶子

終日射侯，不出正兮——《詩經》

　　古代爵位封號共五等，分別是公、侯、伯、子、男；分封各國的國君則稱作諸侯，「諸」是眾多之意，那麼「侯」字為什麼會用作封號的稱謂呢？

　　侯，甲骨文字形❶，這是一個象形字，上側和右側是一張獸皮或者布，表示靶子；下面是一支箭，射中了靶子。甲骨文字形❷，靶子移到左側，箭的樣子更明顯。金文字形❸，箭的樣子更美觀。金文字形❹，大同小異。小篆字形❺，畫蛇添足，在上面添加了一個「人」，表示是人在射箭。楷體字形的「人」移到左邊。

　　《說文解字》：「侯，春饗所射侯也。」所謂「春饗」，是指春季舉行的鄉飲酒禮，之前要先舉行射箭比賽；所謂「射侯」，是指用箭射靶子。獸皮製成的叫皮侯，布製成的叫布侯。《儀禮》規定：「凡侯：天子熊侯，白質；諸侯麋侯，赤質；大夫布侯，畫以虎豹；士布侯，畫以鹿豕。」天子用熊皮製成的「侯」，白色的質地；諸侯用麋鹿皮製成的「侯」，赤色的質地；大夫和士都用布侯，上面畫有虎、豹和鹿、豬的圖案。天子和諸侯所用的皮侯上面不畫任何裝飾圖案，故稱白質、赤質。這是根據等級制的嚴格規定。

　　《詩經‧猗嗟》中的詩句「終日射侯，不出正兮」，指的是射侯時射中的準確程度。這句詩牽涉一面「侯」上各個位置的不同稱謂。東漢經學家鄭玄說：「方十尺

③ ④ ⑤

曰侯,四尺曰鵠,二尺曰正,四寸曰質。」其中,「侯」是整個一面箭靶,尺寸為方十尺;「鵠」縮小到四尺,因此而有「鵠的」一詞,指箭靶的中心;「正」又縮小到二尺,已經接近於靶心了,故名「正」,「不出正兮」意思就是說箭箭不離這二尺見方的靶心;但能射中「正」的人還不能稱作神射手,因為還有四寸見方的「質」,這才是整張「侯」的最中心,也才是整張「侯」的本質。

白川靜先生解釋「侯」字的見解照例很別致,他認為「侯」不是象形字,而是會意字。甲骨文和金文字形的上部不是獸皮或布,而是房檐的形狀,人在屋頂下面放箭,是一種驅除邪靈的儀式,這種儀式叫作「侯禳」。「禳(ㄖㄤˊ)」是一種祈禱消除災殃、去邪除惡的祭禮。古代學者通常認為「侯禳」的「侯」和「候」是通假字,「侯禳」即候嘉慶,祈福祥,卻凶咎,寧風旱;還有的說是「候四時惡氣禳去之」。

射侯結束之後,凡是射中的要賜酒爵,由此引申為天子賜予封地的就稱為「諸侯」。這就是「侯」這個封號的來歷,也因此有「侯爵」的稱謂,同樣指五等爵位的第二等:侯。這樣的嚴格規定到了後世開始變得混亂,凡是有官職的士大夫都可以尊稱為「侯」,比如「侯門」用來泛指富貴人家,侯門一入深似海,其實早已失去了封侯才能稱「侯」的原意。

兩個人坐在食器兩旁進食

親卿愛卿，是以卿卿；我不卿卿，誰當卿卿——王戎妻

❶　　　　　　　❷

古代皇帝稱呼自己的臣子為「愛卿」，「卿」字怎麼會有這樣的意思呢？我們來看看這個字的演變過程。

卿，甲骨文字形❶，這是一個會意字，中間是一個食器，兩個人圍坐在食器兩旁共同進食，會意為饗食。甲骨文字形❷，兩個人好像張大了嘴巴。甲骨文字形❸，兩個人還伸出了手。最初造字的時候，饗、鄉、卿其實就是同一個字：「饗」的本義是鄉人相聚宴飲，此意義就是從「卿」的甲骨文字形引申出來的。因為宴飲時兩人或多人要相對而坐，引申為相聚宴飲；「鄉」通「向」，宴飲時要面向食器而坐，因此引申為「向」。造出了「饗」和「鄉」之後，三個字的功能才分開。

「卿」從饗食的本義進一步引申為陪君王共食之人，這就是君王稱臣子為「卿」的由來。金文字形❹，接近甲骨文。小篆字形❺，變成了一個形聲字。

《說文解字》：「卿，章也。」其中「章」是明理的意思，臣子通明達理。不過這是「卿」的引申義，而不是本義。能夠陪君王共食，那當然是最高級的官員了，因此古時的最高長官稱為六卿，即天官塚宰、地官司徒、春官宗伯、夏官司馬、秋官司寇、冬官司空。塚宰又稱太宰，為六卿之首，掌國政，統百官；司徒掌土地和教化；宗伯掌宗廟祭祀；司馬掌軍政；司寇掌刑獄、糾察；司空掌工程。

❸　　　　　　　　❹　　　　　　　　❺

　　六卿之上還有三公，即太師、太傅、太保，多為重臣加銜，以示恩寵，並無實職。三公的副手是少師、少傅、少保，這三個副手和六卿並列起來，共稱九卿。這就是中國古代三公九卿官制的由來。

　　君王稱臣子為「卿」，這是第二人稱，因此「卿」的這種稱呼擴大開來，用於表示尊敬或者愛意的第二人稱，比如秦末的宋義被楚王封為上將軍，因為得寵，別的將領都稱他為「卿子冠軍」。「卿」和「子」連用，是當時人相互尊重的稱呼用語，就如稱「公子」一樣表示尊敬。

　　表示愛意的「卿」，用於夫妻之間，最著名的就是成語「卿卿我我」，這個成語出自《世說新語‧惑溺》。「竹林七賢」中最年輕的名士叫王戎，王戎成婚後，妻子常常用「卿」來稱呼他。古代男尊女卑，按照禮節，妻子稱丈夫為「君」，「卿」本來是上對下的稱呼，丈夫可以用來稱呼妻子，妻子卻不能稱呼丈夫，所謂「貴人不可卿，而賤者乃可卿」。於是王戎就教訓妻子說：「女人稱丈夫『卿』不符合禮節，屬於以下犯上，是不敬的表示，以後你別再這樣稱呼了。」

　　哪知王戎的妻子脾氣很倔，當場給王戎來了一段繞口令：「親卿愛卿，是以卿卿；我不卿卿，誰當卿卿？」意思是：我是因為親你愛你，才叫你「卿」的，如果你不讓我叫「卿」，那你想讓誰叫你「卿」？言外之意是，難道讓別的女人叫你「卿」不成？王戎一聽啞口無言，此後只好聽之任之了。

　　後來，王戎妻子這段「卿卿我我」的繞口令就變成了時髦用語，一直流傳到今天，夫妻之間恩愛或者男女之間親暱就開始使用「卿卿我我」來形容了。

〈西廂記〉
清代佚名繪，絹本設色，美國佛利爾美術館（Freer Gallery Of Art）館藏

　　這幅畫描繪了《西廂記》中張生與崔鶯鶯私會的情景。鶯鶯斜倚在一張黑漆描金桌邊，張生隨意坐在竹椅上，單膝跨著一邊扶手，正在將花朵獻給鶯鶯。二人已私訂終身，四目相對，手指輕觸，俯仰相就，做出調情的親密姿態。立在椅邊的是丫鬟打扮的紅娘，她略帶羞澀地注視著二人卿卿我我。黑漆桌上供著瓶花、佛手，透過一個月洞窗可以看到另一間內室，陳設同樣十分華麗。

　　畫中精緻細膩的人物描繪承襲晚唐風格，故而此畫一度被歸在周文矩名下，但服飾、家具均呈現明顯的清代特色，尤其家具繁複精巧的裝飾，類似於康雍年間流行的風格。此外，作品構圖還帶有版畫色彩，也許是用來進行木版雕刻的畫稿？

衛

衛士們圍繞著城邑巡察守候

❶ ❷ ❸

「衛」這個字，從古至今使用最多的義項都是護衛，鄭玄曾經解釋過：「衛王宮者，必居四角四中，於徼候便也。」其中「徼（ㄐㄧㄠˋ）候」是巡察守候之意。這是一個極其複雜的漢字，但是也蘊含著非常有趣的資訊。

衛，甲骨文字形❶，這是一個會意字，周邊的四個拐角代表十字路口，也就是漢字的「行」字，中間是四隻腳，代表把守路口的人。甲骨文字形❷，中間添加了一個人，代表守衛的對象，四隻腳方向各異，分別朝向東西南北，守衛四方。鄭玄所說的「衛王宮者，必居四角四中」，從這兩個字形中可以清晰地看出來。甲骨文字形❸，這個字形很簡略，除了十字路口和上面的一隻腳之外，下面添加了一個表示先民聚居之城邑的字元，不僅僅守衛人，還要守衛城邑。

衛，金文字形❹和❺，這兩個字形既美麗又直觀，中間的方形和圓形代表城邑，四周是四隻腳，呈逆時針方向，這就是鄭玄說的「徼候」，衛士們圍繞著城邑在巡察守候。金文字形❻，還是由十字路口、兩隻腳和城邑組成。小篆字形❼，變得異常複雜，除了十字路口、兩隻腳、城邑之外，下面又添加了一個「帀」。「帀」讀作ㄗㄚ，通「匝」，周遍的意思，形容嚴嚴密密地將城邑護衛了一週一遍。因此，正確的寫法是「衞」，現在通用的「衛」只是俗字而已。

④　　　　　　⑤　　　　　　⑥　　　　　　　⑦

　　《說文解字》:「衛,宿衛也。」最早的時候,「衛」專指在宮禁中擔任警衛,要住宿值夜,故稱「宿衛」。有趣的是,箭上的羽毛也稱「衛」。東漢學者王充所著的《論衡·儒增篇》中記載:「楚熊渠子出,見寢石,以為伏虎,將弓射之,矢沒其衛。」東漢學者劉熙在《釋名·釋兵》中解釋說:「(矢)其旁曰羽,如鳥羽也。鳥須羽而飛,矢須羽而前也。齊人曰衛,所以導衛矢也。」其實,箭上的羽毛之所以叫「衛」,是因為羽毛緊簇在箭身周圍,就好像護衛著箭身一樣。

　　最為奇特的是,「衛」竟然還是驢的別稱!唐人李匡乂在《資暇集》中聲稱是因為驢子長得像衛士,故有此稱。但驢子怎麼會長得像衛士呢?這不過是道聽塗說,牽強附會之言罷了。

　　明人王志堅在《表異錄》中總結了前人的各種說法:「驢曰衛子,或言衛地多驢,故名;或言衛靈公好乘驢車;或言衛玠好乘跛驢。」其中,衛玠是晉代著名美男子。這幾種說法中只有「衛地多驢」最有說服力,正如宋人孫奕所著《履齋示兒編》的〈因物得名〉一節說:「世有所出、所嗜、所作,因以冠名者多矣……僂句之地出龜,則名龜曰僂句;蔡地出龜,則名龜曰蔡;冀北出良馬,則名馬曰驥;衛地出驢,則名驢曰衛。」

　　周武王滅商後,封弟弟康叔於衛,國號即為「衛」,就像「衛」字的字形一樣,衛國牢牢地守護著周王朝,成為周王朝的重要屏障。衛國滅亡後,以國為氏,這就是衛姓的來源。

　　鈴木春信（1724～1770），日本江戶時代中期浮世繪畫家，首創多色印刷
版畫，即「錦繪」，以美人畫最著名。他筆下的少女大都清秀婀娜，輕盈優雅，
時人稱為「春信式」美人。這幅作品中還用到了「空摺法」，即不施色彩，透
過壓印產生凹凸效果，來表現衣服的肌理和褶皺。這也是春信喜歡的手法。

　　這幅畫中，兩名做宮廷衛士打扮的女子正在燒紅葉暖酒。這個極具故事
性的畫面出自一個皇家典故。根據《平家物語》的記載，高倉上皇即位之初，
年僅十歲左右，非常喜歡紅葉，曾叫人在宮禁北門之外種起一座紅葉山，日
日來觀賞。有一晚狂風大作，紅葉遍地狼藉。守門的衛士就把這些紅葉用作
暖酒的燃料。次日天皇臨幸，見紅葉蹤影全無，問清緣由，不怒反笑，說道：
「詩云：『林間暖酒燒紅葉。』這是誰教他們的？倒是非常風雅！」

❶   ❷   ❸

帶尾飾、受過刑的奴隸，手持簸箕揚米去糠

仕於公曰臣，仕於家曰僕——《禮記》

在簡體字中，「仆」和「僕」皆寫成「仆」。《說文解字》：「仆，頓也。」頭向前著地倒下叫「仆」。而本文講的是僕人之「僕」。

「僕」，甲骨文字形❶，這是一個非常複雜的會意字，同時又栩栩如生地反映了古代奴僕所從事的工作。先來看右半部：中間是一個人；左下角的弧形線條代表腿；身前雙手交叉；頭部上面是「辛」，「辛」為刑刀，表示這個人曾受過刑，徐中舒先生認為這把刑刀即「剞劂（ㄐㄧ ㄐㄩㄝˊ）」，雕刻所用的刀具，「以示其人曾受黥刑」，黥（ㄑㄧㄥˊ）刑即在臉上刻字塗墨；最奇特的是右下角指稱奴隸身分的羽毛狀尾飾，也有人說這是表示奴僕無衣蔽體。

再來看左半部：很明顯這是一個簸箕之形，但簸箕裡面的五個黑點代表什麼呢？近代學者羅振玉先生釋為糞棄之物；現代學者馬敘倫先生說像糞土之形；張舜徽先生則認為這五個黑點像米，乃奴僕雙手持簸箕揚米去糠之形，並引《說文解字》中的「簸，揚米去糠也」來證明。此說最有說服力。

僕，金文字形❷，左邊是人形，下面是兩隻手，刑刀上面是簸箕，省去了揚米去糠的動作。金文字形❸，下面變成了兩個「子」，連刑刀都省去了。金文字形❹，簸箕變形得厲害，這個字形為小篆的訛變打下了基礎。

④　　　　　　　　⑤　　　　　　　　⑥

金文字形❺，上面添加了一個屋頂，表示是在屋子裡面工作。小篆字形❻，簸箕之形訛變為「業（ㄆㄨˊ）」。

《說文解字》：「僕，給事者。」給事即辦事，正如張舜徽先生所說：「古者俘獲之奴以之執事於家，或事種藝，或事簸揚，無人身自由，但附著於人，因謂之僕。」古時將人分為十等，除了王、公、大夫、士這四等統治階層之外，包括奴隸在內的下等人則分為六等：皁（養馬者），輿（趕車者），隸（服官役者），僚（出苦力的役徒），僕，台（家奴中最低賤者）。其中「僕」是第九等，僅比「台」高一個等級，可見地位之低下。

其實「臣」最初也是男性奴隸的稱謂。《禮記・禮運》引述孔子的話說：「仕於公曰臣，仕於家曰僕。」其中，「公」指諸侯，仕於諸侯稱「臣」；「家」指卿大夫，仕於卿大夫稱「僕」。這就是在國君面前自稱「臣」，以及古代男子謙稱自己為「僕」的由來。

鮮為人知的是，最早的時候，僕人並不是指在家庭裡侍候主人的人，而竟然是朝廷中的一種官職！《周禮》中有「射人」一職，職責之一是「大喪，與僕人遷屍」，周天子死後，射人和僕人一起為周天子遷移屍體。鄭玄解釋說：「僕人，大僕也。僕人與射人俱掌王之朝位也。」此處「大僕」即「太僕」，是周天子的親近之官，負責掌管周天子的衣服和起居，由此後世才引申指家庭中的僕人。

史

以手持「干」捕獵

動則左史書之，言則右史書之——《禮記》

❶　　　❷

　　「史」就是歷史，是對已發生過的事實的記載。已發生過的事實，無非言、行兩種，這一點古人區分得非常清楚。我們來看看這個「史」字到底是怎樣記載過去的言、行的。

　　史，甲骨文字形❶，這是一個會意字，右下方是一隻手，毫無疑義，這隻手持著的到底是什麼東西呢？先來看許慎的解釋。《說文解字》：「史，記事者也。從又持中。中，正也。」許慎認為這隻手持的是「中」，會意為中正記事。

　　白川靜先生也認為手持的是「中」，但他說這個「中」是指旗杆上綁著「置有禱辭的祝咒之器」，「史」義示右手高舉綁有此器的木杆，祈拜神靈，因此「史」的本義是「先王之祭」。現代學者馮時先生也認為「史」字「實為手執靈旗之形」，「其本義即奉旗兵禱」。

　　但以上解釋都是錯誤的，錯誤的原因就在於將手持的東西誤認作「中」，但「中」的甲骨文字形與此字形不符，只是形狀相近才導致了誤認。

　　張舜徽先生總結了歷代學者的觀點：有說手持的東西是簿書，有說是簡冊，有說「盛算之器」（「算」即計算所用的籌碼），有說是「作書之筆」。謝彥華根據《禮記‧曲禮上》中「史載筆」的記載，認為這個手持的東西乃是「筆」的省寫，「筆」是後出字，最初寫作「聿」。

❸ ❹ ❺

但「聿」的甲骨文字形也與此字形不符。張舜徽先生進而提出自己的見解,他認為這個手持的東西是「龜」的古字的省寫和偽寫,「由傳寫之人貪省筆以輕其功」,而「遠古記事,契龜為先,史字實象之矣」。

但以上種種解釋都頗為勉強。

徐中舒先生認為這個手持的東西是「干」的簡化,「干」是上端有杈的捕獵器,「史」的字形將上端的杈省去。「古以捕獵生產為事,故從又持干即會事意。」因此他認為「史」乃是「事」字的初文。

我認為,徐中舒先生的解釋最有說服力。甲骨卜辭中有「在北,史有隻(獲)羌」、「在北,史亡其隻(獲)羌」的記載,王力先生認為「史」是官名:「殷代有史,為駐守邊疆的武官。」此武官在西部邊疆捕獲羌人,正是「史」字以手持干捕獵的具象寫照。左民安先生說:「『史』字的本義是指管理狩獵或記錄獵獲物的人,後來引申為記錄國家大事的人叫『史官』。」此說大致不差。

史,甲骨文字形❷,大同小異。金文字形❸和❹,更像「干」形。小篆字形❺,緊承甲骨文和金文字形而來。楷書字形則完全看不出造字的本義了。

《禮記‧玉藻》中說:「動則左史書之,言則右史書之。」這是說天子的舉動由左史記錄,《春秋》即此類;天子的言行由右史記錄,《尚書》即此類。

《左傳‧襄公二十五年》:「大史書曰:『崔杼弑其君。』」孔穎達解釋說:「是大史記動作之事,在君左廂記事,則大史為左史也。」

《左傳‧僖公二十八年》:「王命尹氏及王子虎、內史叔興父策命晉

侯為侯伯」。孔穎達解釋說：「是皆言誥之事，是內史所掌在君之右，故為右史。」

　　記言，記行，乃是「史」的兩大職責。

❶

士兵防禦時被箭或兵器所傷

很多人以為，「医」是「醫」的簡體字形，但其實最初造出來的是「医」字，而「醫」則是後來繁化的結果。這個字繁化的過程，同時也是「醫」的功能細節化呈現的過程。

醫／医，甲骨文字形❶，裡面是「矢」，一支箭，外面是三面封閉、一面開口的容物之器。《說文解字》：「医，盛弓弩矢器也。」許慎引述《國語・齊語》中的「兵不解医」一語，羅振玉先生認為「医」乃「蔽矢之器，猶禦兵之盾然」。所謂「兵不解医」，是指不打開裝有兵器的匣子，表示不再進行戰爭。按照他的釋義，「医」就像防禦兵器的盾牌一樣，同樣是防禦箭矢的類似盾牌的器具。

白川靜先生則在《常用字解》一書中認為「『医』表示向『匸』（隱蔽處）內投入『矢』，以祓除惡靈」。也有學者認為這個字形裡面不是「矢」，而是醫用的石鏃、石針或砭石。

不過，對照「疾」字來看，「疾」指箭傷，那麼「医」裡面的「矢」不可能指砭石之類的醫用工具，也應該指士兵防禦時被箭所傷，能夠治療箭傷者即為「医」。

醫，金文字形❷，右邊添加了一個「殳」，以手持械之形。同樣有學者認為這是手持石針或砭石進行針灸之意，白川靜先生則認為「『殹』為箭矢加上『殳』（有

❷　　　　　　　　　　❸

投射之義）之字，大聲吆喝著發出箭矢，用箭矢之力祓除惡靈。疾病皆為惡靈作祟所致，所以，祓除惡靈被考慮為根治疾病的手段」。

　　不過，更有說服力的觀點，應該還是指除了箭傷之外，同時也為兵器所傷，「殳（ㄕㄨ）」就是一種竹製或木製、具有撞擊作用的兵器。因此，「殹」既指箭傷和兵器之傷，也指能夠治療這兩種傷的醫者。

　　醫，小篆字形❸，下面又添加了一個「酉」，表示酒，《說文解字》釋義為「酒所以治病也」，酒有活血化瘀和麻醉作用。還有一種寫法，加「巫」為「毉」，這是因為上古時期巫、醫不分的緣故。白川靜先生則有這樣的辨析：「祓除惡靈、治療疾病者為『巫』，『殹』下加上『巫』為『毉』。後來，用酒處理傷口，酒又有興奮之效，故『殹』下加上『酉』（酒樽之形）構成『醫』。『医』是『醫』、『毉』的簡體字，不過，最初開始使用的是『医』。『殹』為射箭發出的吆喝聲。」

　　《說文解字》：「醫，治病工也。」今天最常使用的「醫生」一詞源於唐代，本義是指在太醫署學習醫術的學生。

　　古人對醫者的要求非常嚴格，《禮記·曲禮下》篇中甚至有「醫不三世，不服其藥」的記載，一種說法是「父子相承至三世」，另一種說法是要熟習黃帝《針灸》、神農《本草》、素女《脈訣》這三世醫書。

〈關羽割臂圖〉（関羽割臂図）
葛飾應為繪，絹本設色，美國克利夫蘭美術館
（Cleveland Museum of Art）館藏

葛飾應為（約1800年前後至1857年後），江戶時代女性浮世繪師，浮世繪巨匠葛飾北齋的三女兒，本名「阿榮」（假名：お栄）。她性情豪放不羈，一生追隨父親，醉心於繪畫。因擅長光影明暗的運用，後世尊稱她為「光之浮世繪師」。

這幅鮮血淋漓的「肉筆繪」立軸描繪的是《三國演義》中著名的情節「刮骨療毒」。大將關羽右臂為流矢所中，後來創傷雖癒，但每至陰雨，骨常疼痛。名醫華佗說需刮骨去毒，此患才除。關羽便伸臂令醫劈之。華佗乃下刀，割開皮肉，用刀刮骨，悉悉有聲。帳上帳下見者，皆掩面失色。公飲酒食肉，談笑弈棋，神色自若。須臾，血流盈盆。畫面對情節的還原度很高，失色掩面的眾人，談笑自若的關羽，盛滿鮮血的大盤，色調斑斕，令人眼花繚亂，具有強烈的視覺衝擊力。

❶

卑

手持杵棒築牆服勞役

卑之，毋甚高論──《漢書》

「卑」這個字很奇特，從字形上完全看不出跟卑賤、卑鄙等詞義有任何關係。那麼，它為什麼會具備這樣的義項呢？

卑，甲骨文字形❶，由上下兩個部分組成，下部是「又」，即右手，上部到底是什麼東西呢？古往今來的學者在此發生了激烈的爭論。金文字形❷，下部是左手，上部的左邊添加了一短橫。小篆字形❸，上部可以看出變形得很厲害。

《說文解字》：「卑，賤也，執事也。」而且認為從左手從甲。南唐文字學家徐鍇沿襲了許慎的釋義，並進一步加以解說：「右重而左卑，故在甲下。」由於「卑」的小篆字形下部是一隻左手，古人以右為尊，以左為卑，因此徐鍇才附會為「右重而左卑」，但「卑」的甲骨文字形的下部卻明明是一隻右手，金文字形中更是左、右手換來換去，沒有一定之規。

那麼，按照徐鍇的解說，為什麼卑賤的左手要位於「甲」下呢？清代學者徐灝在《說文解字注箋》中說：「甲乙之次甲為尊。」因此左手要位於「甲」下。清代學者王筠則在《說文句讀》中說：「甲像人頭，尊也。」而左手位於這顆尊貴的人頭之下，因此稱「卑」。

但這些解釋都是錯誤的，而錯誤的源頭在許慎。許慎誤將小篆字形的上部認作「甲」，而甲骨文中「甲」的

❷

❸

寫法與「卑」的上部字元迥然不同。這就是造成錯誤的根本原因。

那麼，「卑」的上部這個字元到底代表什麼呢？

清代學者朱駿聲在《說文通訓定聲》中認為「卑」是「椑」的古字。「椑（ㄆㄧˊ）」是橢圓形的盛酒器，又叫「椑榼（ㄎㄜˋ）」，「卑」的甲骨文字形就像用左手持著盛酒器，來為客人添酒。但不合常理的是，這個盛酒器未免舉得過高，而且酒器中既然盛滿了酒，應該用雙手捧著才對，一隻手怎麼能夠舉得動？

張舜徽先生在《說文解字約注》一書中則認為「卑」字的上部是「田」，他說：「從田從又，實會執事田地之意。手在田地操作，人身則蹲踞在地，此卑下義所由生也。引申為卑賤。」但「卑」的甲骨文字形中上部的「田」字，中間的一豎往下出頭，金文字形中左邊還有一短橫，實與「田」之形不符。

白川靜先生在《常用字解》一書中認為「卑」乃「匙形加『又』之形」：「『又』形示手，因此『卑』形示手持帶柄之匙。大匙之形為『卓』，有卓越、優秀、高貴之義。手持小匙之形為『卑』，因此，有卑下、低下、微小、卑屈之義。借匙的大小之別表現高卓與卑下。」這裡的「匙」可不是今天說的鑰匙，在古代，「匙」是食器，盛食物的器具。「匙」有長柄，上部「田」字下面出頭的部分固然可以視為匙柄，但將上部的字形視為「匙」形卻沒有任何相像之處，更別說什麼大匙、小匙了。

近代學者林義光在《文源》一書中的解釋最具說服力。他認為「卑」的字形上部乃是「缶」的變形。「缶（ㄈㄡˇ）」的本義是用杵棒搗泥，用來製作瓦器，而杵棒的另一個作用是築牆、築堤時用來夯實泥土。

因此，「卑」的整個字形會意為手持杵棒築牆，引申為服勞役，也就是許慎所解釋的「執事」，從事某一項工作；相應地，執事者也稱為「卑」，指供役使的僕從。「卑」的本義即指供役使、為主人工作的僕從，這也是「卑」用作謙辭的由來。

有趣的是「卑之無甚高論」這個成語。根據《漢書・張釋之傳》的記載，中郎將爰盎向漢文帝推薦張釋之，「釋之既朝畢，因前言便宜事。文帝曰：『卑之，毋甚高論，令今可行也。』」

張釋之朝見完畢，上前對漢文帝陳說利國利民的大道理，漢文帝一聽，打斷他，說：「低下一點，說一些接近現實生活的道理，不要空發議論，說的話立刻就能實行。」唐代經學家顏師古注解說：「令其議論依附時事也。」

這句出自漢文帝之口、對張釋之的告誡之辭，到了後來，竟成為「我沒有什麼高明的見解和議論」的自謙之詞！漢語的演變真是神奇！

❶   **❷**

「奚」這個字，今天除了當作姓之外已經很少使用。鮮為人知的是，這個字在古代竟然是奴隸的稱謂！

奚，甲骨文字形❶，下面是一個正面站立的人形，人的頭上是一條繩子，左上角是一隻手，整個字形正如同羅振玉先生所說「從手持索以拘罪人」，手持繩索拘押罪人。金文字形❷，沒有任何變化。金文字形❸，上面省掉了那隻手，清末學者吳大澂據此字形認為像「女奴戴器形」，即女奴頭頂器皿，但其實上面還是繩索的形狀。小篆字形❹，除了那隻手移到頂部之外，整個字形與甲骨文和金文幾乎一模一樣。

《說文解字》：「奚，大腹也。」許慎沒有見過甲骨文，這個解釋讓人摸不著頭腦，哪裡像腹大之形了？

白川靜先生在《常用字解》一書中認為：「『奚』形示留蓄辮髮的男式髮型，即剃去周邊的頭髮，只留下頭頂部分的頭髮，然後編成細長的辮子，因此『奚』指細長的東西。」

徐中舒先生在《甲骨文字典》中說：「像以手牽搤罪隸髮辮之形。」他也認為「奚」上面的字元應該是「頭上有編髮」的形狀，但釋為繩索之形更加合理。「搤」通「扼」，捉持之也。

張舜徽先生在《說文解字約注》一書中總結說：「上世奴隸主之馭制奴隸，至為慘忍。恐其逃逸恆用繩索拘

③　　　　　　　　　④

繫之，如今之馭牛馬然。奚字實象其事。近世邊陲土司（編註：土司為官職名稱。），猶有以牽繫人督之勞作耕植者，蓋其遺風也。奚本為繫人之名，因亦稱所繫之人為奚。」以古今對照，因此這是最具說服力的釋義。

《周禮》中屢有以「奚」為奴的記載，比如「酒人，奄十人，女酒三十人，奚三百人」。「酒人」指掌管造酒的官員；「奄」即閹人，因為要與女奴一起工作，因此用閹人。女酒，鄭玄注解說：「女奴曉酒者。」懂得造酒技術的女奴。

鄭玄又如此注解「奚」：「古者從坐男女，沒入縣官為奴，其少才知，以為奚，今之侍史、官婢。或曰：『奚，宦女。』」其中，「從坐」即連坐，指因別人犯罪而受牽連的男女。宦女，一說「宦」乃服侍之意，「宦女」即服侍的女子；一說「宦女」對應於「宦人」，指受幽閉之刑的女子。不管怎樣，周代的「奚」屬於官婢，因罪而入官府做奴婢的女子，而且還必須是其中「少才知」者，即缺乏才智的女奴稱為「奚」。

又比如，周代有「禁暴氏」一職，掌管禁止庶民暴亂的官員。禁暴氏的職責之一是：「凡奚隸聚而出入者，則司牧之，戮其犯禁者。」鄭玄注解說：「奚隸，女奴男奴也。」則「奚」為女奴，「隸」為男奴，古時將差役、衙役等官府的低級小吏稱作「隸」，即由此引申而來。

于省吾先生則認為「奚」應是來源於族名或方國名，甲骨卜辭中有「奚來白馬」的記載，指奚族或奚國向商王朝進貢白馬。後世史書中也屢有奚族的記載，南北朝時稱「庫莫奚」。因此，蒙古族學者泰亦

赤兀惕‧滿昌所主編的《蒙古族通史》中寫道:「商代的『奚奴』,可能就是後世胡奴系奚族的祖先。他們被商王朝俘虜後,轉而為奴隸。所以,『奚奴』是以族稱命名的奴隸,是為王室、貴族家庭使喚的奴隸,是屬於家奴一類的。」

由此可知,「奚」作為奴隸,在商王朝時屬於家奴,到了周代則用於女奴的專稱,而且屬於官婢。

不過,後來不管男奴、女奴一概稱作「奚」或「奚奴」,不再有性別的區分。李商隱在著名的〈李賀小傳〉中記載道:「恆從小奚奴,騎距驢,背一古破錦囊,遇有所得,即書投囊中。」而「小奚奴」顯然指小僮僕,男孩子。李賀真有個性,出門騎的居然是一頭「距驢」!「距驢」同「駏驉(ㄐㄩˋ ㄒㄩ)」,似騾而小,由雌騾和雄馬交配而生。

❶　　　　　　❷

臧

在俘虜或奴隸的臉上刺字塗墨的黥刑

罵奴曰臧，罵婢曰獲——揚雄

「臧」在今天是一個極其生僻的漢字，除了用作姓和「臧否（褒貶）」一詞之外，幾乎再也沒有使用的場合了。不過，這個字在古時的義項卻十分奇特，乃是奴隸的稱謂。

臧，甲骨文字形❶，左邊是一隻大眼睛，即「臣」字，「臣」指男性奴隸；右邊是一把戈。徐中舒先生在《甲骨文字典》中解釋說：「像以戈擊臣之形。」左民安先生則在《細說漢字》中解釋說：「戈刺入目。上古戰俘往往被刺瞎一隻眼睛，淪為奴隸。」不過這個字形很可能是指黥刑，指在俘虜或奴隸的臉上刺字並塗墨，做為標記；因此，戈刺入目很可能只是黥刑的示意，以目代面，其實是在臉上刺字塗墨。

臧，金文字形❷，與甲骨文一模一樣。金文字形❸，下面用「口」代替「目」，上面變成「戕」，從而變成了一個從口從戕的形聲字。小篆字形❹，又返回到甲骨文字形的寫法，從臣從戕。

《說文解字》：「臧，善也。從臣，戕聲。」但這只不過是引申義，「臧」的本義即是男性奴隸。張舜徽先生在《說文解字約注》一書中解釋說：「臧之本義為奴隸，而許君釋之為善者，蓋謂其性馴善可役使也。」近代學者楊樹達先生在《積微居小學述林》中也說：「為奴者不敢橫恣，故臧引伸有善義。」

❹

❸

西漢學者揚雄所著的《方言》中寫道：「荊淮海岱雜齊之間，罵奴曰臧，罵婢曰獲。齊之北鄙，燕之北郊，凡民男而婿婢謂之臧，女而婦奴謂之獲；亡奴謂之臧，亡婢謂之獲。皆異方罵奴婢之醜稱也。」

這裡記載了兩個地方的方言，一是「荊淮海岱雜齊之間」，大致在今江淮、山東一帶，此地將男性奴隸稱作「臧」，將女性奴隸稱作「獲」。一是「齊之北鄙，燕之北郊」，大致在今山東和河北北部。所謂「男而婿婢謂之臧」，是指娶婢為妻所生的子女，蔑稱為「臧」；所謂「女而婦奴謂之獲」，是指嫁給男性奴隸所生的子女，蔑稱為「獲」。此地又將逃亡的男性奴隸蔑稱為「臧」，將逃亡的女性奴隸蔑稱為「獲」。

「獲」本指戰爭中的俘虜，用為奴隸；「臧獲」連用，也指奴隸。

楊樹達先生說：「臧當以臧獲為本義，臧為戰敗屈服之人，獲言戰時所獲，《漢書・司馬遷傳》注引晉灼云：『臧獲，敗敵所被虜獲為奴隸者。』」

這句引文出自司馬遷的〈報任安書〉，其中說：「且夫臧獲婢妾，猶能引決，況若僕之不得已乎？」意思是說：臧獲婢妾尚且懂得自殺，何況我這樣到了不得已的地步呢！這是形容司馬遷所受的宮刑。「臧獲」與「婢妾」對舉，可見都是奴隸的稱謂，但「臧獲」是專指「敗敵所被虜獲為奴隸者」。

《列女傳》卷十插圖〈羅夫人〉
西漢劉向撰，明代汪道昆增輯，明萬曆時期刻，
清乾隆四十四年（1779）鮑氏知不足齋刊本

　　《列女傳》原為劉向所撰，記敘自上古至西漢女性事蹟，
以為閨範。此本經明代文學家汪道昆（1525～1593）增補，共
收錄三百多人，每人配版畫一幅，題作仇英繪圖，徽工鐫板，
線條流暢、細膩，為明代版畫精品。
　　這幅插圖畫的是宋代楊萬里的夫人羅氏善待奴婢的故事。
羅夫人年七十餘，寒月黎明即起，詣廚作粥，令奴婢遍飲，然
後使之服役。其子東山啟曰：「天寒，何自苦如此？」夫人曰：
「奴婢亦人子也。清晨寒冷，須使腹中有火氣，乃堪服役。」
昔年陶淵明曾遣一力（男僕）給其子，信中說：「此亦人子也，
可善遇之。」羅夫人頗有陶淵明之風。

童

將犯人用刀剃髮並刺傷眼睛

花前自笑童心在，更伴群兒竹馬嬉——陸游

❶ ❷

　　一個人年齡大了，但童心猶在，比如陸游的詩：「花前自笑童心在，更伴群兒竹馬嬉。」現今，「童」字使用最多的義項是兒童，但造字之初的意思可完全不同，而且還引申出一些非常有趣的義項。

　　童，金文字形❶，這個字形由三部分組成：頭上是一把刑刀，中間是眼睛，下面是一個兩端紮起口的布囊。金文字形❷，三個部分的字元更加清晰，最下面的「東」字就是布囊的形狀。金文字形❸，變得更加複雜，下面又添加了一個「土」。小篆字形❹，在金文的基礎上有所簡化。

　　《說文解字》：「童，男有罪曰奴，奴曰童，女曰妾。」這是一個會意兼形聲的字，金文字形下面的「東」表聲，上面的「辛」和「目」組合在一起，會意為用刑刀剃髮和刺傷眼睛。這是古代的髡刑和黥刑。「髡（ㄎㄨㄣ）刑」是剃髮，「黥刑」是刺傷眼睛後，再在額上刺字塗墨，以標記犯人身分。因此，「童」指受刑的人，這類人通常用作奴隸或僕婢，「童」的本義就是男性奴隸。也有學者認為受刑的人背著行囊，來會意為奴之意。《周禮》中規定：「其奴，男子入于罪隸，女子入于舂槁。」其中，「罪隸」指罪人家屬的男性沒入官府為奴；「舂槁」是舂人和槁（ㄍㄠ）人的合稱，這是兩種官職，舂人掌管祭祀、吃飯時需要的大米，槁人掌管閒散官員的飲食，女

③　④

奴為這兩種官員工作，負責舂米和打雜。

　　男性奴隸怎麼會引申為兒童之意呢？男性奴隸和兒童一樣都不結髮髻，因此引申為未成年的童子、兒童。為了區別這兩個義項，後來造了一個「僮」字來指稱奴僕，「童」就專指兒童了。

　　如今還在使用的「童蒙」一詞，指幼稚蒙昧。年齡稍大的兒童稱「成童」，有說八歲以上，有說十五歲以上，說法不一。有趣的是「小童」這一稱謂。《論語・季氏》：「邦君之妻，君稱之曰夫人，夫人自稱曰小童。」國君稱妻子為夫人，但是妻子必須自稱「小童」，這是因為男權社會中男尊女卑，國君的妻子也只能以僕自比。《左傳・僖公》：「凡在喪，王曰小童，公侯曰子。」國君居喪時也要自稱「小童」，這是相對父母而言。「小童」的這兩種稱謂都是從「童」字的本義而來。

　　六朝時有「繁華子」、「繁華童」這樣的流行詞語，都是指美少年。沈約有詩：「洛陽繁華子，長安輕薄兒。」「既美修娙女，復悅繁華童。」其中「修娙（ㄒㄧㄥˊ）」是美好的意思。有人認為「繁華子」和「繁華童」都是男色或孌童的代名詞。以「繁華」命名，大概與六朝亂世，人生如飄蓬，因此而頹廢糜爛的風氣相關吧。

　　「童」既指幼小未成年，又引申出無草木為「童」，不生草木的山叫「童山」。牛羊等動物未生角或無角也叫「童」，有個如今已不常用的成語叫「童牛角馬」，無角之牛和有角之馬，世間哪裡有這樣的牛馬呢？因此比喻為根本不存在的事物。「童」又引申出處女或童男的貞操之意，比如童男童女。

① **②**

祿

用轆轤汲水灌溉保豐收

上賢祿天下，次賢祿一國，下賢祿田邑──《荀子》

福、祿常常連用，比如福祿雙全，形容福分和爵祿通通都齊備了。那麼「祿」為什麼會有這樣的含義呢？

祿，甲骨文字形 ❶，這是一個會意字，上半部代表**轆轤**的形狀，**轆轤**把水桶或汲水器吊進井中打水，水滴四濺，以此形象會意，會意為汲水灌溉保豐收之意。《說文解字》：「祿，福也。」豐衣足食即為福和祿，這是古人最樸素的人生追求。甲骨文字形 ❷，汲水器好像提了起來，水滴的樣子更加具象。金文字形 ❸，結構同於甲骨文。小篆字形 ❹，左邊添加了一個偏旁「示」，《說文解字》：「示，天垂象，見吉凶，所以示人也。」吉凶之事示於人就要舉行祭祀活動，因此凡是「示」字旁的字大都與祝願、鬼神、祭祀之事有關。「祿」字加上「示」這個偏旁，不僅使「祿」字變成了形聲字，也預示著豐收之後還要按時祭祀，或者表達對豐收的祝願之意。

最早的時候，福、祿不分，因此兩個字可以互訓（編註：訓，指解釋文字的意義），福就是祿，祿就是福，這是古人訓詁常用的手法。後來兩個字的含義才加以區分，「祿」引申為官員所得的俸祿，與抽象的福分、福運的意思徹底區別開了。《周禮》中制定了君王駕馭群臣的八種權術：「一曰爵，以馭其貴；二曰祿，以馭其富；三曰予，以馭其幸；四曰置，以馭其行；五曰生，以馭其福；六曰奪，以馭其貧；七曰廢，以馭其罪；八

3

4

曰誅，以馭其過。」唐代學者賈公彥解釋道：「祿，所以富臣下。」意思就是臣下該得的俸祿。

荀子曾經從理想主義的角度描述過賢士應得的俸祿：「上賢祿天下，次賢祿一國，下賢祿田邑」。意思是說，最高等的賢士應該以天下的財貨為俸祿，次一等的賢士應該以一國的財貨為俸祿，最下等的賢士應該以小小一塊田邑的財貨為俸祿。古人做官依賴俸祿為生，因此他們把那些在其位不謀其政，僅僅是為了領取俸祿，尸位素餐的官員稱作「祿蠹」。

南北朝時還有一種獨特的俸祿叫「干祿」，「干」指地位低下的官吏和被役使的奴隸。權貴和高級官吏向他們收取可以免除兵役或勞役的絹，用以補充俸祿之不足，其實是一種苛捐雜稅。流風所及，以至於權貴的僕人、宦官、胡人、歌舞藝人、奴婢，甚至寵物狗、馬、鷹、鬥雞都各有封號，享用的就是這種干祿。

《禮記・曲禮下》規定：「天子死曰崩，諸侯曰薨（ㄏㄨㄥ），大夫曰卒，士曰不祿，庶人曰死。」其中最有意思的是，士之死名為「不祿」。這裡用的就是「祿」的本義，即福氣、福分、福運。鄭玄解釋「不祿」為「不終其祿」，沒有福氣繼續當官了！把「不祿」解釋為沒有福氣還有一個旁證，《禮記・曲禮》規定夭折也叫「不祿」，當然是沒有福氣繼續活著的意思。士是貴族階層中最低的一個等級，從「不祿」的稱呼中也可以看出來地位之低下，僅僅比普通老百姓的「死」高出一個等級。

❶ ❷ ❸

寺

用手和腳來計量尺寸

南朝四百八十寺，多少樓臺煙雨中——杜牧

　　晉代之前，「寺」和「廟」不能連用，因為這是兩處功能截然不同的場所。先說寺，金文字形❶，這是一個會意字，下面是一隻手，上面是「止」就是腳。古人最早就是拿腳來計量尺寸，上面的腳表示要按照一定的尺寸，當行則行，當止則止。段玉裁解釋得很清楚：「步必積寸為之。」金文字形❷，下面就是「寸」字，那隻手下面的一橫表示手腕下一寸之處。小篆字形❸，接近金文。

　　《說文解字》：「寺，廷也，有法度者也。」因此，「步必積寸為之」，就是要按照一定的法度來行事，而「寺」的本義就是有法度。什麼地方有法度？什麼地方負責制定和管理法度呢？毫無疑問是官署，因此許慎又解釋為「寺，廷也」，朝廷的官署就稱作「寺」。秦漢時，中央的行政長官共有九個，叫九卿，九卿上班的地方就叫作九寺，分別是：太常寺、光祿寺、衛尉寺、宗正寺、太僕寺、大理寺、鴻臚寺、司農寺、太府寺。

　　不過，也有學者認為「寺」是「持」的初文，「寺」的金文字形表示「站到那裡聽候使喚，操持雜務之意」。宮中的近侍小臣操持的就是這種雜務，而近侍小臣多以閹人充任，因此這類小臣和宦官也稱「寺」或「寺人」。

　　至於把佛教廟宇稱作「寺」，起始於東漢明帝時期。根據《洛陽伽藍記》的記載，有一天夜裡漢明帝夢見了

❹

❺

❻

一尊高約一丈六的金神,於是派遣使節前往西域求取佛經和佛像,用白馬馱經而回,隨同而來的還有兩位印度僧人。一行人中有外賓,因此先到接待外賓的鴻臚寺歇腳。後來,漢明帝下令在首都洛陽建造了第一座佛教寺院,因是白馬馱經,又因為最先在鴻臚寺落腳,故稱「白馬寺」。從此之後,佛教廟宇才開始以「寺」命名。

再說廟,金文字形❹,上面的「广」跟今天的意思完全不一樣,是指很高的房屋。下面是個「朝」字,「朝」字的左邊,上下為草,中間是日,右邊是水的形狀,意思是太陽從長草的地面升起時,潮水也跟著上漲了,因此「朝」字會意為早晨,又引申為朝廷,因為皇帝要上早朝。「朝」的甲骨文字形❺,右邊為「月」,會意為太陽從長草的地面升起時,月亮還沒有完全隱退,因此也可以會意為早晨。

《說文解字》:「廟,尊先祖貌也。」段玉裁解釋說,古時候的廟是用來祭祀先祖而不是祭祀神的,為神立廟是夏商周三代以後的事。廟,小篆字形❻,接近金文,而右邊稍有變異。那麼「廟」這個字的下面為什麼是個「朝」字呢?段玉裁解釋道:「謂居之與朝廷同尊者,為會意。」意思是平民百姓也像朝廷一樣要祭祀自己的祖先,如此一來,「廟」就是個會意字,而不是許慎所說的形聲字。

「廟」的本義是宗廟,供奉祭祀祖先的場所。宗廟的正殿稱「廟」,後殿稱「寢」,合稱「寢廟」。孔穎達解釋道:「廟是接神之處,其處尊,故在前;寢,衣冠所藏之處,對廟為卑,故在後。但廟制有東西廂,有序牆,寢制唯室而已。故〈釋宮〉云『室有東西廂曰廟,無東西廂有室曰寢』是也。」這段話說得很明白:「廟」的建制完備,正殿有東

西廂房和東西牆，「寢」則只有室，收藏保存著祖先的衣冠。從這裡引申出來，把王宮的前殿和貴族住房的前廳也稱作「廟」。

　　由此可知，「廟」是祭祀祖先、供奉神位的私人場所，而「寺」是佛教信徒拜神的公共場所。大概因為兩者都是拜神的場所，到了西晉末年，「寺」和「廟」連用，成為佛教廟宇的通行稱謂。當時有位來自西域龜茲的高僧叫佛圖澄，本想在洛陽建造寺院，不料遭逢戰亂，後來被後趙皇帝石勒所禮遇，呼為「大和尚」。佛圖澄學識淵博，道德高尚，門下受業者常有數百人，前後門徒近萬人，而且所到州郡，皆立佛寺，共八百多所，弘法的盛況，在中國歷史上罕有其匹。《晉書》記載：「百姓因澄故多奉佛，皆營造寺廟，相競出家。」從這時起，「寺廟」成為佛教寺院的通行稱謂，一直沿用到今天。

《唐人詩意山水冊》之一
清代項穆之繪，紙本設色，北京故宮博物院藏

　　項穆之，一字莘甫，清代上元（今南京）人，擅畫山
水。《唐人詩意山水冊》共十開，皆以唐人詩意入畫，淡
秀清雅。

　　這幅描繪的是唐代詩人常建的名作〈題破山寺後禪
院〉：「清晨入古寺，初日照高林。曲徑通幽處，禪房花木
深。山光悅鳥性，潭影空人心。萬籟此俱寂，惟聞鐘磬
音。」此詩古樸清警，歷來備受稱賞。

　　畫面上，詩人攜一僕，正穿過曲折甬路，向花木深處
一所僻靜禪院行去。破山寺即常熟興福寺，位於虞山之
麓，創自南齊，為邑人郴州刺史倪德光捨宅為寺，唐代重
建，為江南名剎之一。寺內現有「三絕碑」，碑上為清代
雕刻家穆大展刻宋代書法家米芾手書的常建此詩作。

正面站立的人突出的頭頂

❶

❷

楊萬里有詩：「接天蓮葉無窮碧，映日荷花別樣紅。」不過，「天」當作「天空」解是後起義，本義並非如此。

天，甲骨文字形❶，這是象形字，像一個正面站立的人形，最突出的是上面大大的人頭。也有學者認為上面的方形表示頭頂的天。金文字形❷，更像人的樣子，而且筆劃粗獷，頭部栩栩如生。金文字形❸，這個人好像蹲起馬步，雙臂也平伸了起來，原來的大頭反而變小了。小篆字形❹，其他部分仍舊，大頭變成了「一」字形。楷體字形則不太像人的樣子了。

《說文解字》：「天，顛也，至高無上。」其中，「顛」的本義就是頭頂，但可以泛指動物、物體的頂部；而「天」的本義則專指人的頭頂，跟「天」甲骨文字形中人的形狀密切相關。不過，許慎認為這是一個會意字，顯然跟原始字形的象形不符。由「天」的本義，組成了「天靈」、「天靈蓋」這樣的詞，指人或動物的頭蓋骨。《周易·睽》：「其人天且劓。」其中，「劓（一ˋ）」是古代五刑之一，指割鼻的刑罰；黥額為天，黥是一種肉刑，指用墨在臉上刺字，而用墨在額頭上刺字就叫「天」，可見「天」是指人的頭頂或離頭頂最近的地方。相術將前額中央或兩眉之間稱作「天庭」，比如天庭飽滿，也因為這兩處離頭頂最近的緣故。

人體的最上部為頭部，故而「天」引申為天空之意。

❸

❹

白川靜先生有一段關於上天神聖觀念的演變，極有見地。他說：「天上為神之所在，上天神聖的觀念在殷代已經出現。據甲骨文可知，殷（自稱為『商』）將其都城稱作『天邑都』（商的神聖之都）。西元前一〇四六年殷亡，周取而代之，認為此興亡之變故緣於天命的所謂『天命思想』形成於周代。人間萬事皆由天意主宰，凡人事所不能皆稱之為天意。」由這個上天神聖的觀念，「天」又可以指天帝，以上天和天帝為世間萬物之主宰。與上天對應，人間的最高主宰——君王，亦可稱作「天」，比如皇帝之面叫「天顏」，皇帝的恩賜叫「天恩浩蕩」。

　　屈原〈離騷〉中有「九天」之說，東漢王逸注解稱「九天謂中央八方也」，《呂氏春秋‧有始覽》則稱作「九野」：「中央曰鈞天，東方曰蒼天，東北曰變天，北方曰玄天，西北曰幽天，西方曰顥天，西南曰朱天，南方曰炎天，東南曰陽天。」這是最早的「九天」，但不是指天上的「九重天」。揚雄在《太玄》中正式命名了天上的「九重天」：「一為中天，二為羨（富餘）天，三為從天，四為更天，五為睟（ㄙㄨㄟˋ，顏色純）天，六為廓天，七為咸天，八為沈天，九為成天。」

　　「九天」、「九重天」又稱「九霄」，而道家學說中的「九霄」指：「赤霄，碧霄，青霄，絳霄，黅（ㄐㄧㄣ，黃色）霄，紫霄，練霄，玄霄，縉霄。」不知道「九霄」跟「九重天」的關係為何？是位於「九重天」之外呢？還是跟「九重天」有所重合？不敢妄猜。不過人們常常掛在嘴上的「魂飛九霄雲外」則是指「九重天」和「九霄」之外更加高遠的天空。而這一切不管是否附會的後起義，都從「天」的本義——人的頭頂，生發而來。

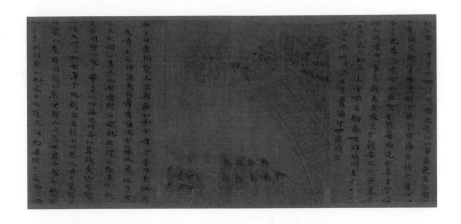

〈孝經圖〉（局部）
北宋李公麟繪，絹本水墨長卷，美國大都會藝術博物館藏

李公麟（1049～1106），北宋著名畫家，字伯時，號龍眠居士，博學多才，富文辭，工書法，精鑑賞。凡人物、釋道、鞍馬、山水、花鳥，無所不精，白描人物尤為傑出，時推為「宋畫中第一人」。美國大都會藝術博物館藏〈孝經圖〉卷作於一〇八五年，是現今存世公認的李公麟真跡之一。

這段畫面描繪的是《孝經・聖治章第九》：「人之行，莫大於孝。孝莫大於嚴父，嚴父莫大於配天，則周公其人也。昔者，周公郊祀后稷以配天，宗祀文王於明堂，以配上帝。是以四海之內，各以其職來祭。」

在一切朝廷禮儀當中，最重要的無過於祭天。根據周代禮制，每年冬至要在國都南郊的圜丘祭天，並附帶祭祀父祖先輩，謂之以父配天之禮。畫面上，一段階梯通到露天祭壇頂端。天子著大裘禮服，冕旒及肩，手執鎮圭，跪於圜丘之上，向天祭拜。兩側陳列編鐘鼓樂。祭臺中央擺著一塊玉璧，這就是「天配」后稷的靈位，祭壇上方是象徵天子、諸侯等人間秩序的星象符號。環繞祭臺及祭壇底部，燃燒著明晃晃的火炬。諸侯百官均俯首叩拜。透過這個神秘肅穆的國祭儀式，皇帝再次確認了「天命」。

封

❶   ❷

用手在土堆上植樹

田有封洫，廬井有伍——《左傳》

　　人們常把周代至清代的社會形態一概稱之為封建社會，這種說法是值得商榷的。其實，真正的歷史進程是，秦始皇統一中國之後，封建制就已經壽終正寢了。那麼，我們來看看到底什麼叫「封建」。

　　封，甲骨文字形❶，這是一個象形字，下面是土堆，土堆上面種了一棵樹。這個字其實就是「丰」，乃是「封」字的初文，卜辭中有一丰、二丰方、三丰方、四丰方之辭，都是方國的封疆。甲骨文字形❷，右邊添加了一隻手，表示用手在土堆上植樹，從而變成了一個會意字。

　　金文字形❸，左下方的土堆是「土」字的雛形。金文字形❹，左下方從「田」，表示在田中植樹。至於小篆字形❺，左下方正式定型為「土」，右邊是「寸」，仍然是手的形狀。

　　《說文解字》：「封，爵諸侯之土也。從之土，從寸。寸，守其制度也。公、侯百里，伯七十里，子、男五十里。」原來，國君賜土地給諸侯，一定要在土堆上植樹，做為封地邊界的標誌。周代有「封人」一職，《周禮》記載：「封人掌設王之社壇，為畿封而樹之。凡封國，設其社稷之壇，封其四疆。」壝（ㄨㄟˊ）是祭壇四周的矮牆，畿（ㄐㄧ）指天子管轄的方圓千里之地。「封人」的職責很清楚：為天子的社壇建圍牆，為天子管轄的京畿之地植樹為界；諸侯的封國也照此管理，公、侯的方

圓百里之地，伯的方圓七十里之地，子、男的方圓五十里之地，都要
「封其四疆」，植樹為界。

　　「封」是在封地的四周植樹為界，「建」是建國，因此「封建」一
詞即指封地建國。這一制度在周代達到完善的頂峰，但秦始皇統一之
後，即以中央集權制取代了封建制，漢代雖然短暫回潮，郡縣制和封
建制並行，卻以郡縣制為主。因此，嚴格意義上的封建制其實早就消
亡了。

　　《左傳‧襄公三十年》稱讚鄭國主政的子產「使都鄙有章，上下有
服，田有封洫，廬井有伍」，意思是：讓國都和邊邑各有章法，上下
尊卑各守其職，田地有四周的邊界和水溝，按照八家為一井的井田制
收取賦稅。這裡的「封」已引申為田地的邊界，倒不一定非要植樹為
界了。

　　植樹於四界，象徵性地表明四界之內是一個封閉的空間，「封」因
此引申為封閉。荊軻刺秦王之前，逃到燕國的秦國將軍樊於（ㄨ）期
自刎而死，荊軻「遂收盛樊於期之首，函封之」，「函封」指用匣子盛
頭顱，然後打上封記封閉起來。

　　另外，不要忘記「封」字甲骨文和金文字形中的那一堆土堆，堆
土植樹，因此凡堆土都可稱「封」，比如封禪之「封」乃是在泰山上堆
土為壇以祭天。秦國在崤之戰中全軍覆沒，兩年後伐晉報仇，晉軍堅
守不出，秦軍於是「封殽屍而還」，將崤之戰的秦軍屍體堆土築墳。

❶

❷

❸

太陽從草叢中升起時還能看到月亮

周人祭日，以朝及闇——《禮記》

　　「朝」在今天有兩個讀音，ㄓㄠ和ㄔㄠˊ。最初唯讀作ㄓㄠ，有了引申義之後才讀作ㄔㄠˊ。但今天使用最多的讀音卻是ㄔㄠˊ，多用作朝代和朝向。

　　朝，甲骨文字形❶，這是一個會意字，左邊上下是草，中間是「日」，右邊是「月」，會意為太陽從草叢中升起的時候，月亮還沒有完全落下去。這當然就是早晨的生動寫照。張舜徽先生認為「日」上下的草形「像光芒四射狀」，與此字形不符。甲骨文字形❷，右邊是一彎殘月，表示月亮即將隱沒了。甲骨文字形❸，一彎殘月的右邊也添加了兩棵草，表示殘月即將隱沒到草叢中去了。

　　朝，金文字形❹，改變了甲骨文日月同現的造字思路，右邊變成了水的形狀。張舜徽先生認為「像海水澎湃上湧之形。海水受日月引力生定時之起伏，謂之潮。析言之，則早潮曰潮，晚潮曰汐」。不過，也有學者認為右邊的水形是「月」的偽變。金文字形❺，右邊還是水，還有河水流動四濺的水滴。金文字形❻，右邊的河流和水滴中間添加了一橫，這就為小篆字形❼的訛變打下了基礎，右邊的水形訛變為上「人」下「舟」，因此許慎誤認為「從倝舟聲」。

　　《說文解字》：「朝，旦也。」其中「旦」就是早晨。《詩經·采綠》中有「終朝采綠」、「終朝采藍」的詩句，「綠」

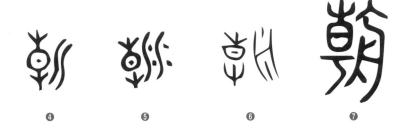

④ ⑤ ⑥ ⑦

和「藍」都是草名,「自旦及食時為終朝」,從日出到吃早飯這一段時間就叫作「終朝」。

　　夏商周三代都有在春分之時的祭天之禮,稱作「郊祭」,也叫「朝日」。《禮記・祭義》記載:「郊之祭,大報天而主日,配以月。夏后氏祭其闇,殷人祭其陽,周人祭日,以朝及闇。」此處「闇」通「暗」。此祭主祭日,月亮不過是配角。根據孔穎達的解釋,夏代尚黑,因此在晚上祭祀;殷代尚白,因此在日中時祭祀;周代尚文,「祭百神禮多」,因此從早到晚都在祭祀。《周禮》中有「朝日,祀五帝」的記載,即在春分之時拜日於東門之外。「朝日」之「朝」讀作ㄔㄠ,因為是在早晨拜日,因此引申為朝拜;臣見君也是在早晨,所謂「盛服將朝」,因此引申為朝見。張舜徽先生則從金文字形右邊的水形生發而認為「水朝宗於海,故引申為朝會義」。

　　《詩經・雨無正》中有一句有趣的詩句:「邦君諸侯,莫肯朝夕。」邦君指諸侯國的君主。此處的「朝」讀作ㄔㄠ,指早晨朝見,「夕」指晚上朝見。這句詩的意思是:周王流亡在外的時候,諸侯國的君主和諸侯都不願遵守君臣之禮,不肯早晚朝見周王。

　　此外,臣子朝見國君還有「朝覲」一詞,二者尚有細微的區別:春見曰朝,秋見曰覲。不管是器物還是禮儀,古人用字之細化和分類之精緻,令人歎為觀止!

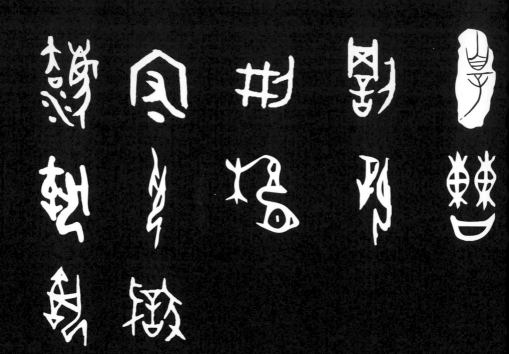

律法篇

一隻叫獬廌的神獸趕走理虧者

❶　　　　❷

　　從夏商周到清代，中國古代法律制度的發展脈絡清晰，特點鮮明，自成體系。那麼，「法」這個字為什麼能夠代表法律呢？我們來看看這個字的演變過程。

　　法，金文字形❶，這是一個會意字，結構非常複雜。右邊是「廌」，左邊上面是「去」，下面是「水」。「廌」讀作ㄓˋ，是傳說中的異獸，也叫解廌、解豸或獬豸（ㄒㄧㄝˋ ㄓˋ）。根據漢代楊孚所著的《異物志》記載：「東北荒中有獸，名獬豸，一角，性忠，見人鬥則觸不直者，聞人論則咋不正者。」三國時代學者張揖也說：「解豸似鹿而一角，人君刑罰得中則生於朝，主觸不直者。」綜上所述，獬豸這種異獸的長相似鹿，但只有一隻角，見到有人爭鬥就會用角去牴觸理虧的一方，聽到有人爭論就會去咬講歪理的一方。國君如果對刑罰的運用不偏頗，法度適宜，獬豸就會現身在朝中。獬豸最大的功用就是「主觸不直者」，辨別是非曲直。「法」的整個金文字形會意為：訴訟的時候，「廌」這種異獸用角牴觸理虧的一方，將他趕走，執法就像水一樣平。

　　但是也有學者有不同的意見。谷衍奎《漢字源流字典》認為，「人」下面的「口」象徵穹廬之居，右邊是犍牛，整個字形會意為「人收起帳篷離開，帶著牛羊，逐水草而居」。「逐水草而居是遊牧時代有規律的生活，由此又引申為法律，法令」。聊備一說。

❸　　　　　❹

　　法，金文字形❷，「水」移到左邊，其餘部分相同。小篆字形❸，還是三個組成部分在換來換去，但是字形顯得更規範了。楷書字形❹，同於小篆。因為字形過於複雜，因此後來省寫為「法」。

　　《說文解字》：「法，刑也。平之如水，從水；廌所以觸不直者去之，從廌去。」意思講得非常明白。段玉裁說：「法之正人，如廌之去惡也。」西漢官員桓寬《鹽鐵論》說：「法者，刑罰也，所以禁強暴也。」管子說：「殺戮禁誅謂之法。」可見「法」的本義即為刑法。獬豸既然是執法公正的化身，因此古人將獬豸的形象製成帽子，專門給御史等執法官佩戴，這種帽子就叫「獬豸冠」。到了清代，御史和按察使等監察司法官員不僅要戴獬豸冠，還要穿繡有獬豸圖案的官服。

　　周代管理官府有八法，《周禮》記載：「一曰官屬，以舉邦治；二曰官職，以辨邦治；三曰官聯，以會官治；四曰官常，以聽官治；五曰官成，以經邦治；六曰官法，以正邦治；七曰官刑，以糾邦治；八曰官計，以弊邦治。」官屬指主要官員的屬吏；官職指官吏的職責；官聯指官員聯合辦公；官常指官員的日常職責；官成指官服的成規；官法指國家的法規、法度、法律；官刑指懲戒官吏的刑罰，比如鞭刑就是比較輕的懲戒官吏的刑罰之一；官計指對官員政績的考核。

　　由「法」的本義還可以引申出方法、標準等義項，比如蘇軾為韓愈寫的碑文中說：「匹夫而為百世師，一言而為天下法。」此處的「法」就是標準的意思。除了春秋戰國時期的法家流派之外，佛家的事物也尊稱為「法」，比如佛法、法門、法力等，都是從「方法」和「標準」的義項引申而來的。

〈臨馬雲卿畫維摩不二圖草本〉（局部）
元代王振鵬繪，絹本水墨，美國大都會藝術博物館藏

　　王振鵬（生卒年不詳），字朋梅，號孤雲處士，永嘉（今浙江溫州）人。
擅長人物畫和宮廷界畫，被譽為「元代界畫第一人」。

　　這幅畫作於至大元年（1308）。王振鵬在卷後題跋中稱：「臣王振鵬特奉
仁宗皇帝潛邸聖旨，臨金馬雲卿畫維摩不二圖草本。」此畫取材於佛教《維摩
詰所說經》，描繪的是古印度毗舍離城的維摩詰居士接待以探病之名辯論佛法
的一眾菩薩的場面，代表著早期白描人物畫的最高成就。畫中，維摩詰坐於
錦榻之上，正從容論辯。

　　後來傳播到中國並得到發揚的大乘佛法「不二法門」之要義，就是在這場
辯論中產生的。曼殊菩薩問維摩詰：「何等是入不二法門？」時維摩詰默然無
語。曼殊歎曰：「善哉！善哉！乃至無有語言，是真入不二法門。」蘇東坡有〈維
摩像〉詩云：「當其在時或問法，俯首無言心自知。」《維摩詰所說經》可以說
是對中國佛教影響最大的一部佛經，其「心淨則佛土淨」及「亦入世亦出世」、
「在入世中出世」的思想，成為很多士人的行止依據。

① ②

屋子裡的人持盾牌掌管法度

綠葉成陰春盡也，守宮偏護星星——納蘭性德

「守」字的下面為什麼會有個「寸」呢？我們來看看「守」字的字形。

守，金文字形①，這是一個會意字，上面是屋頂，下面是「寸」，「寸」指手腕下一寸之處，引申而指法度，因此「守」的這個字形就會意為掌管法度。金文字形②，屋頂下的「寸」很像一隻有著長長尾巴的小動物的形狀，其實還是「寸」字。金文字形③，這個字形比較奇特，但是也更鮮明地反映了造字的本義。上面還是屋頂，屋子裡，右邊是一隻手，左邊是一面類似於「干」的盾牌，會意為人持盾牌守衛。小篆字形④，同於金文。

《說文解字》：「守，守官也。」掌管法度是官員的職責。春秋時期有「守道不如守官」的傳統，《左傳·昭公二十年》講了這個故事：齊景公到沛這個地方打獵，派人持弓招虞人（掌山澤苑囿的官員）前來，虞人卻不來。齊景公派人扣押了他，虞人辯解道：「昔我先君之田也，旃以招大夫，弓以招士，皮冠以招虞人。臣不見皮冠，故不敢進。」其中，「旃（ㄓㄢ）」是赤色曲柄的旗，用以招大夫；「弓」用以招士；「皮冠」是打獵時戴的帽子，禦塵禦雨雪，用以招虞人前來清理狩獵場地。齊景公卻用招士的弓招虞人，不合禮數，因此虞人不來。齊景公只好放了他。孔子聽說之後評價道：「守道不如守官，君子韙之。」其中「韙（ㄨㄟˇ）」是對的意思。道是

❸　　　　　　　　　❹

很抽象的東西，而官職所在則很具體，如果能持守這具體的規則，那麼就是守道了，因此孔子才說「守道不如守官」。

「守」的金文字形❸，持盾牌而守，有一種官職最符合這個字的形象。這種官職稱作「守祧」，「祧（ㄊㄧㄠ）」是祭先祖之廟，守祧即掌管先王、先公的祖廟。

清代著名詞人納蘭性德有一首描寫櫻桃的〈臨江仙〉詞，其中兩句是：「綠葉成陰春盡也，守宮偏護星星。」什麼是「守宮」？這是一種很有意思的稱謂，可作兩解。

其一，守宮是壁虎的別稱，壁虎常常守伏於宮牆屋壁，捕食蟲蛾，故稱「守宮」。根據晉代張華《博物志》的記載：「蜥蜴或名蝘蜒，以器養之，食以朱砂，體盡赤，所食滿七斤，治擣萬杵，點女人支體，終年不滅，唯房室事則滅，故號守宮。」古代即以此來檢驗是否處女。

其二，槐樹的一種，稱作「守宮槐」。《爾雅‧釋木》：「守宮槐，葉晝聶宵炕。」東晉學者郭璞解釋道：「槐葉晝日聶合而夜炕布者，名為守宮槐。」晉人杜行齊說：「在朗陵縣南，有一樹似槐，葉晝聚合相著，夜則舒布即守宮也。」其中，「聶」，合；「炕」，張。這種槐樹的葉子，白晝閉合，夜晚張開，就像在夜晚守護著宮室一樣，故稱「守宮槐」。

「綠葉成陰春盡也，守宮偏護星星」，此處的「守宮」係借用槐樹的意象，意為春天已盡，綠葉成陰，深夜裡，濃密的樹葉護住了滿天的繁星。不過，納蘭性德是用其來比喻像繁星那麼多的櫻桃。

刑

① ② ③

用井形枷鎖把人銬上

鄭人鑄刑書──《左傳》

　　甲骨文中到底有沒有「刑」字，學者多有爭議，此處不論。郭沫若先生說：「凡金文刑字均作井。」也就是說，青銅器上所刻的銘文，「刑」字一概寫作「荆」。為什麼從「井」？這是一個非常有趣的疑問，也使得歷代學者聚訟紛紜。

　　刑，金文字形❶，有的學者認為右邊乃是人形，左邊不是「井」，而是一面枷鎖，會意為用枷鎖將人銬上。比如白川靜先生就在《常用字解》一書中持此說：「頸部或雙手被銬上『井』（枷鎖）表示處刑、刑罰。刑罰的方法後來有了割鼻割耳之刑，還有斬首、腰斬之刑。用刀斬割剠剮傷損身體的處罰很多，因此『井』加『刀（刂）』合成了『荆』（刑）。」

　　也有的學者認為左邊的「井」是水牢或囚籠的象形，因為甲骨文的「囚」字就有將犯人關進井形囚籠的寫法。

　　刑，小篆字形❷，右邊是刀刃之形，左邊井中一點是指事符號，或指枷鎖套在頭部，或指犯人被關進囚籠的中央所在，或指井的中心。總之，需要根據具體的釋義來分析所指之事。小篆字形❸，左邊很明顯是「井」形符號的訛變。

　　《說文解字》：「荆，罰罪也。從井從刀。」段玉裁注引西漢《春秋元命苞》曰：「荆，刀守井也。飲水之人

入井爭水，陷於泉，刀守之，割其情也。」王筠則解釋說：「從井者，謂其法井然不亂也。」張舜徽先生在《說文解字約注》一書中則認為「字從井，蓋與灋（法）字從水同意」，「古人言法，皆取象於水之平。人之汲取井水，亦但各平其器而已，故字從井……凡分別是非曲直，務求如水之平，此字從刀從井本意也」。

　　不過，井上爭水，何至於動刀？這一釋義顯然違背了生活常理。因此所從之井，還是應該視作井形枷鎖較為妥當。

　　《左傳・昭公六年》用「三月，鄭人鑄刑書」這寥寥幾個字記載了一則大事件。西晉學者杜預注解說：「鑄刑書於鼎，以為國之常法。」鄭國正卿子產將刑書鑄在鼎上，百姓皆可觀看。西元前五三六年的這一舉措，誕生了中國歷史上的第一部成文法，引發了晉國正卿叔向的痛斥。緊接著，西元前五一三年，晉國也「以鑄刑鼎，著范宣子所為刑書焉」，這是中國歷史上的第二部成文法，同樣引發了孔子的強烈不滿，認為只需持守祖宗法度即可，可是「今棄是度也，而為刑鼎，民在鼎矣，何以尊貴？貴何業之守？貴賤無序，何以為國？」這就是著名的關於「鑄刑書於鼎」的爭論。

　　先秦時期的五刑為墨、劓、刖、宮、大辟；秦漢時期的五刑則為黥、劓、斬左右趾、梟首、菹（ㄐㄩ）其骨肉（剁成肉醬）；隋唐及其後的五刑則為笞（彳，鞭刑）、杖、徒、流、死。古代刑罰之嚴酷，就呈現在「刑」字右邊的刀上。

《清代刑罰圖》之一
通草畫，十九世紀

　　通草紙畫，是以華南通脫木的莖髓為原料製成紙，特製顏料作畫，經光的折射可呈現斑斕繽紛的效果，大量製作於清末民初的珠三角地區，並從廣州出口到歐洲，題材以反映清末的社會生活場景和各種形色人物為主，造型生動，色彩濃豔。通草紙畫一般採用西洋畫法，反映中國本土風情，深受當時西方人的喜愛。

　　這一組《清代刑罰圖》共三十五幅，描繪了各式各樣的清代刑罰，包括機架夾足、負柱銬鏈、拖木禁行、長凳鎖禁、上枷待決、流放、斬首等，其狀慘烈。這一幅描繪的是一種將人囚禁於木桶中的刑罰，只有頭、手露在外面，家人可以每天來餵些食水。被囚者便溺皆在桶內，時間一久，身體腐臭潰爛，會極其痛苦而緩慢地死去。

❶ ❷ ❸

罰

審訊罪人，並處以罰金

墨辟疑赦，其罰百鍰，閱實其罪──《尚書》

本書解說「刑」字時已經指出：「刑」乃是用刀加諸人身的肉刑。那麼，刑罰連用之「罰」，又是一項什麼樣的制度呢？「刑」和「罰」的區別又是什麼？

甲骨文中還沒有發現「罰」字，金文字形❶，這是一個由三部分字元組成的漢字：右邊是刀，刀上部的一橫表示握持之處或者刀柄；左上是一張網；左下是一個「言」。金文字形❷，網的樣子更是栩栩如生。

小篆字形❸，「言」在網中。後來使用的「罰」，則把網移到了最上面。

《說文解字》：「罰，罪之小者。從刀從詈。未以刀有所賊，但持刀罵詈，則應罰。」高樹藩先生在《中文形音義綜合大字典》中進一步解釋說：「詈為罵，即以惡言加人，凡僅持刀罵詈人而未揮刀殺傷人者則應罰，其本義作『罪之小者』解，即犯法不重時所應受之懲罰，乃刑之輕者。」

不過，徐灝早就提出質疑：「罪之小者，不獨持刀罵詈一事。」也就是說，輕罪多種多樣，為什麼偏偏要用「持刀罵詈」來造字呢？因此，許慎的釋義並不準確。徐灝接著提出自己的觀點：「網者，罪之省也；言者，爰書定罪之意；刀者，自大辟以至劓、剕、髡、黥之屬，皆刑其肢體也。析言之，則重者為刑，輕者為罰。」

大辟是死刑，「劓」是割鼻之刑，「剕（ㄈㄟˋ）」是砍

腳之刑，「髡」是剃髮之刑，「黥」是在臉上刻字塗墨之刑。

不過，罪重的「刑」既然是持刀加諸人身的肉刑，那麼，罪輕的「罰」就不可能也是持刀加諸人身的肉刑。因此，徐灝的釋義也不準確。

最有說服力的解說出自清代學者張文虎，他認為：「刀者，刀布，非刀刃之刀。」張舜徽先生在《說文解字約注》一書中認同這一觀點：「許書持刀罵詈之說，迂曲難通。張氏解刀為刀布之刀，其說近是。此字又從詈者，蓋謂以言辭責讓之，亦所以罰之也。凡罪之小者，或譴之以言，或責之納金，故從刀從詈。」

所謂「刀布」，是指形狀如刀的錢幣。根據這種觀點，「罰」指罰金之刑。《尚書·呂刑》中有罰金之刑的詳細記載：「墨辟疑赦，其罰百鍰，閱實其罪；劓辟疑赦，其罪惟倍，閱實其罪；剕辟疑赦，其罰倍差，閱實其罪；宮辟疑赦，其罰六百鍰，閱實其罪；大辟疑赦，其罰千鍰，閱實其罪。」

上古時期，罰金用銅，「鍰（ㄏㄨㄢˊ）」就是銅的貨幣單位，或重六兩，或重六兩半，其說不一。「疑赦」是指適用五刑有爭議、有疑問的要予以赦免，但仍應折為罰金的贖刑。墨刑、劓刑、剕刑、宮刑、大辟的贖金，分別為一百鍰、二百鍰、五百鍰、六百鍰、一千鍰銅，「閱實其罪」的意思是檢閱核實所犯之罪，使與罰名相當，然後收取贖金。

這就是所謂「刑疑赦從罰，罰疑赦從免」的刑罰制度。「罰」的組成字元中，「網」指所犯之罪，「言」指審訊，以言辭指明所犯之罪，並書寫罪名，「刀」則是罰金。

罪

❶

用刑刀割犯人的鼻子

罪疑惟輕，功疑惟重──《尚書》

「罪」的本字是「辠」。先說辠，金文字形❶，這是一個會意字，上面的「自」是鼻子的形狀，下面的「辛」是刑刀的形狀，對犯罪的人要用刑刀來進行懲罰。「自」和「辛」組合起來，會意為用刑刀行刑的時候，犯罪的人很疼痛，摀著鼻子表示苦楚，或者會意為割鼻的酷刑。小篆字形❷，字形已經規範化了。《說文解字》：「辠，犯法也。從辛從自，言辠人摀鼻苦辛之憂。」

再說罪，小篆字形❸，這是一個會意兼形聲的字，上面是一張網，下面是「非」。「非」像鳥兒相背著展開的一對翅膀，截取這一段翅膀，來會意為用網捕鳥。《說文解字》：「罪，捕魚竹網。」清代《字彙補》：「罪，捕魚器。」而「罪」的本義是用來捕鳥的竹網，當然也可以用來捕魚。

秦始皇自稱始皇帝，統一文字時，看到「辠」這個字的樣子跟皇帝的「皇」字長得很像，心裡非常不悅，於是下令將「犯法」的「辠」用「罪」字來代替，「罪」字遂慢慢失去了本義，演變成今天的意思。

中國上古時期的法律制度先進得超出人們的想像，跟現代法理中的「無罪推定」是一樣的。《尚書·大禹謨》中規定：「罪疑惟輕，功疑惟重。與其殺不辜，寧失不經。好生之德，洽于民心，茲用不犯于有司。」這段話的意思是說：懷疑有罪的時候要從輕，懷疑功勞的時候

❷

❸

要從重。與其殺掉一個沒有罪的人，不如放掉一個有罪的人。好生之德使民心安洽，不會觸犯刑律。

　　不過，上古帝王這一充滿人性關懷的規定，被後世針對「罪」的各種嚴刑峻法給代替了，不同時期都有對罪人的極其殘酷的五刑。秦以前的五刑為：墨，刺刻面額，染以黑色，做為懲罰的標記；劓，割掉鼻子，想一想「皐」字的金文字形吧；剕，又稱刖（ㄩㄝˋ），斷足；宮，閹割；大辟，殺。秦漢時期的五刑為：黥，在臉上刺字並塗墨，以防犯人逃跑；劓；斬左右趾；梟（ㄒㄧㄠ）首，砍下頭顱並懸掛示眾；菹其骨肉，將人剁成肉醬。隋唐以後的五刑為：死；流，流放；徒，拘禁罪人服勞役；杖，用大荊條、大竹板或棍棒抽擊人的背、臀或腿部；笞，用鞭子或竹板拷打。

　　除了死刑之外，這些殘酷的嚴刑峻法在今日統統都被廢除了，對罪犯的懲罰代之以現代文明的手段，同時也銜接上了上古帝王的人性關懷。

報

❶

❷

❸

將犯人銬上手枷，按壓使其下跪

投我以木瓜，報之以瓊琚——《詩經》

　　「報」和本書後文介紹的「執」屬於同源字，反映了古人造字時相同的思維和行為方式，而且都和法律制度有關。

　　報，甲骨文字形❶，這是一個會意字，由三部分組成，左邊和中間的組合，其實就是「執」字的字形，用手枷這種刑具將半跪著的犯人銬起來。最右邊是一隻手，用手從背後使勁兒按住犯人，令他屈服。白川靜先生解釋說：「手上銬著手枷，身後被手按壓下跪，意味著犯罪者被施以報復刑，原義為報復。」甲骨文字形❷，用手按壓的姿勢更加明顯。金文字形❸，最左邊的手枷變成了「幸」。金文字形❹，字形相同。小篆字形❺，右邊雖略加變形，但仍然可以看得出來用手按壓人的形狀。楷書字形❻，右邊變形得厲害，完全看不出用手按壓人的形狀了。簡體字形「报」的左邊乾脆簡化為提手旁了。

　　《說文解字》：「報，當罪人也。」其中「當罪人」即判決罪人。「當」和「報」都是當時的習慣用語，意思相同，都是判決罪人、斷獄之意。如「罪當誅」、「罪當棄市」，這裡的「當」不是「應當」的引申義，而是判決的意思，意為犯的罪按照法律判決為誅或者棄市。這就是「報」的本義，比如「報囚」一詞，即是「奏報行決」之意。

④　　　　　　⑤　　　　　　　⑥

　　漢語中有一個獨特的現象，叫作反義同字或者反義同詞，一個字
或者一個詞在不同的語言環境中，體現出兩種完全相反的含義。「報」
也是如此，既可以指報仇，又可以指報恩；同理，「報復」既可以指報
仇，亦可以指報恩。《詩經‧木瓜》中的名句：「投我以木瓜，報之以
瓊琚。」「投我以木桃，報之以瓊瑤。」「投我以木李，報之以瓊玖。」
這裡的「報」指報答。「睚眥之怨必報」，這裡的「報」則指報仇。

　　「報」還是古時一種祭祀的名目，如報歲、秋報的稱謂。秋天豐收
之後要祭神，以報答神靈的護佑，稱報歲或秋報。

　　「報」的本義既為判決，那麼一定要將判決結果通知犯人，由此而
引申出答覆、通報、報導的意思，也就是我們今天常用的義項，比如
報紙、報曉、耳報神，等等。

　　不過，「報」還有一個鮮為人知的用法：「下淫上曰報。」正如報恩、
報答等詞所示，其中含有下對上尊敬的成分；反之，也可以含有下對
上侮辱的成分，因此而引申用於和長輩女性通姦或通婚。我們來看看
《左傳》中的兩處記載。其一：「衛宣公烝於夷姜。」而「夷姜」是衛宣
公的庶母（父親的妾），和父親的妻妾（生母除外）通姦或通婚，這叫
「烝（ㄓㄥ）」。其二：「文公報鄭子之妃。」鄭子是鄭文公的叔父，和伯
叔父的妻妾通姦或通婚，這叫「報」。烝與報，習慣上稱之為烝報婚姻。
這都是性關係失範時代的典型行為。

　　歌川國芳（1797～1861），號一勇齋、朝櫻樓，是浮世繪歌川派晚期大師之一，以大膽的想像力和幽默感著稱。

　　木曾街道指的是日本江戶時代連接江戶到京都的一條驛道，又名中山道。《木曾街道六十九次》屬於浮世繪中的「名所繪」，描繪了中山道沿途的六十九個「宿場」（即驛站）。歌川國芳這組作品著眼於各地的傳說故事，與一般著重描繪風景名勝的「名所繪」大異其趣。

　　這幅描繪的是日本三大復仇事件之一，曾我兄弟為父報仇的故事。故事發生於鎌倉幕府時期。建久四年（1193），曾我祐成和曾我時致兄弟在源賴朝的富士狩獵中，替父河津祐泰報仇而殺了工藤祐經。那天夜裡，曾我兄弟潛入工藤祐經的住所，將酒醉的殺父仇人刺死。畫面再現了刺殺之夜的情景，曾我兄弟二人手持利劍，躡手潛蹤，正在靠近仇人熟睡的蚊帳。這個故事被傳為「曾我物語」，江戶時代的能劇、淨瑠璃、歌舞伎及浮世繪等都有以此為題材的作品。

印

❶　　　　　❷　　　　　❸

手按犯人，在額上刺字塗墨

杓窊，鷙鳥總稱，以為印紐——《遼史》

《說文解字》：「印，執政所持信也。」段玉裁解釋說：「凡有官守者皆曰執政，其所持之節信曰印。」許慎和段玉裁的解釋也就是今天「印」的意思：印章。但是，「印」字最初的時候可不是這個意思。

印，甲骨文字形❶，這是一個會意字，左上是一隻手（「爪」），右下是一個跪著的人形，徐中舒先生認為「像以手抑人使之跽伏之形」，因此「印」、「抑」本為一字。甲骨文字形❷，這個人完全跪下了。甲骨文字形❸和❹，手似乎緊緊地按在這個人的額頭上。金文字形❺，這個人是半俯身的樣子。金文字形❻，這個人被按得深深地躬下了身子，似乎能感受到他痛苦的狀態。小篆字形❼，上面還是「爪」，下面變形得厲害，不大看得出人形了。楷書字形則變成了左右結構。

張舜徽先生說：「印字從爪從人，其本義當為人用爪按物。太古取信於人，率以手指按記，用為證驗。今鄉僻猶多用手印，其遺法也。此乃印信之所由起。」這個解釋有兩點不通之處：第一，「其本義當為人用爪按物」，但字形明明是人用爪按人，而不是按物；第二，「以手指按記，用為證驗」，手印都是按在合同等紙張或物體上，才能用作證驗，沒有聽說過按在人身上的。

那麼，「印」字為什麼用從爪從人來會意呢？我非常懷疑這個字乃是一項刑罰的具象寫照。這項刑罰即五

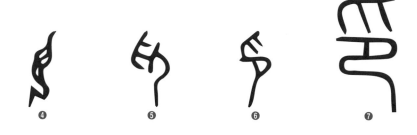

④　⑤　⑥　⑦

刑之一的黥，又叫墨刑，在犯人的額上刻字做為標記，再用墨塗黑。
鄭玄在為《周禮》所作的注中解釋說：「墨，黥也。先刻其面，以墨窒
之。」孔穎達進一步解釋說：「言刻額為瘡，以墨塞瘡孔，令變色也。」
這項刑罰的用意在於使犯人終身帶有恥辱性的標記，強制從事各種勞
役的時候不會逃跑。

　　「印」字的甲骨文和金文字形中，之所以用「爪」緊緊地按住這個
人的頭部，正是施以墨刑的如實寫照！之所以用「爪」而不用「手」，
如同宋代字書《集韻》所說，「爪」是「覆手取物」，這就是「印」的字
形中「爪」和人的額頭緊密相連的原因。《水滸傳》第八回記載：「原
來宋時，但是犯人徒流遷徙的，都臉上刺字，怕人恨怪，只喚做『打
金印』。」此乃「印」字和墨刑之間關係的遺制。

　　古代相術中有「印堂」的術語，指額頭中部、兩眉之間的地方。
為什麼稱「印堂」？一直沒有語源學上的權威論證。而印堂處恰恰是犯
人刺墨之處，因此我認為「印堂」即從這項刑罰而來。「堂」是「高顯
貌」，二人一照面，第一眼看到的就是最為高顯的額頭，此為「印堂」
之「堂」的由來；而犯人刺墨之處最為顯眼，觀察此處的氣色即可判
定犯人的身體狀況，此為「印堂」之「印」的由來。這才是「印堂」一
詞的真正語源，後來引申用作相術術語。

　　「印」引申為印章，即從給犯人刺墨而來。刺墨需要用力按壓，印
章也需要用力按壓。古時印章的形制頗多，舉一種最有趣的印章。據
《遼史・國語解》記載：「杓窊印，杓窊，鷙鳥總稱，以為印紐，取疾
速之義，凡調發軍馬則用之。」其中「杓窊（ㄕㄠˊ ㄨㄚ）」是契丹語，鷹

類鷙鳥的總稱，調發軍馬貴在疾速，因此用以為印。印必有孔，稱作「印紐」；以帶穿之，稱作「印綬」。根據級別的高低，印有金印、銀印、銅印之分，印綬也有紫綬、青綬、黑綬、黃綬之別，此不贅言。

❶ ❷

縣

將犯人的首級用繩索掛在木杆上示眾

「縣」，今天只用於行政區劃，但是最早的時候，或者說這個字剛被造出來的時候，卻是古時一種刑罰制度的如實寫照。

縣，金文字形❶，這是一個會意字，左邊是「木」；右邊的上面是「系」，繩索，下面是「首」，包括那個大眼睛和眼睛上面的頭皮。整個字形會意為將人的首級用繩索掛在木杆上示眾。金文字形❷，右下部的首級呈倒懸之狀。金文字形❸，左下部定型為「首」。至於金文字形❹，左下部的首級倒懸之狀看得更加清晰，最下面是三綹頭髮。小篆字形❺，省去了金文字形的「木」，僅用頭髮下垂的「首」和繩索「系」來會意。隸變後，楷書字形左下角的頭髮形狀訛變為一橫加「小」，其實是「木」字。簡體字形「县」只取了左半邊。

《說文解字》：「縣，系也。」中國古代的死刑有個特點，就是公開化，根據《周禮》的記載：「凡殺人者，踣諸市，肆之三日。」執行死刑之後，要陳屍於街市，供人圍觀三天。不僅如此，還有梟首示眾之刑。古人認為梟是一種弒母的惡鳥，殺了梟之後，要將梟頭掛在樹上示眾，後人因此把砍頭後懸掛示眾稱作「梟首」。「梟首示眾」正是「縣」這個字形的具象化寫照。

五代學者徐鉉說：「此本是縣掛之縣，借為州縣之縣。今俗加心別作懸，義無所取。」那麼，「縣」為什麼

❸   ❹   ❺

用於行政區劃？

　　按照夏代的規制，王城周圍千里的地域稱為「王畿」。「畿」的本義是國都所領轄的方圓千里地面。四海之內分為九州，其中之一為畿內，由天子親自管轄，「王畿」和「畿內」又稱作「縣」或「縣內」，天子居住在國都，故稱「縣官」。因此，最早的「縣官」其實是指天子。

　　劉熙在《釋名・釋州國》中解釋說：「縣，懸也，懸繫於郡也。」秦漢以後縣屬於郡，因此劉熙認為縣統繫於郡，故稱「縣」。不過，周代的時候縣大於郡，歸天子本人直接管轄，按照劉熙的思路，則可以解釋為縣統繫於天子，故稱「縣」。還有一種解釋，根據金文字形，認為「縣」是最基層的司法和刑獄機構，因此後來用於行政區劃，但這種解釋缺乏文獻支持。

　　孟子在〈公孫丑上〉篇中說：「當今之時，萬乘之國行仁政，民之悅之，猶解倒懸也。」張舜徽先生在《說文解字約注》中合乎情理地推測道：「孟子既言『如解倒懸』，則上世必有逞殘肆虐，倒懸其民者矣。」《史記》中記載戰國學者鄒衍言「中國名曰赤縣神州」，「赤縣」的詞源從未有定論，按照張舜徽先生的推測，有「倒懸其民」也就可能有「赤懸其民」，「赤」者，裸露也，將犯法的罪人赤裸裸地倒懸在木杆上示眾。就像「倒懸」給予孟子的深刻印象，「赤懸其民」的情景也令人印象深刻，因此將天子直接管轄的「縣」別稱作「赤縣」。後世早已不解此意，才美稱中國為「赤縣」。這雖然只是推測，但也給「赤縣」的詞源提供了另一種視角的參考。

辟

用刑刀對犯人執行死刑

大辟疑赦，其罰千鍰，閱實其罪——《尚書》

❶　　　　❷　　　　❸

　　秦代以前的五刑分別是：墨，在臉上刺字並塗墨；劓，割掉鼻子；荆，砍斷腳；宮，閹割；大辟，殺。大辟就是死刑，不過中國古代素來有「罪疑從輕」的原則，《尚書・呂刑》記載，「大辟疑赦，其罰千鍰，閱實其罪」。即使是大辟這樣的死刑，如果不能坐實而有可疑之處的，繳納罰金六千兩即可赦免，還要審查核實他的罪名，以與罰名相當。大辟即大罪，最大的罪名當然就是死刑，「辟」為什麼具備這樣的義項呢？

　　辟，甲骨文字形❶，這是一個會意字，右邊是一個跪坐著的人，左邊是一把刑刀，會意為對這個人執行死刑。甲骨文字形❷，一把極其恐怖的刑刀！在這把刑刀面前，人顯得十分渺小和可憐。甲骨文字形❸，中間添加了一個口形。有人認為這個口形代表頭顱，有人則認為代表從人身上割下來的肉，因此這個字形表示的是在執行凌遲之刑。金文字形❹和❺，刑刀的樣子同樣恐怖。金文字形❻，口形中間添加了一點，倒真像凌遲下來的肉塊。小篆字形❼，緊承甲骨文和金文字形而來。

　　《說文解字》：「辟，法也。從卩從辛，節制其罪也。從口，用法者也。」但這是引申義，「辟」的本義是執行死刑，由此引申為大辟之類的罪名。

　　周代有「小司寇」一職，根據《周禮》的記載，小司寇的職責之一是：「以八辟麗邦法，附刑罰：一曰議

④　　　⑤　　　⑥　　　⑦

親之辟，二曰議故之辟，三曰議賢之辟，四曰議能之辟，五曰議功之辟，六曰議貴之辟，七曰議勤之辟，八曰議賓之辟。」所謂「八辟」即指八種人的罪名，這八種人分別是：皇家宗室、天子故舊、有德賢士、有才能人、功勳之士、達官顯貴、勤於國事、先朝後裔。所謂「議」是指可議，意思是這八種人的罪行可議，議完之後適當減輕或免刑，屬於皇族近臣的特權。

　　能夠制定法律、批准死刑的最高主宰當然是國君，因此「辟」引申為國君的代稱。《詩經‧文王有聲》中有「皇王維辟」的詩句，皇王指周武王，稱頌周武王得人君之道。

　　有趣的是「復辟」一詞。《尚書‧咸有一德》開篇即說：「伊尹既復政厥辟。」商王太甲即位後沉湎酒色，暴虐亂政，四朝元老伊尹遂將他放逐，自己攝政。三年後，太甲悔過自新，伊尹將他迎回，還政於太甲，此即「復政厥辟」，還政於他的國君。因此，「復辟」一詞專指失去王位的國君復位。從伊尹「復政厥辟」的行為來看，顯然既是伊尹的美德，又是對太甲改過自新的稱讚，並沒有後世的貶義成分。

〈鎖諫圖〉（局部）
明代佚名繪，絹本設色，美國佛利爾美術館藏

　　此卷舊傳為唐代閻立本所繪，技法高超，設色古澹，運筆如屈鐵絲，人物動作神情刻畫入微。畫中表現的是十六國時期漢廷尉陳元達將自己鎖於樹幹之上，向荒淫殘暴的匈奴皇帝劉聰冒死進諫的故事。

　　西元三一三年，劉聰立貴嬪劉娥為皇后，命人為她修建宏麗的凰儀殿。廷尉陳元達直言極諫，劉聰大怒，命令將士將其拖走，全家梟首東市。幸虧劉皇后及時勸阻，陳元達才得免一死。

　　這一段畫面上，陳元達雙手持笏，緊抱樹幹，嘶喊著進諫之言；兩個彪形大漢在後面奮力拉扯，試圖解開鎖鏈；另有兩名官員滿臉焦急，伏地求情。畫面構圖精妙，氣氛緊張，人物動感鮮明。

曹

❶ ❷

袋子裡裝著銅和箭等待裁決

分曹並進，道相迫些——《楚辭》

「曹」這個字今天只用於姓，但在古代卻是一項司法制度的生動寫照。

曹，甲骨文字形❶，這是一個會意字，上面是兩個「東」，下面是口形。金文字形❷，下面的口形中添加了一橫。金文字形❸和❹，大同小異，下面的口形變成了「曰」。小篆字形❺，下面的「曰」朝上開口。楷體字形不僅將兩個「東」簡化為一個，還把「東」給訛變了。

《說文解字》：「曹，獄之兩曹也。」此處，「獄」指訴訟，「兩曹」即今天說的原告和被告。許慎又解釋上面為何有兩個「東」：「在廷東。」意思是訴訟的地點在官署的東邊。這個解釋很奇怪，因為訴訟地點必須「在廷東」這項規定聞所未聞，而且如果「在廷東」的話，用一個「東」來表示即可，為何偏偏畫蛇添足地連用兩個呢？許慎又解釋下面的「曰」：「治事者。」即主持訴訟，以言詞來斷案。

許慎沒有見過甲骨文，根據小篆字形做出的解釋不符合「曹」的本義。但是「曹」的甲骨文字形到底會意為什麼意思，歷代學者多有爭論。著名文字學家丁山先生和李孝定先生都認為上面的「東」即「橐（ㄊㄨㄛˊ）」，口袋，「二橐為偶」，因此「曹」的本義就是偶、兩。至於下面的口形，李孝定先生認為乃是㡿（ㄑㄩ）盧，盛飯器。盛飯器中裝著兩橐，是不是很滑稽？

③

④

⑤

　　林義光則認為「東即束字」，兩束當然就是偶、兩之意，下面的口
形是捆束的物體之形。

　　「東」的甲骨文字形確實像囊橐，也就是口袋的形狀，但是為什麼
非要用兩隻袋子而不是別的東西來表示偶、兩的意思呢？我認為可以
從周代的一項司法制度來尋找答案。儘管現存的甲骨文乃是晚商時期
的文字，但是司法制度並非無源之水，而是具有繼承性，周代的這項
司法制度很可能就是從商代傳承下來的。

　　《周禮》記載，周代有「大司寇」一職，職責之一是：「以兩造禁
民訟，入束矢於朝，然後聽之；以兩劑禁民獄，入鈞金，三日乃致於
朝，然後聽之。」其中，「束矢」指五十或一百支箭，「鈞金」指三十
斤銅。「兩造」指原告和被告，「訟」指財產糾紛，發生財產糾紛的時
候，原告和被告都要送「束矢」給官府，然後才能訴說各自的理由。「兩
劑」指訴訟雙方所立的契約，「獄」指刑事罪名，原告以刑事罪控告的
時候，原告和被告都要送「鈞金」給官府，三天後才能訴說各自的理
由。「束矢」取意於箭之正直，「鈞金」取意於銅之堅固。勝訴者的會
歸還，敗訴者的則沒入官府。

　　這項法律的用意在於：怕敗訴而不敢送進「鈞金束矢」以免人財
兩失的，就是自承不直、不堅。理屈者知道得不償失，就會主動息訟，
從而有效化解民間的糾紛。

　　「曹」上面的兩隻袋子裡，裝的分別就是鈞金和束矢，提交給官府；
開庭時，雙方各自訴說理由，然後法官加以裁決，這就是「曹」下面
的「口」，後來訛變為表示裁決的「曰」。「獄之兩曹也」，「曹」字就是

這樣造出來的，乃是「鈞金束矢」制度的具象寫照。

　　由「曹」的本義而引申為雙方，想想那兩個袋子以及原告、被告就明白了。屈原在《楚辭・招魂》篇中吟詠古人的下棋遊戲，有「分曹並進，遒相迫些」的詩句，「分曹」即分對廝殺，互相迫近對方的腹地。由「曹」的司法制度又可引申為司法機關，比如「法曹」，再引申之，官署也可稱「曹」，比如東漢開始，尚書分六曹治事，就是指的六個官署。

執

❶ ❷ ❸

用手枷把犯人銬起來

諸侯盟，誰執牛耳——《左傳》

「執」是非常有意思的漢字，甲骨文字形❶，這是一個會意字，右邊是一個半跪著的人，左邊是一副手枷，用手枷這種刑具將犯人銬起來。甲骨文字形❷，這麼大一副刑具，僅僅為了銬住一雙手，比現在的手銬麻煩多了。金文字形❸，人的雙手被銬住的情形生動逼真。金文字形❹，下面多此一舉地添加了雙手，意為雙手持枷去銬犯人。小篆字形❺，手枷的形狀還在，但是右邊被銬住雙手的人形不大看得出來了。楷書字形❻，右邊定型為「丸」，中間的一點倒還有雙手被銬的遺意。簡體字形「执」的左邊乾脆簡化為提手旁了。

《說文解字》：「執，捕罪人也。」這就是「執」的本義，即拘捕、捉拿，引申為持、操持、主持、執行、控制的義項，也都是由此而來，又因為雙手被銬，一定要銬得很緊，以防脫逃，因此又為固執，一個人固執己見、執迷不悟的樣子，跟緊銬雙手不得掙脫的難受模樣是何等相似！

古人把父親的朋友尊稱為「父執」。《禮記・曲禮上》中規定：「見父之執，不謂之進不敢進，不謂之退不敢退，不問不敢對。此孝子之行也。」其中，「父之執」又稱「執友」，意思是「與父同志者也」，和父親秉持同一種志向。古人云：「同門曰朋，同志曰友。」故稱「執友」。

古人還把為人送殯稱作「執紼」，「紼（ㄈㄨˊ）」是下

❹ ❺ ❻

葬時引柩入穴的大繩。《禮記・曲禮上》中規定：「助葬必執紼」、「執
紼不笑」。喪葬乃人生死之大事，必須莊重對待，因此參加葬禮的時
候，一定要手執牽引靈柩的大繩以幫助行進，這時還不能笑，以示悲
傷之情，所謂「君子戒慎，不失色於人」。

　　《詩經》中有「執子之手，與子偕老」的名句。鄭玄說：「言執手者，
思望之甚也。」鮮為人知的是，「執手」並不僅僅是互相牽手，還是北
方少數民族相見時的一種禮節，也叫「執手禮」。《遼史》中詳細描述
了這種禮節：「執手禮：將帥有克敵功，上親執手慰勞；若將在軍，
則遣人代行執手禮。優遇之意。」

　　古籍中常見「執牛耳」一語，比如《左傳・哀公十七年》：「諸侯盟，
誰執牛耳？」杜預解釋說：「執牛耳，尸盟者。」其中，「尸」是祭祀
時代表死者受祭的活人，「尸盟」指主持盟會的人。周代有名叫玉府的
官署，負責掌管天子的玉器及其他玩物，其職責之一是：「若合諸侯，
則共珠槃玉敦。」講的就是與諸侯盟會時的程序及使用的器具。

　　「珠槃（ㄆㄢˊ）」是用珠裝飾的盤，「敦」是青銅製成的食器，「玉敦」
是用玉裝飾的食器。古時以槃盛血，以敦盛食。孔穎達有關於盟會的
詳細描述：「盟之為法，先鑿地為方坎，殺牲於坎上，割牲左耳，盛
以珠槃，又取血盛於玉敦，用血為盟書，成，乃歃血而讀書。」其中，
「歃（ㄕㄚˋ）」的本義是微吸，微飲。「歃血」即微飲血，還有一種說法
是「歃血」指用手指頭蘸血，塗抹在嘴旁邊。不管是微飲還是蘸血，
都是雙方之間誠意的表現。其中「珠槃以盛牛耳，尸盟者執之」，這就
叫「執牛耳」，從主持盟誓的人引申為人在某方面居於領導地位。

❶

相信很多人都有這樣的疑問：監獄就是監獄，跟左右兩條狗有什麼關係？我們來看看這個字的古字形，慢慢剝開古人造字的來龍去脈。

甲骨文中還沒有發現「獄」字，金文字形❶，中間是「言」，右邊可以看得很清楚，是一隻犬，但左邊字元卻顯然與右邊的犬形差別很大。小篆字形❷，兩旁都規整化為「犬」了。

林義光和楊樹達兩位學者都認為中間的「言」乃是「辛」的訛寫，「辛」即刑刀之形，藉以表示罪犯，因此「從二犬從言，謂以二犬守罪人爾」。張舜徽先生在《說文解字約注》一書中也持這種觀點：「古之獄有犬以守之，故從二犬。」

《說文解字》：「獄，确也。從狀從言。二犬，所以守也。」段玉裁注解說：「獄字從狀者，取相爭之意；許云所以守者，謂㹜牢拘罪之處也。」其中，「㹜狅（ㄅ一ˋㄢ）」是形狀像虎的野獸，常常畫在獄門上，因此用作牢獄的代稱。「确」指牢獄堅固，罪人無法得出，因此許慎用「确」來訓「獄」。許慎的釋義，就是二犬守獄的由來。

朱駿聲在《說文通訓定聲》中則認為：「兩犬相爭也。獄，訟也。獄之言觸也。」意思是說用兩犬相爭來比喻原告和被告雙方言辭相駁，爭辯是非曲直。但為什

❷

麼偏偏用兩條狗來比喻呢？無法自圓其說。

晚清學者于鬯則在《香草校書》中提出了質疑：「如謂牢獄，古人以犬守罪人，猶可言也，獄訟對質之時，焉用犬守為？」因此，他認為這不是兩犬，而是兩人在法庭上跪坐對質之形：「自來訴訟必跪而對質。古跪即坐，故有坐獄之稱⋯⋯正二人跪而對質之象也，故中從言，其意曉然矣。」意思是說兩人跪坐對質，中間的「言」表示對質的言辭，後來的篆文規整化的時候，將這一形象訛寫為「犬」。

華中師範大學中文系教授何金松先生所著《漢字形義考源》認同此說，他認為「左旁之構件像人張口之形⋯⋯右旁之構件看來像犬字，但金文犬字無有作此形者，乃是與左旁之構件相對的張口人形的訛變⋯⋯金文『獄』字像二人相對張口爭辯之形」。

此說最有說服力。因此，「獄」的本義是指原告和被告之間的訴訟，牢獄不過是引申義而已。《左傳・莊公十年》中有一句話：「小大之獄，雖不能察，必以情。」大大小小的訴訟案件，即使不能做到明察，也要根據實情去處理，正是用「獄」的訴訟本義。

至於當作牢獄講，歷朝歷代還有不同的稱謂。東漢學者蔡邕《獨斷》記載：「夏曰均臺，周曰圖圄，漢曰獄。」此外還有種種別名，此不贅述。

《彩繪帝鑑圖説》（*Recueil Historique des Principaux Traits de la Vie des Empereurs Chinois*）之〈縱囚歸獄〉
約十八世紀，法國國家圖書館藏

　　《帝鑑圖説》由明代內閣首輔、大學士張居正親自編撰，是供當時年僅十歲的小皇帝明神宗（萬曆皇帝）閱讀的教科書，由一個個小故事構成，分兩編，〈聖哲芳規〉講述歷代帝王勵精圖治之舉，〈狂愚覆轍〉剖析歷代帝王倒行逆施之禍，每個故事均配以插圖。此彩繪版《帝鑑圖説》約繪製於清代早期，可能是當時的外銷畫，傳入歐洲後添加了法文注釋，並按照西方圖書裝訂方法黏合成冊。畫面嚴謹工麗，略具西洋透視技法。

　　〈縱囚歸獄〉的典故出自唐史：唐太宗親錄繫囚（審查記載囚犯罪行的卷宗），見應死者，憫之，縱使歸家，期以來秋就死。又敕天下死囚皆縱遣，至期來詣京師。至是九月，去歲所縱天下死囚，凡三百九十人，無人督率，皆如期自詣朝堂，無一人亡匿者，上皆赦之。

　　明德慎罰、以德化民是儒家政治的重要理念，縱囚歸獄之舉雖與律法齟齬，卻是歷來傳頌的明君佳話。白居易詩云：「怨女三千放出宮，死囚四百來歸獄。」就是讚頌唐太宗的功德。

軍事篇

❶ ❷

一手持戈一手持盾

元戎十乘，以先啟行──《詩經》

人們常使用「投筆從戎」這個成語，比喻棄文從武，那麼，「戎」為什麼會指軍隊呢？古代中國稱西部的少數民族為西戎，這真的是蔑稱嗎？

戎，甲骨文字形❶，這是一個象形字，右邊是戈，左邊是一面盾牌。金文字形❷，左邊盾牌的形狀更是栩栩如生。金文字形❸，刻字的人變懶了，盾牌形簡略為「十」字形，「十」字形就是「甲」字的甲骨文寫法，這就為小篆的訛變打下了基礎。小篆字形❹，左邊果然訛變成了「甲」，以至於許慎在《說文解字》中根據小篆字形誤釋為：「戎，兵也，從戈甲。」其中「甲」是士兵所穿的鎧甲，已不同於原字形的盾牌了。

「戎」的本義就是戈和盾，這是古代士兵的標準配備，《詩經・抑》中有「弓矢戎兵」的詩句，即指弓、矢、戎、兵（戰斧）這四種兵器。《周禮》記載，周代有「司兵」一職，職責是「掌五兵、五盾」，其中的「五兵」就是《禮記・月令》中所說的「五戎」，鄭玄解釋說：「五戎，謂五兵：弓矢、殳、矛、戈、戟也。」弓矢指弓和箭；殳（ㄕㄨ）是竹木所製，長柄無刃，用以撞擊的兵器。這裡的「戎」已引申為兵器的統稱了。

《詩經・六月》中吟詠道：「元戎十乘，以先啟行。」這裡的「戎」指兵車，元戎即大的兵車，十輛大的兵車用作軍隊的先鋒。不過，「元戎」是周代兵車之名，夏、

❸ ❹

商的名稱則不同。根據《司馬法・天子之義》的記載：「戎車：夏后氏曰鉤車，先正也；殷曰寅車，先疾也；周曰元戎，先良也。」鉤車之「鉤」為馬的大帶，可以駕馭馬匹，校正兵車前行的方向，故云「先正」；寅車之「寅」是前進的意思，這種兵車能夠進取遠道，故云「先疾」；元戎指最好的大兵車，故云「先良」。

《禮記・王制》中記載了西戎不同於中原民族的特徵：「西方曰戎，被髮衣皮，有不粒食者矣。」粒食，指以穀物為食。中原諸國之所以稱西部少數民族為「戎」，乃是因為他們擅長持戈盾作戰，是驍勇的武士。《大戴禮記・千乘》中也說：「西辟之民曰戎，勁以剛。」勁以剛，更是非常鮮明地描述了西戎部族驍勇武士的特徵。因此，「戎」並非是蔑稱，而是對西戎部族的客觀描述，甚至還有「勁以剛」的褒揚之詞。

東漢學者應劭在《風俗通義》中說：「西方曰戎者，斬伐殺生，不得其中。戎者，凶也。」將「戎」釋義為「凶」，可知這時已將西戎其名視作蔑稱了。不過，「斬伐殺生」和「凶」的評價，仍然透露出西戎重兵尚武、爭強好勝的習性。

兩隻手舉著兵器

軍事，建車之五兵——《周禮》

❶

過去軍閥混戰的年代，民間常常把當兵的人謔稱為「丘八」，乃是破「兵」而為「丘八」，這純屬望字生義，與「兵」的造字思維完全無關。

兵，甲骨文字形❶，下面的兩隻手看得很清楚，兩隻手捧著的是什麼東西呢？其實就是「斤」，「斤」是曲木柄、頭部有刃的工具，許慎釋義為「斫木也」，砍伐樹木的斧頭。張舜徽先生在《說文解字約注》一書中解釋說：「今木工猶用二斧，大者以之劈判木材，小者以之削皮平節，俗皆謂之斧。」結合出土實物，學者們早已判定這種叫「斤」的工具就是今天俗稱的「錛（ㄅㄣ）子」，木柄和刃具相垂直，呈丁字形，刃具扁而寬（編註：外觀類似斧頭），作用是去皮去節，削平木料，與這個字形中的「斤」形一模一樣。

兵，金文字形❷，上面的「斤」發生了變形，為小篆字形❸打下基礎。《說文解字》：「兵，械也。從廾持斤，並力之貌。」段玉裁進一步解釋說：「械者器之總名。器曰兵，用器之人亦曰兵。」也就是說，兵器和執兵器的人都可稱「兵」。徐中舒先生在《甲骨文字典》中總結道：「斤為生產工具，亦用為武器。以兩手持斤，表示兵器與武力。」

因此，如果非要把「兵」破開而具備實際含義的，那麼就應該破而為「斤廾」，「廾」即「拱」，兩手捧物

之意。當然，這不過是戲言而已。

古有「五兵」之說，這是指兵器的五種門類。《周禮》記載，周代有「司兵」一職，職責之一就是「掌五兵」。哪五兵？東漢學者鄭眾注解說：「五兵者，戈、殳、戟、酋矛、夷矛。」其中，「戈」是長柄橫刃、可勾可擊的青銅兵器；「殳」是竹木所製、長柄無刃、用以撞擊的兵器；「戟」是一種分枝狀兵器，既能直刺，又能橫擊；「酋矛」是長二丈的矛，「夷矛」是長二丈四尺的矛，進攻時持較短的酋矛，防守時持較長的夷矛。

《禮記·月令》中則稱之為「五戎」，鄭玄注解說：「五戎，謂五兵：弓矢、殳、矛、戈、戟也。」這是在講步兵的配備。步兵不需要較長的防守所用的夷矛，但增加了弓矢（弓和箭）。

「司兵」的職責還有：「軍事，建車之五兵。」軍事行動之前，要在兵車上豎立「五兵」，「建」即豎立之意。這就是《禮記·少儀》所說的「乘兵車，出先刃，入後刃」：兵車上豎立的五種兵器，出城打仗時要把刀刃向前，以示決戰的勇氣；入城返回時要把刀刃向後，不能對著自己的國家。

關於「建車之五兵」，《詩經·魯頌·閟（ㄅㄧˋ）宮》中有極為鮮麗的描繪：「公車千乘，朱英綠縢。二矛重弓。」這是在誇耀魯僖公戰車的威風。「朱英」指酋矛和夷矛的纓飾，用絲纏成而染以紅色；至於「縢（ㄊㄥˊ）」是繩索；「重弓」指兩張弓，損壞時可以換用，用綠繩將兩張弓捆紮在一起。兵車上共有三人，中間是駕車的御者，左邊的人持弓，右邊的人持矛，進攻時持較短的酋矛，防守時持較長的夷矛。孔穎達

注解說：「右人所持者朱色之英，左人所持者綠色之繩。此朱英、綠繩者，是二矛、重弓也。」真是一幅美麗的畫面！

《詩經‧豳風圖‧破斧》
（傳）南宋馬和之繪，趙構書，絹本設色長卷，美國大都會藝術博物館藏

　　馬和之，錢塘（今浙江杭州）人。紹興進士，官至工部侍郎
（一說為畫院待詔）。擅畫人物、佛像、山水，自創柳葉描，行筆
飄逸，著色輕淡，人稱「小吳生」。宋高宗和宋孝宗曾書《毛詩》
三百篇，命馬和之每篇畫一圖，匯成巨帙。其作筆墨沉穩，結構
嚴謹，筆法清潤，景致幽深。該系列摹本眾多，存世至今約十六
卷，風格、水準不一，散藏於各大博物館。《豳風圖》即為《詩經》
系列圖之一。

　　《豳風圖》卷根據《詩經‧國風‧豳風》的詩意而作。全卷
共分七段，每段畫前書《豳風》原文。這段描繪的是〈破斧〉詩
意。詩第一章云：「既破我斧，又缺我斨。周公東征，四國是皇。
哀我人斯，亦孔之將。」此詩讚美周公東征之舉，同時憐憫將士
死裡逃生。畫面描繪的是兩位大夫，右邊高髻者左手執一破斧，
右手指斧，面容肅穆，似在訴說；左邊高冠者也用手指點，面容
和藹，似在應答。人物勾勒細緻，髭髮畢現。破斧，一說指武器
簡陋，一說喻戰爭艱苦。

❶

一
支
矛
有
鋒
刃
、
矛
身
和
裝
柄
的
孔

稱爾戈，比爾干，立爾矛，予其誓──《尚書》

「矛」是古代戰爭中最常見的進攻性武器之一。已經出土的甲骨文中還沒有發現「矛」字，我們來看看它在金文中的字形❶，這就是一柄矛的象形。甲骨文大家于省吾先生在《雙劍誃殷契駢枝續編》中解釋說：「上象其鋒，中象其身，下端有銎，所以納柲，一側有耳，耳有孔，蓋恐納柲於銎之不固，以繩穿耳以縛之，亦有兩側有耳者。」

這段話裡的「銎（ㄑㄩㄥ）」指裝柄的孔，「柲（ㄅㄧˋ）」就是柄。于省吾先生是根據出土實物所做的釋義，而這個金文字形就相對比較簡單，僅僅畫出上面的鋒刃、矛身和裝柄的孔而已。小篆字形❷，有所變形。徐鍇認為中間豎立者表示矛身，兩側的增飾表示「旄屬」，即用飛禽的羽毛製成的裝飾物。

許慎還收錄了「矛」的古文字形❸，右邊從戈，表示矛和戈屬於同一種長柄的兵器，左邊則是有毛羽裝飾的矛。這是一個非常美麗的字形。

《說文解字》：「矛，酋矛也，建於兵車，長二丈。象形。」古時兵車上豎立有兩支矛，長二丈的「酋矛」和長二丈四尺的「夷矛」，進攻時持較短的酋矛，防守時持較長的夷矛。步兵則只持酋矛，因此許慎只用「酋矛」來釋義。

《尚書》記周武王伐紂，到達商郊的牧野時作〈牧

❷　　　　　　　　　　　❸

誓〉，其中說道：「稱爾戈，比爾干，立爾矛，予其誓。」其中，「稱」
是舉起的意思，戈較短，因此要舉起示威；「比」是並列的意思，「干」
指盾牌，盾牌需要並列在一起；矛則較長，因此立於地即可。將這些
示威的舉動都完成之後，周武王才開始立誓。

　　「矛」還有另一種比較奇特的形制。《詩經・國風・小戎》是一首
秦地婦人思念出征丈夫的詩篇，其中吟詠道：「俴駟孔群，厹矛鋈錞。
蒙伐有苑，虎韔鏤膺。交韔二弓，竹閉緄縢。」這短短幾句詩，把戰
車上置備的兵器及其裝飾、收藏的情狀，都淋漓盡致地羅列了出來。

　　「俴（ㄐㄧㄢˋ）」是淺、薄的意思；「駟」指四馬駕一車；「俴駟」指
四匹馬都披著薄金所製的介冑；孔群，甚群，形容四匹馬很協調的樣
子；「厹（ㄑㄧㄡˊ）矛」指三隅矛，刃有三叉；「鋈（ㄨˋ）」指消融白金
以做為銀飾；「錞（ㄉㄨㄟˋ）」是矛柄下端的平底金屬套；「蒙」指雜
色，「伐」是盾牌之名，「蒙伐」即指盾牌上畫有雜色毛羽的文飾；「苑」
指這些文飾之貌；「韔（ㄔㄤˋ）」是裝弓的弓囊，用虎皮所製，故稱「虎
韔」；「膺」指馬當胸的帶子，以金鏤刻，故稱「鏤膺」；「交韔二弓」
的意思是把兩張弓交錯放置於弓囊中，以備損壞；「閉」通「柲」，弓
鬆弛時用繩子將之綁在裡面以防止損傷的器具，竹製，故稱「竹閉」；
「緄（ㄍㄨㄣˇ）」是繩子，「縢」是纏束的意思，用繩子把弓纏束起來，
然後再放入弓囊之中。

　　古人做事之精細，真是令人歎為觀止！

〈三國志長阪橋圖〉（三國志長阪橋の図）
歌川國芳繪，1852 年

　　這幅畫的是張飛據水斷橋的故事。

　　當時劉備依附劉表，劉表死後，曹操犯荊州，劉備逃往
江南，曹操率精銳窮追不捨。一日一夜，及於當陽之長阪。
劉備聞曹公猝至，拋棄妻子狼狽而逃，令張飛率二十騎拒
後。張飛據水斷橋，瞋目橫矛曰：「張翼德在此，可來共決
死！」敵皆無敢近者。

　　小説《三國演義》中渲染，張飛一聲霹靂，夏侯霸驚得
肝膽碎裂，倒撞於馬下。曹軍人如潮退，馬似山崩，曹操更
是嚇得魂不附體。張飛的兵器是一柄丈八蛇矛，矛尖如白蛇
吐信，要在百萬軍中取敵將首級，猶如探囊取物。

盾

一面有畫飾的盾牌

龍盾之合，鋈以觼軜——《詩經》

❶

明清時期，軍隊中常用的一種盾牌叫「藤牌」，顧名思義，是用粗藤編製，呈圓盤狀，中心凸出，周簷高起，裡面用藤條編成上下兩環，以便手執。這大概就是今天的人們所能夠想像的盾牌了，不過商周時期的盾牌可不是這麼簡單的樣子。

盾，甲骨文字形❶，這是最早期的盾牌之形，呈方形或長方形，上下的兩豎類似於藤牌裡面便於手執的上下兩環，中間的方形則是畫飾。也就是說，早期的盾牌正面都有畫飾，或威懾敵人，或自振雄風。

《詩經・國風・小戎》是一首秦地婦人思念出征丈夫的詩篇，其中吟詠道：「龍盾之合，鋈以觼軜。」其中，「鋈（ㄨˋ）」指銀飾；「觼（ㄐㄩㄝ／）」指有舌的環，舌用以穿過皮帶，使之固定；「軜（ㄋㄚˋ）」是車子兩側最外面的兩匹馬靠裡面的韁繩。「觼」在車前的橫木上且固定住，然後把最外面兩匹馬的內韁繫在上面，這就叫「觼軜」；「觼軜」上面都以消融的白金做為銀飾，這就叫「鋈以觼軜」。

龍盾，《毛傳》釋義為：「畫龍其盾也。」盾牌正面繪有龍紋。很顯然，不同於猙獰的虎頭、獅面，龍紋乃是顯示威風。

盾，金文字形❷，這個字形就比較複雜了。于省吾先生認為上面是人，表示人手執盾牌；下面則像有紋理

107

❷ ❸

形的盾牌之形。小篆字形❸，上面是手執之人的訛變，下面則訛變為
「目」。

　　許慎在《說文解字》中就是根據小篆字形釋義為：「盾，瞂也。所
以扞身蔽目。」其中，「扞（ㄏㄢˋ）」是護衛之意，「扞身」即手執盾牌
保護自己。「瞂（ㄈㄚˊ）」也指盾牌，揚雄所著的《方言》記載：「自關而
東或謂之瞂，或謂之干。關西謂之盾。」張舜徽先生在《說文解字約注》
一書中進一步解釋說：「蓋扞身之事，以蔽目為亟，舉目即可該百體
也。語云：『如護頭目。』言目在全身為最重耳。」

　　這都是在解釋「盾」的下面為什麼從「目」的道理，意思是說眼
睛是人體最重要的部位，手執盾牌第一要務就是保護眼睛。但這個解
釋很牽強：盾牌蔽目當然能夠保護眼睛，但同時也就看不見敵人了；
而且盾牌也不至於大到既能蔽目又能保護全身的程度，比如明清藤牌
的圓徑也不過三尺。

　　因此，正如馬敘倫先生的疏證，此「目」乃是有畫飾的盾牌的變
形，「非耳目字也」，從金文字形可以看得很清楚。

　　《周禮》記載，周代有「司兵」一職，職責之一是掌管「五盾」，
但五盾之名，除了朱干、中干和櫓這三種盾牌之外，其餘兩種都已經
失傳了。

刀

一把有柄、背和鋒刃的刀

刀卻刃授穎，削授柎——《禮記》

❶

❷

　　「刀」就是所用之刀，三千年來這一基本義項從來沒有改變過。不過，古人對刀的各個部位區分之詳細，以及附著於用刀上的種種禮儀，卻是今人所不瞭解的。

　　刀，甲骨文字形❶，栩栩如生的象形字：上為刀柄，刀柄以下是橫貫的刀背，左邊的一撇表示刀鋒。甲骨文字形❷，刀柄畫得更彎曲，更適合手握。金文字形❸，字形與❶基本相同，只是書寫角度不同。金文中以「刀」為偏旁的漢字比比皆是，字形均同於甲骨文。至於小篆字形❹，更突出了彎柄之形。

　　《說文解字》：「刀，兵也。象形。」張舜徽先生在《說文解字約注》一書中解釋說：「刀之為器，用以切物，亦用以殺牲，亦用以禦敵。遠古兵器之始，必以刀為最朔。自干戈矛戟之屬競起，刀始專為切物之用，故《周禮》五兵不言刀。許君以兵訓刀者，蓋推本言之。」所謂「五兵」，指戈、殳、戟、酋矛、夷矛這五種兵器。

　　東漢學者劉熙在《釋名·釋兵》中對刀的各個部位有詳細的記載：「刀，到也，以斬伐，到其所，乃擊之也。其末曰鋒，言若蜂刺之毒利也。其本曰環，形似環也。其室曰削，削，峭也，其形峭殺，裹刀體也。室口之飾曰琫，琫，捧也，捧束口也。下末之飾曰琕，琕，卑也，在下之言也。」

　　「其末曰鋒」，即刀鋒，像毒蜂之刺；「其本曰環」，

❸ ❹

即圓環形刀柄;「其室曰削」,「削」通「鞘」,刀鞘,又稱「刀室」,像
包裹刀體之室;「室口之飾曰琫」,「琫(ㄅㄥˇ)」是刀柄處的裝飾物,
天子以玉,諸侯以金;「下末之飾曰珌」,「珌」通「鞞(ㄅㄧㄥˇ)」,刀
鞘下端的裝飾。

　　此外,劉熙還記有短刀和佩刀的形制:「短刀曰拍髀,帶時拍髀
旁也;又曰露拍,言露見也。佩刀,在佩旁之刀也;或曰容刀,有刀
形而無刃,備儀容而已。」其中,「髀(ㄅㄧˋ)」是大腿,人帶刀走路時,
短刀拍著大腿,故名「拍髀」;短刀帶在明處,一望可見,故又名「露
拍」。佩刀則沒有鋒刃,是參加禮儀活動時所帶之刀,以壯儀容。

　　關於執刀的禮儀,《禮記·少儀》中規定:「刀卻刃授穎,削授拊。
凡有刺刃者,以授人則辟刃。」其中,「穎」指刀環、刀柄,遞刀給別
人時,使刀刃向後,將刀柄遞人;「削」指曲刀,刀身直的是直刀,刀
身彎的即曲刀,「拊(ㄈㄨˇ)」是刀把,把曲刀遞給別人時,也要將刀
把遞人。「辟」通「避」,凡是把有鋒刃的東西遞給別人時,都要避開
鋒刃,不讓鋒刃正對著別人。

　　此外,形狀像刀的東西也可稱「刀」,比如刀幣,比如一種像刀的
小船。《詩經·國風·河廣》是一首衛地民歌,其中有「誰謂河廣?曾
不容刀」之句,意思是:誰說黃河寬?竟容不下一條小船。這種刀形
的小船後來寫作「舠」。

一把鬆弛的反曲弓

弓人為弓，取六材必以其時——《周禮》

❶

❷

「弓」是漢字部首之一，從弓的漢字都與弓箭有關。我們來看看「弓」是怎麼造出來的，冷兵器時代，在古代中國地位極其重要的「弓」有哪些有趣的講究。

弓，甲骨文字形❶，很明顯是一把弓的象形，彎曲的部分為弓體，上面的一撇是鬆弛的弓弦。因此，這是一把弛弓，沒有拉開的鬆弛之弓。而且這還是一把反曲弓，即弓體中央的弧形部分向裡凹進，發射威力更大。清代學者孔廣居說：「弓藏則弛。兵為兇器，藏之時多，故取其象也。」甲骨文字形❷，這是一把張開的弓，而且還是一把複合弓，即用多層竹木製成弓身，上下用獸筋縛緊，區別於用單層竹木製成的單體弓。至於金文字形❸，張弓。金文字形❹，弛弓。小篆字形❺，緊承甲骨文和金文字形而來。

《說文解字》：「弓，以近窮遠。」弓箭的發明者其說不一，《山海經》云「少皞生般，般是始為弓矢」，還有古籍稱是黃帝的大臣發明的，或者是射日的羿發明的。不過，考古發掘顯示三萬年前的舊石器時期就已經有了弓箭，當然是最簡陋的單體弓。

周代時，弓箭之制早已大備。《周禮》記載，周代有「司弓矢」一職，「掌六弓、四弩、八矢之法……王弓、弧弓，以授射甲革、椹質者；夾弓、庾弓，以授射豻侯、鳥獸者；唐弓、大弓，以授學射者、使者、勞者。」

③   ④   ⑤

「甲革」指皮革所製的兵甲；「楮（ㄓㄨ）」是斫木製成的墊板，「質」是箭靶，「楮質」即厚木板的箭靶。甲革和楮質厚而堅硬，因此要用王弓和弧弓這兩種強弓來射。「犴」是一種野狗，「侯」是箭靶，「犴侯」即用野狗皮所製或裝飾的箭靶。射犴侯和鳥獸時，不需要用最強的弓，夾弓和庾弓射力較弱，用之即可。唐弓和大弓則是強弱程度中等的弓，適合學習射術者、使者和勤勞王事者所用。

製弓還有更嚴格的要求。《周禮・考工記》記載：「弓人為弓，取六材必以其時，六材既聚，巧者和之。」六材的取用要合乎時令。何謂「六材」？「幹也者，以為遠也；角也者，以為疾也；筋也者，以為深也；膠也者，以為和也；絲也者，以為固也；漆也者，以為受霜露也。」

「幹」即弓幹、弓身，講究的是射得遠，因此要在冬天斫木製成，取其堅硬；「角」即弓角，指縛在弓幹中部、增加強度的獸筋片，講究的是射得快，因此要在春天用水煮角，使其柔韌；「筋」即弓弦，講究的是射得深，因此要在夏天製筋，取其彈性大，又不會紊亂；「膠」即黏合的弓膠，「絲」即纏繞使之堅固的弓絲，「漆」即外塗防寒的弓漆，秋天的時候用這三種材料將弓幹、弓角和弓筋組合在一起，經過一個冬天，整張弓就不會變形。

此外還有使用弓的種種禮儀，極為煩瑣，不再贅述。

《詩經‧小雅‧南有嘉魚篇書畫卷‧彤弓》
（傳）南宋馬和之繪，趙構書，絹本設色，美國波士頓藝術博物館藏

　　此卷為馬和之繪《詩經》系列圖之一。

　　〈彤弓〉是《詩經‧小雅》中的一篇，周代燕樂的雅歌，描述周天子賞賜諸侯彤弓，並設宴招待他們的情景。彤弓指漆成紅色的弓。周天子用弓矢等物賞賜有功的諸侯，是西周到春秋時代的一種禮樂制度。

　　「彤弓弨兮，受言藏之。」賜弓的儀式慎重又隆重。畫面上，彤弓陳列在庭中錦茵之上，受賜諸侯正在行禮拜謝。兩旁是鐘鼓儀仗之屬，有一位大臣展開竹簡，宣讀賞賜的詔書。畫面既肅穆又不乏宴饗的歡樂氣氛。

疾

腋下的箭傷

寡人有疾，寡人好色──《孟子》

❶　　　　❷　　　　❸

《孟子》中記載了齊宣王和孟子的一段對話，很有意思。王曰：「寡人有疾，寡人好色。」對曰：「昔者太王好色，愛厥妃。詩云：『古公亶父，來朝走馬，率西水滸，至於岐下，爰及姜女，聿來胥宇。』當是時也，內無怨女，外無曠夫。王如好色，與百姓同之，於王何有？」這段對話的意思是：齊宣王說：「我有一個毛病，我好色。」孟子回答道：「過去周太王好色，愛他的妃子。《詩》上說：『周太王古公亶父，清晨縱馬奔馳，沿著西邊的河岸，到了岐山腳下，帶著妻子姜氏，來察看新居。』那個時候，內無沒出嫁的女子，外無娶不到妻的男子。大王如果好色，像周太王一樣讓百姓也能嫁娶，對大王有什麼難的呢？」

這裡的「疾」是毛病、缺點的意思。「疾」為什麼會具備這個義項呢？

疾，甲骨文字形❶，這是一個會意字，右邊是一個站立的人，他的右腋下中了一支箭（「矢」的甲骨文字形就是一支箭）。甲骨文字形❷，有兩支箭從右下方射向腋下。金文字形❸，這支箭射向左腋下的樣子更加具象。金文字形❹，左邊站立的人有些變形，但是箭射中了左腋下卻更加明顯。《說文解字》還收錄了一個古文字形❺，在人和箭的左邊添加了一張床，表示人受了箭傷而躺在床上，好像能聽到他傷重哀嘆的聲音。小篆字

④　　　　　　⑤　　　　　　⑥

形❻，左邊同樣是一張床，但人形已經不大看得出來了。楷體字形人和床變化為「疒」，成為偏旁，下面的箭則正式定型為「矢」。

《說文解字》：「疾，病也。」那麼，「疾」和「病」有什麼區別呢？段玉裁解釋道：「析言之則病為疾加，渾言之則疾亦病也。」也就是說，「疾」是輕微的病，「疾」多了，累積起來就變成了「病」，「病」的程度比「疾」要重，此之謂「病為疾加」。段玉裁又說：「矢能傷人，矢之去甚速，故從矢會意。」射出去的箭速度很快，因此可以引申當作形容詞用，比如快速、急速、敏捷、急劇而猛烈等義項，「草枯鷹眼疾」、「疾風知勁草，板蕩識誠臣」都是用這個引申義。

其實從造字的本源來看，「疾」的本義應該解釋為箭傷，引申而為疾病。腋下的箭傷不會致命，也不嚴重，因此「疾」的語感要比「病」輕得多。只要是人，都有毛病和缺點，這是人性使然，並非致命的錯誤，因此才有「寡人有疾，寡人好色」的用法。

有趣的是，佛教徒生病有個特定稱謂，叫作「維摩疾」。《維摩經》記載，佛在毗耶離城庵摩羅園，城中眾人請佛說法，城中的長者維摩詰卻故意稱病不往，於是佛派文殊師利等人前去詢問維摩詰生的是什麼病，維摩詰回答道：「以一切眾生病，是故我病；若一切眾生得不病者，則我病滅。」又說：「菩薩疾者，以大悲起。」表明了自己的悲憫之心。於是後人就把佛教徒生病美譽為「維摩疾」。清人周亮工有詩曰：「誰任維摩疾，空床黃葉林。」至於一般的士人和官員，則謙虛地稱自己得的病為「狗馬疾」，尤其是面對皇帝的關心詢問，常常以「狗馬疾」自稱，也可見「疾」屬於比較輕的病症。

❶　　　❷　　　❸

一支帶箭頭、箭杆和箭尾的箭

矢者，箭也，盡人皆知。不過古人對「矢」的分類非常細，冷兵器時代結束之後，「矢」的有趣分類再也不為今人所知了。

矢，甲骨文字形❶，這是一個很明顯的象形字，共分為三個部分：上部是箭頭，中間是箭杆，下部是箭尾。《說文解字》：「矢，弓弩矢也……象鏑、栝、羽之形。」箭杆一望便知，因此許慎的解釋省去了箭杆；「鏑」就是箭頭，不過在「矢」的這個字形中，上部的箭頭處有三個小孔，可知這支箭乃是「鳴鏑」，即響箭，箭上鑿有三個小孔，箭射出去後，被風聲所激，三個小孔就會發出響聲，考古出土的箭中有很多這種形制的鳴鏑，根據《史記·匈奴列傳》記載，冒頓單于最先製成此箭，訓練兵士聽到鳴鏑之聲就齊齊射箭，然後用此計射殺了父親，從而自立為單于；「栝（ㄍㄨㄚ）」是箭末扣在弓弦上的地方，即箭尾交叉之處的頂端；「羽」當然就是鳥羽，綴在箭尾，為的是讓箭飛得更穩。

矢，甲骨文字形❷，這支箭是一支普通的箭，不再是鳴鏑。甲骨文字形❸，箭杆和箭尾相交處添加了一短橫，有人認為這是將箭羽縛牢而纏繞的絲線，但我認為這是一個指事符號，將箭搭在弓弦上後用力拉開，這個指事符號表示弓拉滿後箭杆中部的平衡之處。

金文字形❹和❺，箭杆中部的臃腫圓點更像弓拉滿

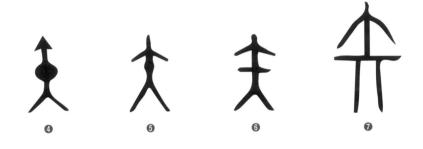

④　　　　　⑤　　　　　⑥　　　　　⑦

後和箭杆的組合指事，表示這是箭杆中部的平衡之處。金文字形⑥，
中部同樣是一橫。小篆字形⑦，中部的一橫拉長，不大看得出箭的形
狀了。楷體字形則變形得更厲害。

　　《周禮》記載，周代有「司弓矢」一職，「掌六弓、四弩、八矢之
法」。所謂「六弓」，分別是：力量強勁，可以遠射甲革堅硬之物的王
弓和弧弓；力量較弱，只能近射箭靶和鳥獸的夾弓和庾弓；力量居中，
習射者和使者所用的唐弓和大弓。所謂「四弩」，分別是：有利攻守的
夾弩和庾弩，有利車戰野戰的唐弩和大弩。所謂「八矢」，分別是：利
火射，用於守城車戰的枉矢和絜（ㄐㄧㄝˊ）矢；用於近射田獵的殺矢和
鍭（ㄏㄡˊ）矢；用來射飛鳥的矰（ㄗㄥ）矢和茀（ㄈㄨˊ）矢；用於射禮和
習射的恆矢和庳（ㄅㄟˋ）矢。

　　《詩經‧考槃》中有「獨寐寤言，永矢弗諼」、「獨寐寤歌，永矢弗
過」、「獨寐寤宿，永矢弗告」的詩句。寐寤，睡和醒，指日夜；諼
（ㄒㄩㄢ），忘記。這是關於賢德之人的讚歌，描述他即使獨自度日，仍
然發誓不忘正道。其中「矢」通「誓」。

　　「矢」為什麼能夠通「誓」呢？「誓」的本義是折箭為誓以相約束，
本來是軍旅所用。根據《周禮》記載，周代有「士師」一職，所掌五
戒之一即是「一曰誓，用之於軍旅」，箭乃軍用之物，折箭為誓以約束
將士聽從號令，因此「矢」可通「誓」。

射

① **②**

用手拉開弓射箭

枉為鄉里舉，射鵠藝渾疏——姚合

　　射者，男子之事也。儒家要求學生掌握的六項基本技能：禮、樂、射、御、書、數。射即為其中很重要的一項。先秦時期，每年的春秋兩季，各鄉都要舉辦鄉射禮，鄉射禮之前還要先舉辦鄉飲酒禮，為的是「明長幼之序」。鄉射禮有許多具體的禮儀和規定，《禮記》專闢〈射義〉一節，講解「射」的意義；《儀禮》也專闢〈鄉射禮〉一節，講解舉行射禮時應該遵循的步驟和禮節。唐代詩人姚合有「枉為鄉里舉，射鵠藝渾疏」的詩句，描寫的就是這種鄉射禮。射鵠是箭靶子。「射」的重要性由此可見一斑。

　　射，甲骨文字形❶，這是一個會意字，由弓和箭兩部分組成，會意為張弓射箭。甲骨文字形❷，弓和箭結合得更緊湊。金文字形❸，變得更加美觀，也更加具象。金文字形❹，在弓的後部添加了一隻手，表示用手射箭。小篆字形❺，弓和矢（箭）的形狀被誤寫作「身」字，以至於看不出來射箭的樣子了，不過右邊的手形還在，「寸」就是手的形狀。

　　《說文解字》：「射，弓弩發於身而中於遠也。」這是許慎根據小篆字形而得出的誤讀，因為要解釋小篆字形中的「身」字，所以才說「弓弩發於身」，其實「射」的本義就是射箭，跟身體沒有任何關係。

　　鄉射禮的程序很繁複，此處不贅述，有趣的是射箭

❸ ❹ ❺

時還要隨著音樂的節拍，只有應和著音樂的節拍射中靶心才能算數。《禮記·射義》中還有對比賽失敗者的要求：「射者，仁之道也。射求正諸己，己正然後發，發而不中，則不怨勝己者，反求諸己而已矣。孔子曰：『君子無所爭，必也射乎！揖讓而升，下而飲，其爭也君子。』」失敗者不能怨恨勝利者，要「反求諸己」，反省自己為什麼會失敗，是不是己身不正的緣故。孔子說：「君子沒有什麼可跟別人爭的。如果說君子一定有可跟別人爭的事情，那就是舉行射箭比賽的時候。射箭比賽之前相互揖讓，然後登堂比賽，比賽完了，相互揖讓後下堂，勝利者要揖讓失敗者飲酒，射箭比賽這種爭也是君子之爭。」

古時舉行射禮有五種射箭法，稱作「五射」。近代學者章炳麟先生曾經慨嘆過今人已經不明白「五射」的精髓了。五射之法的名稱都很好聽，依次為：白矢、參連、剡注、襄尺、井儀。根據歷代學者的注疏，簡單介紹於下：白矢，指箭射穿靶子而露出箭鏃；參連，指每射共四箭，先放一箭，後三箭連續發出；剡（一ㄢˇ）是銳利的意思，剡注，指射出去的箭箭羽高而箭頭低，這需要射手拉滿弓弦，全力射出；襄尺，指君臣共射時，按照禮節，臣不能和君並立，要避讓君一尺之地，「襄」通「讓」；井儀，指每射共四箭，四箭連射，射中箭靶後要呈「井」字的形狀，這樣射中的面積大，殺傷力也大。

❶

❷

❸

把箭裝進箭囊裡

矢人惟恐不傷人，函人惟恐傷人——《孟子》

「函」字今天只用於「信函」等類似的義項，「信」是裡面的書信，「函」是外面的封套，合稱「信函」。想想《戰國策‧燕策》中那個著名的場景吧：「遂收盛樊於期之首，函封之。」逃亡的秦國將軍樊於（ㄨ）期為幫助荊軻刺秦王，自刎而死，荊軻將他的頭顱「函封之」，裝在匣子裡封存起來，要去獻給秦王。「函」為什麼會當作匣子講呢？

函，甲骨文字形❶，這是一個有趣的象形字，裡面是一支箭，外面是箭囊，箭囊右上側還有一個繫扣，用來手持或者懸掛。甲骨文字形❷，箭頭朝下，繫扣在左側。甲骨文字形❸，有人認為前兩個字形中，裝箭的是箭筒，而從這個字形可以看出它是箭囊。這種箭囊稱作「矢箙（ㄈㄨˊ）」，鄭玄說：「箙，盛矢器也，以獸皮為之。」金文字形❹，箭矢、矢箙、繫扣之形更是栩栩如生。金文字形❺，繫扣上甚至還有紋飾。小篆字形❻，一眼就可以看出，這個字形乃是甲骨文和金文字形的訛變，而且變形得非常厲害，以至於許慎在《說文解字》中釋義為：「函，舌也。象形。」許慎雖然指出這是一個象形字，但釋義完全錯誤。「函」的本義就是「矢箙」，盛矢器。

孟子在〈公孫丑上〉篇中講了一個道理：「矢人豈不仁於函人哉！矢人惟恐不傷人，函人惟恐傷人。」常人總以為造箭的人唯恐不傷人，造鎧甲的人唯恐傷人，

④

⑤

⑥

但這只是兩者的技藝不同罷了，並不是說造箭的人就比造鎧甲的人不仁義。古時作戰時所穿的護身鎧甲，最初是用獸皮做的，戰士穿上鎧甲，恰似箭矢裝在獸皮製的矢箙之中，「函」因此引申為鎧甲，「函人」即指造鎧甲的工匠。

張舜徽先生即據此認為「竊意此字當以函人之函為本義」。他說：「所謂函者，猶今俗所稱擋箭牌也……其中從矢，乃喻此為矢之所集，所以禦矢，非謂藏矢於其中也。」此說雖然新穎，但是如果本義為擋箭牌，那麼對方射來的箭一定會叢集於鎧甲的表面，但「函」的字形中，箭矢明明整體都裝進了箭囊裡，尤其是甲骨文字形❸，上面還有束起箭囊的繩端之形。再者，對方射到鎧甲上的箭，一定是箭頭朝前，不可能箭頭朝上或朝下，可是「函」的字形中，箭頭卻朝上或朝下，因此「函」的本義絕不是鎧甲。

「函」由盛矢器引申為匣子，當然就順理成章了；又可以由箭在囊中引申為包含、容納。《禮記·曲禮上》中規定：「若非飲食之客，則布席，席間函丈。」此處「非飲食之客」指客人不是來吃飯飲酒，而是來講說討論問題的。鄭玄解釋說：「函，猶容也。講問宜相對，容丈，足以指畫也。」兩人相對講問，肯定有雙手比比畫畫的肢體語言，因此席間要容留出一丈的距離，此之謂「函丈」，後來就用作對前輩學者或老師的敬稱。

《韃靼人馬圖》冊頁之一
明代佚名繪，絹本設色，美國佛利爾美術館藏

　　佛利爾美術館擁有全美最多、最精彩的
中國繪畫藏品，包括大量宋元明各朝代的中
國古畫。

　　此圖無款，為一組明人冊頁中的一幀。
畫中，一個沒戴帽子的韃靼人牽著一匹四蹄
踏雪的黑色駿馬，往畫外走去。似乎是狩獵
歸來，或紮營後的閒暇時分，要牽馬去附近
的河水中飲馬洗浴一番。解下的雕鞍轡頭、
弓箭衣帽等，隨意堆放在畫面一角。細看，
水囊、箭囊、弓箭歷歷在目。箭囊是獸皮製
成，箭羽鮮明整齊，顯得裝備精良。

❶　　　　　　　❷

成

用楔子把戈的刃和長柄固定在一起

蕭韶九成，鳳凰來儀——《尚書》

「成」這個字的字形眾說紛紜，沒有定論。這裡先介紹各種解釋，最後再提出自己的新解。

成，甲骨文字形❶，這毫無疑問是一個會意字，主體部分是一支戈，沒有異議，但左下角這一小豎代表的是什麼東西，各種解釋的分歧就在於此。

第一種解釋是：這一小豎是「杵」的形狀，上邊的「戈」也可以認作斧形，斧、杵具備，就可以做成很多事情。

第二種解釋是：這一小豎是指事符號，像是戈上滴下來的血，會意為收兵藏戈，戰亂平息了。

第三種解釋出自谷衍奎編纂的《漢字源流字典》：「甲骨文像以斧劈物形，表示斬物為誓以定盟之意。猶如折箭為誓、歃血定盟一樣，是古代發誓的一種風俗。」

第四種解釋最為奇特，出自白川靜先生，他認為這一小豎乃是飾物下垂之態，戈製作完成後，要在戈上裝飾某種飾物，用以舉行除惡的祭禮。

以上四種解釋雖然有一定的道理，但是甲骨文中出現更多的是字形❷，從而推翻了第一、第二、第四種解釋，左下角這個小小的圓形物體既不是「杵」形，又不是血滴形，更不是飾物；至於第三種解釋中的「斧劈物形」，那麼字形❶中的這一小豎未免過小，為何不選取一個較大的物體來劈呢？況且這種解釋並未舉出實例，

❸

❹

❺

來證明哪種定盟方式採用的是「斧劈物形」，而折箭為誓和歃血定盟，史書都有相應的記載。

因此，以上四種解釋都不能成立。我的解釋是：甲骨文字形❶和金文字形❸中，這一小豎是竹木或金屬製成的楔子的形狀，即「丁」字的初文，後來添加了一個「金」字旁寫作「釘」，也就是釘子；甲骨文字形❷中，這個圓形物體就是這種楔子的俯視圖，即楔子或釘子的頂部。

金文字形❹是「成」的另一種古文字形，就看得更加清楚了，楔子或釘子長長的身體上端，還有一個圓圓的釘帽。小篆字形❺，「戈」裡面更像一根釘子的形狀。楷體字形裡面的釘子加以變形，看不出來原來的樣子了。

「成」的各種字形會意為用楔子或釘子把「戈」的刃和長柄固定在一起，固定完成後，就可以持戈出征了，因此《說文解字》解釋道：「成，就也。」這是「成」的引申義，引申為完成、成就、平定等各種義項。

樂曲一章終了也叫「成」，比如《尚書》中說：「簫韶九成，鳳凰來儀。」簫韶相傳是舜製成的樂章，奏了九章之後，鳳凰也來起舞。

「成」又可引申為成規，即已經完成並定型的規則。周代有「士師」的官職，職責之一就是「掌士之八成」，用八種成規執掌禁令刑獄。這「八成」分別是：「一曰邦汋，二曰邦賊，三曰邦諜，四曰犯邦令，五曰撟邦令，六曰為邦盜，七曰為邦朋，八曰為邦誣。」一曰邦汋，「汋」通「酌」，指盜取國家機密者；二曰邦賊，叛逆作亂者；三曰邦諜，為

別國做間諜者；四曰犯邦令，抗拒國君指令者；五曰撟邦令，矯稱假託國家法令者；六曰為邦盜，竊取國家寶藏者；七曰為邦朋，互相勾結違法亂紀者；八曰為邦誣，誣罔君臣，歪曲事實者。此之謂「八成」之罪，可稱得上井井有條，鉅細靡遺。

❶ ❷

一柄鋸齒狀的兵器

昔我往矣，楊柳依依──《詩經》

　　「我」被用作第一人稱代詞是假借來的，最早的「我」字並不是這個意思。

　　我，甲骨文字形❶，是一個象形字，左邊是一把有三個鋸齒的戈，右邊是長柄，由此可知「我」的本義為一柄鋸齒狀的兵器。甲骨文字形❷，大同小異。金文字形❸，形狀變得更加鋒利。金文字形❹，鋸齒更加突出，看上去有一種身體因此疼痛的感覺。小篆字形❺，還勉強能夠看出來戈的形狀。

　　周武王伐殷，在孟津渡發表了三篇〈泰誓〉，其中有「我伐用張，于湯有光」的誓詞，此處用的就是「我」的本義。「我」是兵器，自然含有殺伐之意，「我伐」即殺伐。殺伐要進行了，對於殷商的開國君主成湯來說，這也是一種光榮。周武王的意思是說，殷紂王十分兇殘，已經違背了開國君主所承受的天命，因此征伐紂王符合天命，連殷商的開國君主成湯也會感到光榮的。所以《說文解字》中說：「我，一曰古殺字。」即由此而來。

　　「我」既為兵器，則是一種危險的稱謂。假借為第一人稱代詞之後，《說文解字》：「我，施身自謂也。」自己稱自己為「我」，但此時的「施身自謂」已經被添加了許多自身之外的價值，比如著名的「修齊治平」的政治理想，修身的最終目的被歸結於國和天下的「治平」，彷彿這具溫熱真切的身體早已被提前預訂，用來服務於

❸　　　　　❹　　　　　❺

更長遠、更宏偉的目標。「我」就這樣被劫持，從危險的兵器，到不能自理、派生的附加價值，「我」的主體性情態從來沒有彰顯過，集體主義、家國一體的宏大敘事遂在這塊土地上大行其是，派生之物反而僭居了原生之身。

《詩經·采薇》中有「昔我往矣，楊柳依依；今我來思，雨雪霏霏」的名句，但是古人很少用「我」字來「施身自謂」。想一想「我」字的字形中那些猙獰的鋸齒就可以理解啦！北宋學者沈括在《夢溪筆談》卷十八〈技藝〉章中，記載了一個有趣的人物：「有方士姓許，對人未嘗稱名，無貴賤皆稱『我』，時人謂之『許我』。言談頗有可采，然傲誕，視公卿蔑如也。」丞相數次召見，此人終於答允，卻欲騎驢進門，門吏阻止，此人傲然曰：「我無所求於丞相，丞相召我來，若如此，但須我去耳。」騎驢而去，一時傳為佳話。

古人用另一個字眼「吾」來自稱。《說文解字》：「吾，我自稱也。」莊子在〈齊物論〉中將「吾」和「我」連用，顯示出二者的區別：「今者吾喪我。」原來在上古時期，「吾」不能放在動詞後作賓語。

還有兩個第一人稱代詞：余，予。《說文解字》：「余，語之舒也。」表示語氣的舒緩。其實這種解釋是不確切的，「余」的本義是房屋，假借用作第一人稱代詞。朱熹曾經解釋「吾」和「余」表達第一人稱代詞時的微妙區別：「余平而吾倨。」意思是說，用「余」自稱的時候語氣舒緩平和，用「吾」自稱的時候語氣倨傲。《說文解字》：「予，推予也，象相予之形。」意思是說，「予」是一個指事字，像兩隻手相予之形，因此本義為給予、授予，假借用作第一人稱代詞。

族

指向大旗的箭頭

❶　　　　　❷

秦政酷烈，違忤天心，一人有罪，延及三族——《後漢書》

段玉裁說：「今字用鏃，古字用族。」指出「族」是「鏃」的古字，甲骨文字形❶，這是一個會意字，左邊是一杆大旗，旗下有一支明確指向大旗的箭頭。箭是冷兵器時代非常重要的武器，用指向大旗的箭頭來會意，因此「族」的本義就是箭頭。甲骨文字形❷，大旗下面有兩支箭。金文字形❸，接近甲骨文。小篆字形❹，把金文字形規範化了。

《說文解字》：「族，矢鋒也。束之族族也。」矢鋒就是箭頭，古時五十支箭為一束，因此引申為聚集之意，從聚集之意又引申出家族的意思。「族」的引申義大量使用之後，人們又造出一個「鏃」字來表示「族」的本義，即箭頭。不過，也有學者認為古代同一家族或氏族即為一個戰鬥單位，因此用氏族旗和箭矢會意為家族或氏族之「族」，並非「鏃」的本字。

《周禮》中規定：「五家為比，使之相保；五比為閭，使之相受；四閭為族，使之相葬；五族為黨，使之相救；五黨為州，使之相賙（ㄓㄡ，接濟）；五州為鄉，使之相賓。」那麼「閭（ㄌㄩˊ）」就是二十五家，「族」就是一百家。這是基層鄉村的行政制度，跟血緣無關。

「族」引申為家族之意後，有三族、九族之別。三族說法不一，共有三種說法：一是指父、子、孫；二是指父族、母族、妻族；三是指父母、兄弟、妻子。秦代

❸

❹

起，始有犯重罪滅三族之刑。《史記・秦本紀》:「（文公）二十年，法初有三族之罪。」《後漢書・楊終傳》也指控說:「秦政酷烈，違忤天心，一人有罪，延及三族。」

三族已經是株連的酷刑，到了誅九族就更恐怖了。九族的說法也不一，一說是指以自己為本位，上推至四世之高祖，下推至四世之玄孫為九族。另一說是指父族四、母族三、妻族二為九族。所謂「父族四」，指的是當事人自己一族，外加出嫁的姑母及其兒子、出嫁的姊妹及外甥、出嫁的女兒及外孫。所謂「母族三」，指的是當事人外祖父的全家、外祖母的娘家、姨母及其兒子。所謂「妻族二」，指的是岳父全家和岳母的娘家。誅九族就是將這九族全部誅滅，如此一來就意味著，但凡跟犯重罪的人有一丁點兒血緣關係的家族成員統統被殺。

誅九族還不過癮，到了明代，由於朝廷重臣方孝孺拒絕為篡位的燕王朱棣代擬稱帝的詔書，方孝孺剛直不屈，只手書了「燕賊篡位」四個大字，被明成祖誅十族，即在方孝孺自家的九族之外，又加上了他的門生和朋友，湊成十族之數。這一事件共誅殺了八百七十三人，發配充軍者高達千餘人。

同樣是這個明成祖，篡位登基後，大臣景清身懷利刃，意圖刺殺明成祖，為故主報仇，最後景清被明成祖誅九族，並在九族之外將景清家鄉的鄉親全部誅殺，整個村子都變成了廢墟，時稱「瓜蔓抄」，即輾轉株連，就如同瓜蔓的蔓延一般，可見明成祖斬草除根的報復心之強烈，已經到了變態的有違人倫的地步，釀成明代的最大慘劇。

❶   **❷**

戉

一把長柄圓刃的戰斧

夏執玄戉，殷執白戚——《司馬法》

　　首先需要說明的是，「戉」是「鉞」的本字，而「鉞」則是「戉」的增體俗字。《康熙字典》的編者按語辨析道：「俗加金作鉞，則專取乎飾，其去古益遠矣。此古今字書之變。」也就是說，之所以添加一個金字旁，是強調黃金裝飾之意，同時也反映出後日的「鉞」只具備儀仗的功能，不再是造字時的實用兵器了。

　　戉，甲骨文字形❶，就是一把長柄戰斧的形狀，左邊為圓刃。現代學者吳秋輝在《侘傺（彳丫ˋ 彳ˋ）軒文存》一書中解釋說：「乃長柄圓刃之斧，古人常用之以伐木者。伐木需用大力，常須雙手舉之而輪下，故其刃宜圓。若以方刃者當之，則著力處當僅刃兩端之二直角，鋒稜脆薄，將摧折隨之矣。」

　　戉，金文字形❷，與甲骨文大同小異，只不過圓刃不再僅僅附著於柄上，而是凹進柄的裡面。下面的爪形當為方便豎立於地，表示此時的「戉」已經具備了儀仗的功能。金文字形❸，左邊是平頭方刃，右邊從戈，表示與戈屬於同一類型的兵器。之所以不再突顯圓刃，吳秋輝的解釋是：「人漸知圓之為刃，自越過其直徑後，其餘悉不能著物，因漸凹入之。」意思是說，圓刃只有刃弧的中部才能入物，殺傷力度太小，因此將圓刃凹進柄的裡面，或一變而為平頭方刃，這就接近「戈」的形制了，因此以「戈」來會意。

❸ ❹

戉，小篆字形❹，緊承金文字形而來，又加以規整化。《說文解字》：「戉，斧也。」周初姜太公所著的《六韜・軍用》中說：「大柯斧，刃長八寸，重八斤，柄長五尺以上……一名天鉞。」此處「柯」指斧柄，據此則「戉」乃是比常用斧略大的大斧。

許慎接著又引用了同樣是姜太公所著的《司馬法》中的一段今已不存的佚文：「夏執玄戉，殷執白戚，周左杖黃戉，右秉白髦。」這是講夏商周三代舉行征伐、祭祀、出巡或重大典禮時，天子親執的兵器。夏尚黑，因此執「玄戉」，即黑色的戉；殷商尚白，因此執「白戚」，「戚」是比「戉」小的斧；周天子則左手執著黃金裝飾的戉，右手秉著飾以犛牛尾的旗子。

打仗時執兵器為右手，周天子卻「左杖黃戉」，可見最遲到周代時，「戉」已經成為天子宣示王權的權杖。即使真的使用，也只是一種象徵的儀式，比如《史記・周本紀》中周武王滅商的這段描寫：「以黃鉞斬紂頭，縣（懸）大白之旗……周公旦把大鉞，畢公把小鉞，以夾武王，散宜生、太顛、閎夭皆執劍以衛武王。」

周武王貴為天子，才可以執黃鉞；周公旦以王弟兼輔相的身分執大鉞，周武王的異母弟畢公執小鉞，「夾」是指緊緊靠在身體兩側，只有他倆才有資格在兩側護衛；其餘大臣則只能執劍在四周護衛。古代等級制之分明，於此可見一斑。

〈趙孟頫款羽獵圖〉（局部）
明代佚名繪，絹本設色長卷，美國佛利爾美術館藏

　　趙孟頫（1254～1322），字子昂，號松雪道人，別
號鷗波、水精宮道人等。吳興（今浙江湖州）人，宋室
後代。元代書畫家，元初四大家之一，開啟以「寫意」
為主的文人畫風，集前代大成。

　　此卷為明人偽託趙孟頫之名，青綠設色，描繪天子
狩獵場面，從畫面和題材來看，屬於仿摹仇英《上林圖》
系列作品之一，只是少了「子虛」、「烏有」和「亡是」
高談闊論、高臺宴樂、回宮等段落，集中描繪皇家園囿
之堂皇富麗，與天子射獵場面之壯闊偉盛。

　　這一段是畫面開頭，園囿中一片開闊地帶，排開天
子狩獵之儀仗。寶頂、金瓜、黃鉞、大刀、鐘鼓陳列兩
旁，有兵士擊鼓助威，眾士卒打馬揚鞭，展開追逐圍獵。

取

一隻手扯著左耳割下來

臨軒須貌取，風雨易離披——鄭谷

❶

❷

取得的「取」字，為什麼左邊是個耳朵旁呢？原來這跟古代戰爭後的計功制度有關。

取，甲骨文字形❶，這是一個會意字，左邊是一隻耳朵，右邊是一隻手。甲骨文字形❷，耳朵和手的位置互換。金文字形❸，右邊手的樣子還是栩栩如生，不過左邊耳朵的樣子不太像了。也許造出這個字的古人看到了一隻非常特殊的耳朵，因此印象深刻，才寫成了這個樣子？金文字形❹，手緊緊地抓住耳朵。小篆字形❺，左邊是「耳」字的雛形。

《說文解字》：「取，捕取也。」許慎將它釋義為「捕取」，真是跟「取」字的字形太相像了！《周禮》中規定：「大獸公之，小禽私之，獲者取左耳。」雖然是狩獵時割取禽獸的左耳，卻是模仿戰爭時的行為，即殺死敵人後，割取敵人的左耳，帶回營地，做為計功的憑據。也可以割下敵人的頭，稱作「首級」。為什麼要割取左耳而不是右耳呢？這是因為中原民族以右為尊，戰敗的戰俘或敵人自然被視為低賤，因此割取左耳。

戰國時期的兵書《司馬法》中說：「載獻聝。」這是進一步解釋「獲者取左耳」。「聝（ㄍㄨㄛˊ）」就是割下的左耳，如果割下的是頭，就叫「馘」，讀音相同，無非是耳朵旁和首字旁的區別。「聝」和「馘」是「取」了之後不同的命名，可見古人對事物的分類是多麼細緻！

133

③   ④   ⑤

　　由「取」的本義引申為各種意義上的取得、獲取。有趣的是,「取」還是「娶」的古字,古時掠奪婚盛行,娶妻需要強力掠取,可見原始婚姻的血腥程度。因為娶妻稱「娶」,後來給「取」添加了一個「女」字,專用作娶妻之意。

　　唐代詩人鄭谷吟詠〈杏花〉詩曰:「臨軒須貌取,風雨易離披。」其中,「貌取」指描畫拿取杏花的形貌。這叫以貌取花,而「以貌取人」卻是日常生活中的常態,不過,如果僅僅「以貌」,而忽視了對方的才能或者內在的修養,可就大大不該了,故此,「取人」的時候萬萬不可「以貌」。

　　不過,即使是至聖先師孔子,也犯過「以貌取人」的錯。他有一位學生,複姓澹臺,名滅明,字子羽,比孔子小三十九歲,是魯國武城人,長得非常醜陋,額低口窄,鼻樑凹陷。最初拜孔子為師的時候,孔子看到他這副長相不像是能成大器的模樣,心裡很不樂意收他為弟子,就以才能微薄的名義拒絕了他。澹臺滅明受到這番冷遇,更是發奮求學,嚴謹修行。

　　後來,澹臺滅明在豫章(今江西省南昌)聚徒講學,從學弟子多達三百人,卻仍尊孔子為宗師,傳授孔子的學說,培養了一大批品學兼優的學生,成為南方一個有影響的儒學學派,澹臺滅明本人也因而賢名遠揚於各諸侯國。

　　孔子聽到澹臺滅明的名聲後,嘆息道:「吾以言取人,失之宰予;以貌取人,失之子羽。」宰予也是孔子的學生,是弟子中唯一敢於正面對老師學說提出異議的人。比如他曾公開批評孔子宣導的「三年之

喪」，認為為父母守喪三年時間太長，天下早就禮崩樂壞了，搞得孔子很不高興，有一次宰予大白天躺到床上去睡覺，孔子就罵他朽木不可雕也。因此，孔子嘆息以言取人，則不能重視宰予的優點；以貌取人，又看不到子羽的才能了。

❶ ❷

器皿中盛著血或牛耳來結盟

山盟雖在，錦書難托——陸游

　　陸游的〈釵頭鳳〉詞曰：「山盟雖在，錦書難托。」山盟，指山為盟。盟為結盟，是世界各民族通行的禮儀，但中國古代的結盟有許多獨特的儀式，「盟」這個字被造出來就跟這些儀式密切相關。盟，甲骨文字形❶，這是一個會意字，下面是一個器皿，上面代表什麼則說法不一，有學者說裡面放的是三隻牛耳朵，有學者說裡面盛的是血。甲骨文字形❷，字形大同小異。持牛耳說的學者認為，古代結盟要使用牛當作祭品，割下牛的耳朵，用一種叫敦的食器盛著牛血，用珠盤盛著牛耳，主持盟誓的人執盤，這就叫「執牛耳」，從主持盟誓的人引申為人在某方面居於領導地位。「盟」字因此會意為在神前發誓結盟的意思。

　　《說文解字》：「盟，《周禮》曰：『國有疑則盟。』諸侯再相與會，十二歲一盟。北面詔天之司慎司命。盟，殺牲歃血，朱盤玉敦，以立牛耳。」司慎和司命是兩顆星星的名字，古人認為諸侯結盟時，司慎負責伺察不敬者，司命負責伺察結盟者，加以神化而為神名。

　　孔穎達解釋說：「盟之為法，先鑿地為方坎，殺牲於坎上，割牲左耳，盛以珠盤，又取血，盛以玉敦，用血為盟，書成，乃歃血而讀書。」如許慎和孔穎達所說，結盟過程中還有一道程序，叫歃血，認為「盟」字的甲骨文字形中，「器皿中盛的是血」的看法即由此而來。

❸ ❹ ❺

歃（ㄕㄚˋ）的本義是微吸、微飲，歃血即微飲血。還有一種說法是，歃血指用手指頭蘸血，塗抹在嘴旁邊。不管是微飲還是蘸血，都是雙方之間誠意的表示。

需要強調的是，歃血這道程序中用不是人血，而是被當作祭品的動物的血。盟誓時使用的動物，根據結盟者身分的貴賤程度也有不同：天子用牛和馬，諸侯用狗和公豬，大夫以下用雞。不過也有例外，《史記‧平原君虞卿列傳》中描寫了一場經典的盟誓場景。毛遂自薦，跟隨平原君出使楚國，毛遂脅迫楚王答應趙國的條件之後，對楚王的左右說道：「取雞狗馬之血來。」毛遂大功告成，大概高興得昏了頭，竟然要把三種等級動物的血全都端上來，可發一笑！

盟，金文字形❸，右上角增加了一個「月」字，使「盟」從會意字變成形聲字，上面的「明」表聲。金文字形❹，大同小異。小篆字形❺，字形更加規範化了。

《周禮》：「凡邦國有疑，會同。」會同就是會面，國與國之間有什麼猜疑或疑問，於是會面而結盟，其中執牛耳者就稱為盟主，結盟的國家互稱盟國。後來這也用於個人和個人之間，比如結拜兄弟稱作盟兄弟。

即使在中國古代，不同民族結盟的儀式也不同。《淮南子‧齊俗訓》寫道：「胡人彈骨，越人契臂，中國歃血也。所由各異，其於信，一也。」北方的胡人最野蠻，在人的頭骨中倒滿酒，互飲以示信守，稱「彈骨」；南方的越人則是用刀刺臂，流出血來，以示信守，稱「契臂」；相比之下，中原民族更文明一點，只是使用動物血「歃血」而已。

〈便橋會盟圖〉（局部）
元代陳及之繪，紙本白描長卷，北京故宮博物院藏

　　陳及之，號竹坡，富沙（今地名不詳）人。應
為民間文人畫家，以白描人物見長，約活動於元仁
宗（1285～1320）朝。〈便橋會盟圖〉卷畫突厥首
領頡利在便橋橋頭向秦王李世民求和的「便橋會
盟」故事，是元代繪人馬最多、物景最宏大的歷史
畫。全卷以白描線條繪成，飛動自如。畫中人馬，
雖僅寸方之微而情態畢肖。

　　史載，唐武德九年（626）八月，東突厥頡利
可汗乘隙南下，大軍直達渭水。危急時刻，唐太宗

　　僅率房玄齡等六騎馳抵便橋，與頡利隔水而語，責
以負約，突厥大驚，皆下馬羅拜，雙方盟於便橋之
上。突厥退兵，長安解圍，四年後唐太宗蕩平突厥，
生擒頡利。這就是「便橋會盟」的故事。

　　　陳及之的長卷約有三分之二篇幅生動摹寫胡人
行軍、騎射、馬術、馬球等驍勇玩樂場面，筆意詼
諧；僅以三分之一篇幅描繪會盟場景，雙方隔橋遙
對，敵意甚少，畫面舒緩，倒像是郊遊一般。

人持戈前進

一張一弛，文武之道也——《論語》

孔子的學生子貢跟老師一起去觀看歲終的祭禮，孔子問他：「你覺得快樂嗎？」子貢回答道：「一國之人都像發狂了似的，我不知道快樂在哪裡。」孔子告訴他：「張而不弛，文武弗能也；弛而不張，文武弗為也。一張一弛，文武之道也。」這段話的意思是：弓弦一直拉得很緊而不鬆弛一下，這是周文王和周武王都無法辦到的；弓弦一直鬆弛而不拉緊，這是周文王和周武王都不願去做的。有時拉緊，有時放鬆，這才是周文王和周武王的治國之道。孔子的意思是說，老百姓忙碌了一年，也該放鬆一下了，別擔心他們只顧玩樂而忽視了勞作。

「武」是周武王死後的諡號，「剛強理直曰武，威強睿德曰武，克定禍亂曰武，刑民克服曰武，誇志多窮曰武」。武，甲骨文字形❶，這是一個會意字，上面是一把戈，下面是一隻腳，人持戈前進，表示要動武了。甲骨文字形❷，上面的「戈」形和下面的腳更富有動感。金文字形❸，接近甲骨文。小篆字形❹，下面的腳規範化為「止」。

《說文解字》：「武，楚莊王曰：『夫武，定功戢兵，故止戈為武。』」戢（ㄐㄧˊ）是收藏兵器。楚莊王的這句話出自《左傳·宣公十二年》，緊接著這句話，楚莊王又說：「夫武，禁暴、戢兵、保大、定功、安民、和眾、豐財者也。」看來楚莊王是個以武力求取和平的人，但

❸ ❹

他的解釋「止戈為武」卻與「武」字的本義不符,「止」的甲骨文字形就是一隻腳,因此「武」的本義恰恰是動武打仗。楚莊王緊接著又說:「武有七德,我無一焉,何以示子孫?」楚莊王所說的「武」的七德就是上文所言「禁暴、戢兵、保大、定功、安民、和眾、豐財」。韓非子說「德不厚而行武」,跟楚莊王所說的「武有七德」一致,古人對動刀兵總是有所忌諱的。

「武」的本義為持戈前進,因此「武」又引申為度量單位,古時候以六尺為步,半步為武。《國語》:「目之察度也,不過步武尺寸之間。」意思是眼睛看到的不過只有三尺、六尺的尺寸之地而已,因此「步武」用來比喻很短的距離。「武」又由此引申為足跡之意,《詩經·下武》中有「繩其祖武」的詩句,意思是遵循祖先的足跡。

在唐代之前,科舉制度都是選拔文官,到了武則天時期,開始增加了武舉,由兵部主考,考試科目「有長垛、馬射、步射、平射、筒射,又有馬槍、翹關、負重、身材之選」。最著名的武狀元便是大將郭子儀。

與供奉孔子的文廟相對應,從唐代開始,始有武廟,唐代到元代,武廟供奉的都是輔佐周文王的姜太公,姜太公被封為武成王,故稱武廟。後來也供奉包括張良、韓信、諸葛亮在內的歷代良將。明清時同時供奉關羽,關帝廟即武廟;後來合祀關羽和岳飛,因此關帝廟和岳飛廟都稱武廟。

首

❶

❷

頭上有三根頭髮

鳥飛反故鄉兮，狐死必首丘——屈原

「首」這個字最奇特的義項是告發，比如出首、自首。「首」明明是頭顱，怎麼會具備這個義項呢？

首，甲骨文字形❶，這是一個象形字，像人的頭部，中間的圓點是眼睛，頭上有三根頭髮。金文字形❷，下面變成了一隻眼睛「目」，上面的三根頭髮歷歷可數。金文字形❸，更加美觀。金文字形❹，頭部的樣子更像，突出的仍然是眼睛和頭髮。小篆字形❺，下面正式演變為「目」。楷體字形頭上的三根頭髮發生了變異，看不出「目」上面頭髮的樣子了。

《說文解字》：「首，頭也。」而「首」的本義就是頭。商鞅輔佐秦孝公變法時，為了獎勵軍功，設置了二十等爵制，即根據軍功的大小授予爵位，官吏從有軍功爵位的人中選用。根據《漢書》的記載：「商君為法於秦，戰斬一首賜爵一級，欲為官者五十石。」意思是戰爭中斬一個敵人的頭顱授予一級爵位，做官的話可做五十石之官；斬兩個敵人的頭顱授予二級爵位，做官的話可做百石之官……以此類推。一首一級，後來乾脆簡稱作「首級」。首級制度直到北宋才徹底廢除。

古時候的國君和現代的國家最高領導人都稱「元首」，「元」也是頭的意思。這一稱謂在中國周代就已經出現。頭指國君，那麼頭以下的胳膊大腿就順理成章地用來指輔佐國君的大臣，這就是「股肱（ㄍㄨㄥ）」一詞。

③　　　　　　④　　　　　　⑤

葛洪在《抱朴子》中說：「遠取諸物，則天尊地卑，以著人倫之體；近取諸身，則元首股肱，以表君臣之序。」

　　據古人說，狐狸雖然是微小的獸類，但對自己藏身的丘窟卻念念不忘，死的時候，一定要把頭朝向丘窟，表示不忘本。後人遂以「狐死首丘」比喻不忘本或對鄉土的思念，懷念故鄉或者歸葬故鄉都稱「首丘」。因此屈原吟詠道：「鳥飛反故鄉兮，狐死必首丘。」

　　當作男寵的「面首」這一俗語，本指臉和頭，引申為容顏、面貌。不過「面首」最早可是指健美的男子，宋孝武帝有一次出去打獵，「選白衣左右百八十人，皆面首富室」，沒有任何貶義。劉宋王朝時，皇帝劉子業為姊姊山陰公主「置面首左右三十人」。請注意，這裡的全稱是「面首左右」。近代學者呂叔湘先生指出：「面首左右」類似於一種職稱，「以『某某左右』為侍從的職名，創於江南，延及北朝」。皇帝賞賜給姊姊的男寵當然要由朝廷供養，也要有一定的官銜或職稱，故稱「面首左右」，後來才省作「面首」。宋末元初歷史學家胡三省解釋道：「面，取其貌美；首，取其髮美。」從山陰公主之後，「面首左右」這個高級職稱簡化成了「面首」，成為所有男寵的代稱。

　　「首」的本義是頭，「自首」就是自己主動把頭伸出去認罪，多麼生動形象！當然這是遠引申義，其間經過了漫長的語義演變。

　　喜多川歌麿（1753～1806）為「大首繪」的創始人，代表著浮世繪美人畫的巔峰。「大首繪」指的是有臉部特寫的半身胸像。在歌麿之前，流行的是八頭身、九頭身比例的「清長美人」，她們頎長婀娜，青春洋溢，活躍於宴樂、春遊、楓狩、櫻賞之間；而歌麿獨樹一幟地賦予了紙上美人以生命，種種微妙而豐富的情態個性之美，以半身像乃至大頭像呈現出來，很快就風靡了江戶。

　　「大首繪」的成型之作就是《歌撰戀之部》。在這系列作品中，他略去華服美飾和背景烘托，專注於表現優雅柔美的肌膚細節與細微的面部神情變化，令畫中女子活色生香。

　　這幅〈深忍戀〉描繪了一個內心隱藏著不為人知的戀情的女子。染黑的牙齒可能暗示她的新婚身分。她側頭，微微垂首，一手持細長菸管，似乎正要從內心深處發出一聲嘆息。和服深黑的衣領、烏黑豐盛的髮髻，與細膩柔和的臉容、白皙頎長的頸部，形成鮮明對比。

戲

裝扮著虎皮，持戈擊鼓

雲煙古寺聞僧梵，燈火長橋見戲場──陸游

❶　　　　　❷

席慕蓉有首著名的詩〈戲子〉:「請不要相信我的美麗／也不要相信我的愛情／在塗滿了油彩的面容之下／我有的是顆戲子的心／所以／請千萬不要／不要把我的悲哀當真／也別隨著我的表演心碎／親愛的朋友／今生今世／我只是個戲子／永遠在別人的故事裡流著自己的淚。」老話說「戲子無義」，我們來看看這個字的演變。

戲，金文字形❶，由三部分組成:右邊為「戈」，左上為「虍」，左下為「豆」。「戈」是古代的一種兵器，橫刃，用青銅或鐵製成，裝有長柄;「虍」是虎皮上的斑紋;「豆」是高腳的食器。金文字形❷，虎紋和「戈」的結合更緊密。小篆字形❸，虎紋將「豆」包在裡面。楷書字形❹。簡體字形「戏」，左側簡化為「又」，「又」是右手的形狀，以手持戈。

許慎認為這是一個左聲右形的形聲字，《說文解字》:「戲，三軍之偏也。一曰兵也。」其中，「偏」是古代車戰的戰陣，兵車二十五乘為「偏」。許慎的意思是，「戲」是軍隊的偏師，不是主力軍。也有人認為「戲」是三軍的儀仗隊，「帶有神獸裝扮的、手持兵器的、耀武揚威的儀式性表演，用於操練軍隊，炫耀武力」。不過如此一來，「戲」就應該是一個會意字，用軍隊中裝飾在高腳食器上的虎皮紋飾和戈，會意為「三軍之偏」，再引申出帥旗的意思，《史記·高祖本紀》:「兵罷戲下，

❸　　　　　　**❹**

諸侯各就國。」意思是在帥旗下舉行罷兵的儀式，諸侯各自前往自己的封國。《漢書‧項籍傳》：「於是羽遂上馬，戲下騎從者八百餘人。」意思是說項羽上馬，他的帥旗下跟從的有八百多人。因此，大將之旗稱作「戲」，在這個意義上，「戲」和「麾」可以作通假字。

　　許慎還說：「戲，一說兵也。」由於「戲」是一種兵器，字形中才有一個「戈」字。段玉裁解釋說，正因為「戲」作兵器解，才引申出「戲謔」一詞，兵器可以玩弄，可以相鬥，因此相互狎弄稱之為「戲謔」。簡體字形「戏」——以手持戈，也沒有失去本義。還有人說「戲」字形中的「豆」是「鼓」的省寫，整個字形會意為：手持戈，頭戴虎形面具，在鼓聲中比武角力。

　　諸說之中，以白川靜先生的解說最富趣味。他認為這是一個會意字，「表示『豆』（高腳之器）形座椅上坐著的身著虎皮之人，受到來自後方『戈』的襲擊。身著虎皮之人，當是在模仿軍神。襲擊身著虎皮之人，當為祈禱戰爭勝利的舞樂（軍戲）的場面」。

　　這種軍戲的場面，《韓非子》中有生動的記載：「楚厲王有警，為鼓以與百姓為戍。飲酒醉，過而擊之也，民大驚，使人止之。曰：『吾醉而與左右戲，過擊之也。』」其意思是，楚厲王與百姓約定有緊急軍情時以鼓聲示警，一次醉後忘形，擊鼓，百姓大驚。楚厲王聲稱「與左右戲」，就是指與左右臣子模仿戰爭的場面而擊鼓。根據《左傳》的記載，古時開戰前，挑戰的一方要說：「請與君之士戲。」請讓我與您的戰士們較量一番。這個義項也屬於「戲」的引申義。

　　綜上所述，不管是三軍的儀仗隊，還是三軍的側翼，「戲」都跟軍

事有關，「因為祈禱戰爭勝利的模擬表演，與遊戲類的模擬表演很相似」，因此而引申為遊戲、玩耍等義項，比如角力就稱之為「戲」，與戰爭中的爭鬥非常相像。歌舞雜技等表演稱作戲劇，也是由此而來。陸游在〈出遊〉一詩中寫道：「雲煙古寺聞僧梵，燈火長橋見戲場。」其中「戲場」就是這種歌舞場。

旅

大旗下面有兩個士兵

壯歲京華羈旅，暮年湖海清狂——陸游

❶　　　　　　**❷**

今天的「旅」字除了當作旅行講之外，還用於軍隊的編制，軍、師、旅、團等，但為什麼會用於軍隊的編制，很多人都不知其詳。

旅，甲骨文字形❶，這是一個會意字，下面是兩個人，上面是一杆迎風飄揚的大旗。甲骨文字形❷。金文字形❸，旗杆更粗壯。金文字形❹，下面是三個人，圍繞著一輛戰車，戰車上插著一杆大旗。小篆字形❺，更接近甲骨文的字形。楷體字形變異極大，完全看不出人和旗組合的樣子了。

《說文解字》：「旅，軍之五百人為旅。」而「旅」的字形會意為軍旗下的士兵，因此「旅」字的本義就是軍隊的編制，五百人為一旅。《周禮》中對軍隊的編制有詳細的規定：「五人為伍，五伍為兩，四兩為卒，五卒為旅，五旅為師，五師為軍。」之所以有如此詳細的編制，是「先王所因農事而定軍令者也，欲其恩足相恤，義足相救，服容相別，音聲相識」。由此引申為眾多的意思，又由「軍隊」出行引申出旅行的意思，這正是今天使用最多的義項。

陸游有詩曰：「壯歲京華羈旅，暮年湖海清狂。」其中「羈旅」指客居異鄉，這是從「旅行」的引申義而來。「旅」又由此引申為旅館的意思，比如「逆旅」一詞，李白有這樣的名句：「夫天地者，萬物之逆旅也；光陰

❸ ❹ ❺

者，百代之過客也。而浮生若夢，為歡幾何？」古人認為人生如寄，是寄居在這個世界上的，而視死如歸，死亡是人之所依歸，因此而有這樣的感喟。「逆」的意思是迎，「逆旅」即迎接客人到旅館，遂用作客舍的代稱。清人陳夢雷的詩句「人生寄一世，奄忽如逆旅」，正反映了古人的這種觀念。

鮮為人知的是，「旅」還是古時候一種祭祀的名稱。《周禮》中說：「王大旅上帝，則張氈案，設皇邸。」其中「皇邸」是祭祀時放在座位後面的屏風，上面覆有鳳凰羽毛做為裝飾。鄭玄解釋道：「大旅上帝，祭天於圜丘。」國君祭天，要踏上出行的旅途，因此這種祭祀就稱作「旅」或「大旅」。

「旅」還有一個最有趣的義項：作物不因播種而生，即野生也叫「旅」。漢樂府民歌〈十五從軍征〉中有這樣的詩句：「中庭生旅穀，井上生旅葵。舂穀持作飯，采葵持作羹。」其中，「旅穀」指野生的穀物，「旅葵」指野生的葵菜。《後漢書》形容王莽末年的亂世，「野穀旅生」，「旅生」即野生。「旅」為什麼會具備這個義項呢？同樣還是從本義而來：軍隊出征，要經過迢迢旅途，旅途都在野外，「旅穀」、「旅葵」因此引申出野生的意思。不是由農人播下種子而生，而是經由飛鳥等途徑攜帶，落地而生，倒是也經過了長途旅行呢！

《（傳）王振鵬養正圖十則之一‧桐葉封弟》
明清佚名繪，絹本設色長卷，美國大都會藝術博物館藏

　　王振鵬（生卒年不詳），字朋梅，永嘉（今浙江溫州）人。元代著名畫家，擅長人物畫和宮廷界畫，被元仁宗賜號為「孤雲處士」，官至漕運千戶。《養正圖》又稱《聖功圖》，是帶有啟蒙教育性質的作品，內容皆為歷代賢臣明主的故事。這套《養正圖》雖是王振鵬款，卻是明清人所繪。

　　「桐葉封弟」一則畫的是周成王的故事：叔虞為周成王的胞弟，有一天，成王與叔虞玩笑，把一枚桐葉剪成玉圭的形狀，對叔虞說：「吾以此封若。」史佚（一說周公旦）在旁就請命官擇日行冊封禮。王曰：「我與之戲爾。」史佚曰：「天子無戲言。」於是周成王便把唐作為封地封賜給叔虞，後人稱為唐叔虞。這個告誡當權者應謹言慎行、言出必踐的典故，又稱為「剪桐」、「桐葉戲」等。

❶

❷

侵

手持掃帚打牛，使其前進

凡師有鐘鼓曰伐，無曰侵，輕曰襲——《左傳》

　　「侵」為什麼會具備侵犯、侵略的義項？從「侵」的字形中可以看到右邊的上部是一把掃帚，掃帚出現在這裡有什麼用處呢？這是一個饒有趣味的問題。

　　侵，甲骨文字形❶，很顯然這是一個會意字，右邊是一隻手，手持著中間的一把掃帚，左邊是代表牛的牛頭，牛頭上還有三個小點。有人說這個字形是手持掃帚掃去牛身上的灰塵，三個小點表示從牛身上掃下來的塵土。甲骨文字形❷，手和灰塵都簡化了。金文字形❸，左邊還是一隻手持帚，牛則變成了右上角的人。

　　這個字形演變至此，手持掃帚為牛掃灰塵的看法就說不通了。為牛掃灰塵可以，哪裡有手持掃帚為人掃灰塵的呢？因此，「侵」字的甲骨文字形應該是手持掃帚毆打牛，加以驅趕之意，毆打時牛身上的灰塵都掉下來了，可見用力之大。金文字形將牛改為人，林義光認為「像掃者持帚漸進侵迫人也」。小篆字形❹，人移到左邊，各種字元都沒有什麼變化。

　　《說文解字》：「侵，漸進也。從人又持帚，若掃之進。」不管是毆打牛還是人，都有一個一步步漸進的過程，因此「侵」的本義即為漸進，引申為侵迫。根據《左傳·莊公二十九年》的記載：「凡師有鐘鼓曰伐，無曰侵，輕曰襲。」大張鐘鼓的征討叫「伐」，這是要聲討對方之罪；不用鐘鼓的征討叫「侵」，程度較「伐」為輕，

3　　　　　　　　　**4**

想想「侵」的字形中那把掃帚，再用力毆打也不可能致命，因此孔穎達說這叫「侵凌」，僅僅是侵犯欺凌；趁人不備偷偷地進攻叫「襲」。

《公羊傳・莊公十年》則說：「觕者曰侵，精者曰伐。」東漢學者何休解釋說：「觕，粗也。將兵至境，以過侵責之，服則引兵而去，用意尚粗。精，猶精密也。侵責之不服，推兵入境，伐擊之益深，用意稍精密。」《春秋穀梁傳・隱公五年》則解釋得更清楚：「苞人民、毆牛馬曰侵，斬樹木、壞宮室曰伐。」鄭玄解釋說：「苞人民，毆牛馬，兵去則可以歸還，其為害輕；壞宮室，斬樹木，則樹木斷不復生，宮室壞不自成，為毒害更重也。」其中「毆牛馬」正是甲骨文字形持帚毆打牛的具象寫照。

古時將大饑荒稱作「大侵」。《春秋穀梁傳・襄公二十四年》記載：「一穀不升謂之嗛，二穀不升謂之饑，三穀不升謂之饉，四穀不升謂之康，五穀不升謂之大侵。」其中，「嗛」通「歉」，一種穀物歉收叫「嗛」；兩種穀物歉收叫「饑」，三種穀物歉收叫「饉」；四種穀物歉收叫「康」；五穀都歉收就叫「大侵」。「侵」是侵吞之意，形容五穀都被大饑荒給侵吞了，故稱「大侵」。

「大侵之禮，君食不兼味，臺榭不塗，弛侯，廷道不除，百官布而不制，鬼神禱而不祀，此大侵之禮也。」發生大饑荒時，國君有一套相應的自懲措施：食不兼味，吃飯不能吃兩種菜餚，以示節儉；臺榭不塗，臺榭不能塗飾；弛侯，「侯」是射禮，射禮伴之以飲宴，這時都要廢除；廷道不除，宮廷內的道路不能打掃；百官布而不制，百官之位不能增加；鬼神禱而不祀，只能祈禱鬼神而不能舉行祭祀的儀式。

御

❶

❷

人拿著馬鞭子趕車

御輕舟而上溯，浮長川而忘返——曹植

　　古代帝王的所作所為及使用的器物都稱「御」，比如御駕親征、御用。這樣的用法是如何演變而來的呢？

　　御，甲骨文字形❶，這是一個會意字，右邊是一個半跪著的人形，左邊是擰在一起的繩索，代表馬鞭子，整個字形會意為人拿著馬鞭子趕車。也有學者認為像人跪著迎接客人。谷衍奎《漢字源流字典》的解釋則最為奇特，其中說：「像一個人跪於懸鐧（四稜鞭狀兵器）前，是古代一種懸鐧之祭，用以驅鬼避邪消災除病。」甲骨文字形❷，左邊添加了一個表示街道的「彳」，會意為在街道上趕車。金文字形❸，又在下面添加了一隻腳，表示動作，字形變得複雜起來，而且字元之間有重複。小篆字形❹，直接從金文變化而來。

　　《說文解字》：「御，使馬也。」使馬即駕駛車馬，這是「御」字的本義。「御」排名古代教育學生的六藝（禮、樂、射、御、書、數）之一，可見「御」是古人必須掌握的基本技能。由本義引申為駕馭一切運行或飛行之物，如曹植詩「御輕舟而上溯」。因為本義為駕御，因此又引申出統治、治理的意思，最高統治者是皇帝，於是把帝王的所作所為及使用的器物都稱「御」，同理，皇宮禁地也稱「御」。

　　所謂「後宮佳麗三千人」，並不是準確的說法，根據《禮記》的記載：「古者天子後立六宮，三夫人、九嬪、

❸ ❹

二十七世婦、八十一御妻，以聽天下之內治，以明章婦順，故天下內和而家理。」六宮制度是對應六官制度：「天子立六官，三公、九卿、二十七大夫、八十一元士，以聽天下之外治，以明章天下之男教，故外和而國治。」六官屬外，六宮屬內，所謂外治、內治，「內和而家理」，「外和而國治」。六宮中計有皇后、三夫人、九嬪、二十七世婦、八十一御妻，皇后當然是後宮中最至高無上的人；三夫人是分管六宮之官；九嬪「掌婦學之法，以教九御婦德、婦言、婦容、婦功，各帥其屬而以時御敘於王所」；二十七世婦掌管祭祀、賓客等事宜；八十一御妻就是世婦管理的對象，九九八十一，故又稱「九御」，《周禮》中稱「女御」，「掌御敘于王之燕寢」。

　　這些女官有一個共同的職能，「御敘」。從「御」的本義——駕駛車馬——引申出前進的意思，因為駕駛車馬本來就是為了前進。蔡邕解釋道：「御者，進也。凡衣服加於身，飲食適於口，妃妾接於寢，皆曰御。」妃妾將自己進獻給皇帝就叫「御」；「御敘」則是按照時日和尊卑的次序跟皇帝睡覺，尊者在前，卑者在後。九人為一組：八十一御妻跟皇帝睡九夜，二十七世婦跟皇帝睡三夜，九嬪跟皇帝睡一夜。而三夫人跟皇帝睡一夜，皇后自個兒跟皇帝睡一夜。男權社會的尊卑觀念由此可見一斑。

　　「御」還可以當作抵禦講，《詩經・穀風》：「我有旨蓄，亦以御冬。」其中，旨蓄指貯藏的美味食品。不過，這個義項的「御」後來寫作「禦」，以示區別。

〈洛神賦圖〉（局部）
東晉顧愷之繪（宋人摹本），絹本設色長卷，遼寧省博物館藏

　　洛神是傳說中伏羲之女，溺於洛水為神，又稱宓妃。〈洛神賦圖〉原是東晉畫家顧愷之根據曹植〈洛神賦〉創作的故事畫。曹植原文借人神戀愛抒發愛情失意的感傷，傳說是為甄后而作。

　　顧愷之，字長康，小字虎頭。多才多藝，工詩賦，善書法，時人稱為「才絕、畫絕、癡絕」。他的畫風格獨特，人物清瘦俊秀，謂之「秀骨清像」；線條綿密流暢，謂之「春蠶吐絲」。顧愷之原本已佚，僅存數套摹本傳世。這幅〈洛神賦圖〉大約是南宋高宗時期摹本，忠實保留了六朝時期原本的構圖和樣貌。

　　〈洛神賦圖〉以連環畫形式逐步展開故事情節，設色豔麗明快，用筆細勁古樸，人物安排疏密得宜，在不同時空中自然地交替、重疊。這一段「泛舟」描繪洛神離去後，曹植恍然若失，乘舟逆流而上，以期再次看到她的倩影。「冀靈體之復形，御輕舟而上溯。浮長川而忘返，思綿綿而增慕。」曹植坐在精緻樓船的上層，神情惘然。船篷上垂幔飄動，浪花拍打船身，畫面流動著一種悲傷情緒。

人身上披著鎧甲

介者不拜，為其拜而菱拜——《禮記》

❶

❷

　　「介」這個字今天不單用，常用於介紹、介入。「介紹」一詞，意為居間溝通，使不瞭解的雙方相互熟悉。鮮為人知的是，這個詞來自一項非常古老的禮儀。

　　介，甲骨文字形❶，這是一個象形字，中間是一個人，人身邊的兩短劃代表護身的鎧甲。甲骨文字形❷，鎧甲之形是四片。甲骨文字形❸，這個人的全身彷彿都被鎧甲給保護起來了。秦代石刻〈詛楚文〉中的籀文字形❹，鎧甲之形為前後兩片。小篆字形❺，幾乎沒有任何變化。

　　《說文解字》：「介，畫也。」許慎這是把「介」的本義當成界劃之「界」了，其實「介」乃是人身披鎧甲之形。古時的鎧甲用皮革連綴而成，張舜徽先生說：「介之為物，分片相聯，如鱗蟲之有鱗介。」因此用連綴的兩短劃或四短劃來象鎧甲之形。「甲胄」指鎧甲和頭盔，古時亦稱「介胄」。甲骨卜辭中有「多介祖」、「多介父」、「多介兄」、「多介子」的記載，徐中舒先生解釋「多介」即為「多塊革相聯之甲」。

　　《禮記・曲禮上》規定：「介者不拜，為其拜而菱拜。」其中「介者」即指披甲之人，披甲之人不依常禮行拜禮。「菱（ㄎㄨㄟˋ）」是跪著但不至地，即蹲著。之所以「介者不拜」，孔穎達解釋說：「戎容暨暨，著甲而屈拜，則坐損其戎威之容也。一云菱，詐也。言著鎧而拜，形儀

不足，似詐也，虛作矯萋，則失容節，是萋猶詐也。」披著鎧甲行拜禮，有損軍威；如果披著鎧甲像慣常一樣行拜禮，看起來就像故意欺詐。因此「介者不拜」。

《史記‧絳侯周勃世家》就記載了一則「介者不拜」的故事。周亞夫屯軍細柳，漢文帝前去勞軍，卻無法進入軍門，待周亞夫傳令之後才入內，進入軍營又不能驅馳，貴為天子也只能按轡徐行。到了周亞夫的營帳，周亞夫手持兵器，只是作了一個揖，說道：「介冑之士不拜，請以軍禮見。」漢文帝為之動容，遂俯身在車前的橫木上致敬。

披甲之人是為了投入戰爭，因此「介」引申為介入，再引申為居中傳言。古時，接引賓客並贊禮的人稱「儐」，今天的婚禮中還有「儐相」，過去指婚禮時贊禮之人，後來指陪伴新郎的男子和陪伴新娘的女子，當然也就是替新郎、新娘迎接客人之人；賓客的隨從，負責替賓主傳言的人稱「介」。

《禮記‧聘義》記載：「聘禮，上公七介，侯伯五介，子男三介，所以明貴賤也。介紹而傳命，君子于其所尊弗敢質，敬之至也。」此為諸侯國之間交相聘問之禮。上公派出的卿有七個傳言的隨從，侯、伯之卿為五個，子、男之卿為三個。「介紹而傳命」，紹，繼也，緊密接續。「介紹」即指傳遞賓主之言的「介」並列，相繼傳話，這是極為尊敬的表示。

❶

❷

用斧頭斬斷草木來發誓

約信曰誓，范牲曰盟——《禮記》

　　人類任何一種文明形態中都有著極其古老的盟誓制度，人與人之間的誠信就靠這種制度來約束。古代中國的盟誓制度，與其他文明形態相比，既有共通性，又有獨特性。

　　甲骨文中還沒有發現「誓」這個字，不過先秦的金文中出現的頻率非常之高，表明最遲到西周早期時，盟誓制度已經完備。

　　誓，金文字形❶，右邊是「斤」，也就是一把斧頭；左邊上下是草木之形，草木之間的兩短橫表示草木被斬斷分為兩截。整個字形會意為用斧頭斬斷草木。金文字形❷，左邊的下面添加了一個「言」，用斧頭斬斷草木的同時還要說話，這種方式當然就是指發誓。至於金文字形❸，結構有所變化，左邊還是斷開的兩根草木，右邊是上「斤」下「言」，小篆字形❹就是根據這個字形而最終定型的。

　　《說文解字》：「誓，約束也。從言，折聲。」段玉裁注解說：「《周禮》五戒，一曰誓，用之於軍旅。按凡自表不食言之辭皆曰誓，亦約束之意也。」根據《周禮》的記載，周代有「士師」一職，掌管著約束犯罪的「五戒」之法，第一戒就是「用之於軍旅」的「誓」。

　　相信很多讀者朋友都有過類似的體驗：小時候，小夥伴之間互相賭咒發誓，常常拿一根野草或一段樹枝，

❸

❹

用力折斷，以表示誓言的堅決。而「誓」之所以用斷開的草木來會意，正是人類這一最原始的發誓行為的如實寫照。不過，如果「用之於軍旅」，為了鄭重起見，要折箭為誓，或者用戰斧斬斷箭矢，這也就是「誓」的字形中斧頭的由來，即作戰時所用的戰斧。

　　白川靜先生在《常用字解》一書中總結道：「持斧砍斷草木實際上是向神起誓的特定動作。『言』指向神起誓的言語。『誓』本義為向神發誓，後來泛指各種起誓、誓言。」

　　因此，「誓」的本義就是用言辭來約束，即段玉裁所說「凡自表不食言之辭皆曰誓」。

　　《禮記‧曲禮下》中說：「約信曰誓，蒞牲曰盟。」講的是「誓」和「盟」的區別：所謂「約信」，即用言辭相約束，這叫「誓」；而「盟」必須「蒞牲」，要走到方坎前面察看祭牲。

　　王力先生在《王力古漢語字典》中將二者的區別辨析得更加清楚：「盟要殺牲歃血，是兩方或多方的約誓行為；誓不必殺牲歃血，可以是集體約誓，也可以是單方面的發誓。後世有所謂『心盟』，指個人發誓。」

❶ ❷

兩個人面對面徒手搏鬥

鬥，兩士相對——《說文解字》

鬥，甲骨文字形❶，可以看得很清楚，這是兩個面對面的人在徒手搏鬥，連頭髮都披散開了。至於甲骨文字形❷，省去披散的頭髮，突出徒手的形象。

小篆字形❸，中間還是兩隻手，但已經沒有了相搏之形。而今天使用的「鬥」字，裡面更是訛變為串玉（不是「王」）。如果沒有甲骨文做參照，我們就完全不理解古人到底是怎麼造出來這個字的了。

《說文解字》：「鬥，兩士相對，兵杖在後，象鬥之形。」但這一釋義中的錯誤之處，段玉裁早就指出來：「謂兩人手持相對也。」甲骨文大家羅振玉先生也說：「卜辭鬥字皆象二人相搏，無兵杖也，許君殆誤。」張舜徽先生也在《說文解字約注》一書中糾正道：「鬥字當以徒手角力為本義，乃具體象形。今之所謂摔角，是其事也。凡角力者兩人皆舉其手作勢以相對。」

張舜徽先生的解說非常富有啟發性。如果戰爭中相鬥，則雙方一定各用兵器，絕不可能徒手相搏；如果是從日常生活中兩個人打架取意，又非常見的現象。因此，這個字乃是摔跤遊戲的如實寫照。

摔跤遊戲即風行日本的「相撲」，不過「相撲」的稱謂則起源於古代中國，最初稱為「角抵」或「角牴」、「角觝」，寫法不同而已。根據《漢書・刑法志》的記載：「春秋之後，滅弱吞小，並為戰國，稍增講武之禮，以為戲

❸

樂，用相夸視。而秦更名角抵，先王之禮沒於淫樂中矣。」這是說「角
抵」之戲起源於戰國時期，秦代更名為「角抵」。

北宋高承在《事物紀原》中寫道：「今相撲也。《漢武故事》曰：『角
觝，昔六國時所造。』《史記》：『秦二世在甘泉宮作樂角觝。』注云：『戰
國時增講武，以為戲樂相誇，角其材力以相觝鬥，兩兩相當也。漢武
帝好之。』白居易《六帖》曰：『角觝之戲，漢武始作，相當角力也。』
誤矣。」

高承所引用的「秦二世在甘泉宮作樂角觝」，今本《史記》並沒有
這段文字；但高承據此而認為白居易「角觝之戲，漢武始作」的說法
是錯誤的。不過，根據《漢書・武帝紀》的記載：「（元封）三年春，
作角抵戲，三百里內皆觀。」東漢學者應劭認為「角抵」之名起於秦代，
漢武帝「大復增廣之」，但「鬥」的字形正合「角其材力以相觝鬥，兩
兩相當也」的情形，因此「角抵」這一遊戲的起源應該更早。

晉代已有「相撲」之名。晉代之後，「角抵」和「相撲」這兩個名
字交相使用，直到進入現代社會，「角抵」之名才廢棄不用，導致今人
但知「相撲」而不知其源頭的「鬥」和「角抵」之戲了。

　　歌川國貞（1786～1865），原名角田莊五郎，畫號有「五渡亭」、「香蝶樓」等，又稱三代歌川豐國，是浮世繪藝術發展末期（文化、文政時期以後）日本最受歡迎的畫家之一。「歌川派」是浮世繪派別中影響力最大的一派。歌川國貞師承初代歌川豐國，以美人畫和描繪歌舞伎演員的「役者繪」著稱，畫中女子多妖豔嫵媚，並帶有頹廢色彩。

　　這幅畫的是二女相鬥的場景，是浮世繪中少見的題材。二女衣著豔麗，眉目鮮明，正為了一封信爭搶，幾乎大打出手。似乎是一個要看，一個不給看，小兒女嬉戲般的爭執發展為動真性情。這封要緊的信大概是情人寫來的吧？不知是信的內容還是來信人的身分令兩位女子如此爭奪呢？

用手抓住俘虜回家收養

楚子使師縉示之俘馘——《左傳》

❶　　　　❷　　　　❸

「俘」即俘獲、俘虜，這一義項直到今天還在使用。甲骨卜辭中「俘」字出現的頻率非常之高，這也符合古代中國「國之大事，在祀與戎」的傳統，戰爭越多，則俘虜越多。

俘，甲骨文字形❶，左邊是一隻手，右邊是「子」，表示人。手抓住人，就意味著戰爭中抓獲的俘虜。由此也可知「俘」的本字為「孚」。甲骨文字形❷，右邊又添加了一個「彳」，表示驅趕俘虜行走之意。

金文字形❸和❹，大同小異，只不過「子」的頭部填實。金文字形❺，同於甲骨文的「子」形。

小篆字形❻，左邊添加了一個單人旁，正式定型為後來使用的「俘」字。

《說文解字》：「俘，軍所獲也。從人孚聲。《春秋傳》曰：『以為俘馘。』」許慎的引文出自《左傳·成公三年》，原文「馘」作「聝」。這是古代戰爭中一種計算功勞的方法，《左傳·僖公二十二年》中也有同樣的記載：「楚子使師縉示之俘馘。」杜預注解說：「師縉，楚樂師也。俘，所得囚。馘，所截耳。」

孔穎達正義引述了三家學者的相同觀點：「郭璞云：『今以獲賊耳為馘。』《毛詩傳》曰：『殺而獻其耳曰馘。』鄭箋云：『馘所格者，左耳也。』」然後自己又注解說：「然則俘者，生執囚之；馘者，殺其人，截取其左耳，欲以

163

④　　　　　　⑤　　　　　　⑥

計功也。」

　　也就是說，在戰爭結束之後，還活著的俘虜稱作「俘」；被殺死的敵人，要把他們的左耳割下，帶回營地，做為計功的憑據，這就叫「馘（ㄍㄨㄛˊ）」。

　　最初割下的是敵人的頭，因此用「首」字旁的「馘」；但割頭太麻煩，後來就只割取左耳，因此用「耳」字旁的「聝」，讀音相同，無非是耳朵旁和首字旁的區別而已。

　　金庸先生的著名武俠小說《神雕俠侶》中，楊過為郭襄的十六歲生辰祝壽，送上的第一件禮物就是「兩千隻蒙古兵將的耳朵」，正是這一戰爭行為的生動寫照。

　　那麼，問題來了：所抓獲的俘虜是人，「俘」為什麼不從「人」，而偏偏從「子」呢？這個疑問迷惑了歷代學者。

　　于省吾先生在《甲骨文字釋林》一書中寫道：「我們探討造字的起源，往往從原始氏族社會的生活習慣中得到解答。因為各氏族的生活習慣，既各有其特點，又有普遍一致之處。」

　　接著，他引述美國學者摩爾根（Lewis Henry Morgan）在名著《古代社會》中的一個觀察結果：「在戰爭中所捕獲的俘虜，不是殺死即是收養於氏族之內。被捕獲的婦女和小兒，通常也是經過了這種恩澤形式。收養不僅給予氏族權，同時還給予部落的族籍。收養一個俘虜的個人，就把他或她置於自己的兄弟或姊妹的關係之列了。比如一個年長的母親，收養一個男兒或女兒，以後在各方面，均把他或她當作恰如自己所生的男兒或女兒一般。」

于省吾先生因而得出非常有說服力的結論：「這是古代氏族社會在戰爭中，把俘虜其他氏族的男女收養為自己子女的事例。中國古代對於男兒女兒通稱為子，周代典籍習見……收養戰爭中俘虜的男女以為子，這就是孚的造字由來。」

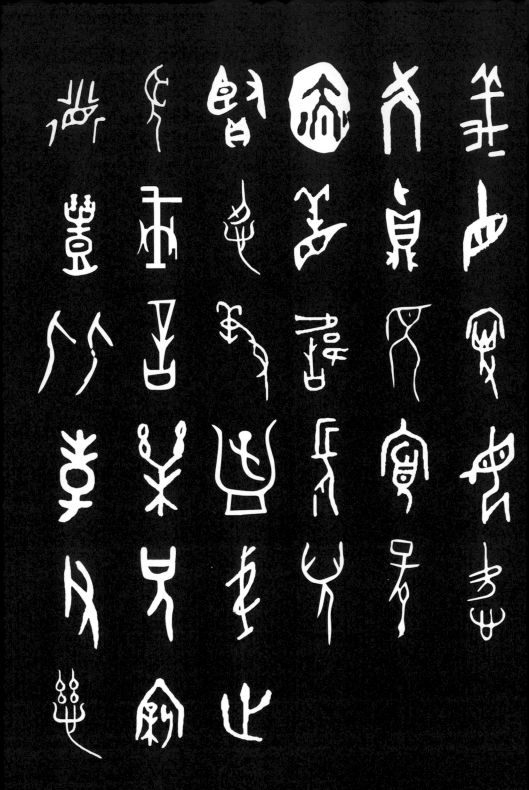

德行篇

在十字路口要行得正

吾未見好德如好色者也——《論語》

❶   ❷

「德」這個字很有趣，甲骨文字形❶，這是一個會意字，中間是古「直」字，四面圍繞著的部分表示十字路口。李敬齋先生認為「直行為德」，就是行得正。左民安先生認為：「其右部是一隻眼睛，眼睛之上是一條垂直線，這是表示目光直射之意。所以這個字的意思是：行動要正，而且『目不斜視』。」甲骨文字形❷，十字路口省寫為「彳」。金文字形❸，同於甲骨文。金文字形❹，在「直」的下面添加了一顆心，不光目正，還要心正。小篆字形❺，直接從金文演變而來，變成一個形聲字。

《說文解字》：「德，升也。」這是「德」的引申義，本義是行得正，引申為德行。「德行，內外之稱，在心為德，施之為行。」《正韻》：「凡言德者，善美，正大，光明，純懿之稱也。」

古人有九德之說，說法不一，《尚書·皋陶謨》稱九德為：「寬而栗，柔而立，願而恭，亂而敬，擾而毅，直而溫，簡而廉，剛而塞，強而義。」寬厚而莊重，溫和而有主見，謹慎而恭敬，能幹而敬業，順從而果敢，正直而溫和，有謀略而能務實，剛正而有節制，勇敢而有道義。這九德是判斷人的真偽的九項標準，但是古往今來，能夠符合這九德的人實在是太少了。

《左傳·昭公二十八年》中有關於九德的另一種說

❸　　　　　　　　❹　　　　　　　　❺

法：「心能制義曰度，德正應和曰莫，照臨四方曰明，勤施無私曰類，教誨不倦曰長，賞慶刑威曰君，慈和遍服曰順，擇善而從之曰比，經緯天地曰文。」《逸周書》又把「忠、信、敬、剛、柔、和、固、貞、順」稱作九德，其中的含義請讀者朋友悉心體會。

　　古人最講究德，因此對「德」的研究很深刻，除了九德之外，還有三德、六德等種種規定。三德：「一曰正直，二曰剛克，三曰柔克。」「一曰至德，以為道本；二曰敏德，以為行本；三曰孝德，以知逆惡。」「三德，謂禮賓、親親、善善也。」六德：「知、仁、聖、義、忠、和。」「禮、仁、信、義、勇、智。」無論九德、三德還是六德，大同小異，後來成為儒家學說的核心概念，強調以德治國，並把這種理想的治國理念稱作「德政」。

　　孔子曾經說過一句著名的話：「吾未見好德如好色者也。」意思是：我沒有見過愛好德行就像愛好美色一樣的人。可見即使有種種關於「德」的規定和美譽，好德的人也不如好色的人多。

　　古人有「德配天地」的讚譽之辭，比喻一個人的德行可與天地相匹配。後來就把「德配」引申為對別人妻子的尊稱，意思是說這個人的妻子，德行可以跟丈夫相匹配，不過不能用作口語，多用於死後的悼文，屬於恭維死人的漂亮話，這在過去叫諛辭。

《彩繪帝鑑圖說》之〈德滅祥桑〉
約十八世紀，法國國家圖書館藏

　　〈德滅祥桑〉的典故出自商史。商王太戊當政時，有祥桑與穀樹合生於朝，兩樹一夜之間長到一起，粗有合抱，太戊懼。伊陟曰：「妖不勝德，君之政，其有闕歟。」太戊於是修先王之政，明養老之禮，早朝晏退，問疾弔喪。三日而祥桑枯死；三年遠方重譯而至者七十六國，商道復興。

　　祥桑與穀樹皆為妖異之樹，古人認為唯有修德行才能滅妖異。張居正借此典故告誡小皇帝：妖不自作，必有所招；為人君者，不可一日不修德也。

❶　　　　　❷　　　　　❸

聖

人踮起腳尖傾聽神的聲音

母氏聖善，我無令人——《詩經》

　　中國古代把品德最高尚、智慧最高超，已經達到了人類最高、最完美境界的人稱作「聖人」，又引申為凡是帝王、皇后、皇太后、佛菩薩、仙道方士等一概稱作「聖人」，而且「聖人」還是孔子的專稱。「聖」為什麼會如此超凡脫俗，如此完美無缺呢？

　　聖，甲骨文字形❶，這是一個會意字，下面是一個人踮著腳面朝左側立，上面是一隻大大的朝右的耳朵，會意為人善於傾聽。甲骨文字形❷，人面朝右側立，大耳朵則朝左，左邊又添加了一個「口」，會意為人不僅要善於傾聽，還要善於辯論。金文字形❸，下面的人似乎有點頂不住大耳朵的壓力，努力挺直了腰。至於金文字形❹，耳朵變得更巨大，下面的人變形得厲害。小篆字形❺，直接從金文字形❹演變而來。楷書字形❻，上面的「耳」、「口」定型，下面也定型為「壬」（不是「王」）。簡體字形「圣」，其實是另一個完全不相干的字，金文字形❼，也是一個會意字，左下方是「土」，右上方是手，會意為挖掘土地，《說文解字》：「圣，汝潁之間，謂致力於地曰圣。」

　　《風俗通義》解釋道：「聖者，聲也。聞聲知情，故曰聖也。」這個解釋倒是跟那個大耳朵的樣子非常相符。白川靜先生則把「聖」字解釋為：「古人相信耳可以捕捉到神聲，儘管神聲微乎其微。誦詠祝詞，踮起腳尖向

聖 聖 聖 𦒀

④ **⑤** **⑥** **⑦**

神禱告，可以聽到神明的詔示的人，謂『聖』，即聖職者。」意思也差不了多少。

《詩經》中有一首叫〈凱風〉的詩，其中吟詠道：「凱風自南，吹彼棘薪。母氏聖善，我無令人。」從南邊吹來的和暖的風叫「凱風」，「棘」是酸棗樹，「令」是善。這兩句詩的意思是：和暖的凱風從南邊吹拂而來，吹拂著已經長成柴薪的酸棗樹的粗枝條。母親睿智又賢良，我們做兒子的卻沒有成長為品德美好的人。因此，後來就用「聖善」做為母親的代稱。

古人有「內聖外王」一說，「內聖」指內心的道德修養，「外王」指將內心的道德修養施之於外，齊家治國平天下。此語並非儒家首創，而是出自莊子之口。莊子說：「不離於宗，謂之天人；不離於精，謂之神人；不離於真，謂之至人。以天為宗，以德為本，以道為門，兆於變化，謂之聖人。以仁為恩，以義為理，以禮為行，以樂為和，熏然慈仁，謂之君子。」這就是莊子心目中「內聖」的理想人格。

有趣的是，「聖人」還是美酒的別稱。由於釀酒需要耗費大量的糧食，在東漢末年，因為天下貧瘠，把持朝政的曹操頒發了禁酒令。但是，酒的誘惑實在太大了，偷偷飲酒的人層出不窮，這些人當然不敢明說自己在喝酒，於是就創造了兩個隱語：把清酒叫作「聖人」，把濁酒叫作「賢人」，合稱為「清聖濁賢」。從此之後，「清聖濁賢」成為酒的別名而流傳了下來，南宋著名詩人陸游在〈溯溪〉一詩中寫道：「閒攜清聖濁賢酒，重試朝南莫北風。」

❶　　　　❷　　　　❸

主人用手驅使奴隸去創造財富

野無遺賢，萬邦咸寧——《尚書》

　　「賢」這個字很有意思，現在多用於賢能、賢士、賢良、思賢如渴，指人多才多能和美好的品德。但是，這個字最初卻跟這些意義毫無關係。

　　賢，金文字形❶，包括許慎在內的古代和現代文字學家都把它解釋為一個形聲字，《說文解字》：「賢，多才也，從貝臤聲。」許慎認為表聲的這個「臤」字就是「賢」的古字，許慎又如此解釋「臤」：「臤，堅也。」段玉裁注：「謂握之固也。」即「臤」是堅固的意思。但是這個意思如何又跟「賢」扯上了關係，都語焉不詳。

　　我認為諸多文字學家都忽略了「賢」和「臤」這兩個字的結構成分之一——臣。

　　臣，甲骨文字形❷，這是一個象形字，就像豎起來的一隻眼睛。人的眼睛什麼時候才會豎起來呢？回答是：低頭的時候，從側面看上去，眼睛就是豎起來的。因此《說文解字》解釋道：「臣，事君者也，象屈服之形。」其實這並不是「臣」的本義，「臣」的本義是男性奴隸。奴隸既不能抬頭看主人，又不能正面直視主人，所以你看甲骨文的這個「臣」字就是一個非常具象的男性奴隸的樣子。也有學者說，古代抓獲戰俘，會刺瞎他的一隻眼睛來當作奴隸。甲骨文字形❸，金文字形❹，眼睛的形狀更加具象。「臣」既是奴隸和俘虜，那麼就要臣服於主人，因此就把對應於「君」的臣子也稱作

❹　　　　　　　　❺　　　　　　　❻

「臣」，古代官吏便在國君面前自稱「臣」。

如此一來，「臤」這個字當作「握之固也」就可以解釋了。

臤，小篆字形❺，右邊是一隻手，主人或國君用手牢牢地掌握著奴隸或臣子的命運，這不是非常具象嗎？如此來看，「賢」字就不是一個形聲字，而是一個會意字了。我們看「賢」的金文字形❶，下面是「貝」，貝代表財物，主人或國君用手牢牢地掌握著奴隸或臣子的命運，驅使他們為自己創造財富，這才是「賢」字的本義！即「賢」的本義是多財物。莊子在〈徐無鬼〉一篇中說：「以財分人謂之賢。」用的正是本義。而段玉裁也注解得非常正確：「引申之凡多皆曰賢。」

《詩經・北山》有一句：「大夫不均，我從事獨賢。」因為事情多而辛勞叫「賢」，就是引申義，後來又引申出現在的用法：多才多能，品德美好，賢人、賢士、賢臣、時賢、賢慧等，都是用這個引申義。《尚書・大禹謨》中有「野無遺賢，萬邦咸寧」的句子，「遺賢」即棄置未用的賢才。同時「賢」字又引申用作動詞，有勝過、超過的意思，如韓愈〈師說〉：「師不必賢於弟子。」

賢，小篆字形❻，跟金文沒有任何區別。

「賢」既指人的美好品德，因此後來也用作對別人的敬稱。在對別人的敬稱前冠以「賢」字，比如賢弟、賢姪、賢甥、賢妻。《顏氏家訓》：「凡與人言，自叔父母以下，則加『賢』字。」遂固定為中國古代對別人敬稱的專用字了。

《見立三國志‧玄德三雪中訪孔明》(雪の訪問 見立三國志　玄徳三雪中孔明訪ヵ)
勝川春扇繪，江戶時代

　　勝川春扇（1762～1830），江戶時代浮世繪師，又稱二代勝川春好，
是勝川春英的門人，活躍於文化到文政年間，擅長美人畫、役者繪、風
景畫。

　　這是一幅「見立繪」。「見立繪」是浮世繪中一種常見題材，專指將
眾所周知的歷史、傳說人物或經典場景，用比擬的手法表現在現代事物
及人物上。其中，將男性人物變裝為女性的作品，被後人戲稱為「娘
化」。這幅畫描繪了經典的三國故事「三顧茅廬」的情景，劉關張三人
冒著風雪來訪隱居隆中的當世大賢諸葛亮。不論是三英還是孔明，均被
描繪成了窈窕嬌媚的遊女形象，畫面香豔中透著詼諧，令人莞爾。

❶ **❷** **❸**

祭祀前司禮者沐浴濡身

儒有澡身而浴德——《禮記》

儒者給人們的印象大都是峨冠博帶（編註：高帽子和寬衣帶），緩步而行，這倒符合《說文解字》對「儒」這個字的解釋：「儒，柔也，術士之稱。」為什麼「儒」字會具備這個義項呢？

大部分學者都認為「需」是「儒」和「濡」的本字。需，甲骨文字形❶和❷，這是一個會意字，會意為一個人身上不停地往下滴水。徐中舒先生說：「像人沐浴濡身之形，為『濡』之初文。」他又說：「上古原始宗教舉行祭禮之前，司禮者需沐浴齋戒，以致誠敬，故後世以需為司禮者之專名。需本從像人形之『大』，因需字之義別有所專，後世復增人旁作儒，為踵事增繁之後起字。」

需，金文字形❸，人沐浴的樣子更加具象。金文字形❹，沐浴的水形變為上面的「雨」，意思好像人被雨淋濕了。小篆字形❺，下面的人形訛變為「而」。「儒」的小篆字形❻，即由此而來，只不過添加了一個人字旁。

段玉裁說：「儒者，濡也，以先王之道能濡其身。」意思是能用先王之道濕潤、灌溉自身，亦即《禮記·儒行》中孔子所說：「儒有澡身而浴德。」非常符合「需」的甲骨文和金文字形。

「儒」為什麼當作「柔」講？又為什麼成為術士的稱呼呢？段玉裁引用鄭玄的話說：「儒行者，以其記有

④

⑤

⑥

道德所行。儒之言優也，柔也，能安人，能服人。」他又引用《玉藻》一書的注：「舒儒者，所畏在前也。」所謂柔，就是柔順，就是「所畏在前」。儒者不正是這樣的形象嗎？動作謹慎，循規蹈矩，「非禮勿視，非禮勿聽，非禮勿言，非禮勿動」，用儒家的一套柔順的倫理規則來正人正己，此之謂「能安人，能服人」。

　　針對儒者的這種特徵，胡適先生認為最初的儒是殷商的遺民，從殷商的祝宗卜史等行業轉化而來，在西周及春秋以治喪相禮為職業。既是遺民，當然以柔遜為特徵，這一特徵乃由亡國狀態所養成。後來成為術士之稱，自孔子之後，才形成今天意義上的儒家和儒者的概念。

　　白川靜先生同樣認為儒者是從殷商的祝宗卜史等行業轉化而來，所提出的見解也很別致。他說：「『需』為『雨』與『而』（把頭髮剃斷，不結髮髻之人）組合之字，指巫祝。乾旱時節，巫祝要主持求雨儀式，謂『需』，即需要、期待降雨。求雨的巫祝稱『儒』。作為下層巫祝操持求雨的節日，或是為富裕家庭辦理喪事，奔前走後，這就是古代儒者的本來身姿。出身於這樣的底層社會的孔子，努力建立具有普遍性的為人之道，並遂其道於大成，開創了儒家、儒學。」

　　儒有澡身而浴德，潔身自好，沐浴在先王的道德中。以至於揚雄稱「通天地之人曰儒」，已經將原初的「儒」的含義無限提高了。

❶ ❷ ❸

學

為了教學而搭建的屋舍

學而時習之，不亦說乎？——《論語》

　　《論語》開篇第一句話就是：「學而時習之，不亦說乎？」此處「說」通「悅」。學習後經常去反覆鑽研，不是很高興嗎？可見孔子對「學」的重視程度。

　　學，甲骨文字形❶，這是「學」最初造出來的模樣，是一個會意字，下面是帶有柱子的屋子的形狀，上面是交叉的木杆，會意為搭建出來以供教學使用的屋舍。也有人說上面是竹木所製、用於計算的算籌。至於甲骨文字形❷，在學校屋舍的兩旁，又添加了兩隻手，表示用手輔導、傳授的意思。金文字形❸，在甲骨文字形的下面又添加了一個「子」，表示小孩子來到學校的屋舍裡學習，小孩子是學習的主體。金文字形❹，右下部又添加了一個「攴」，「攴」讀作「ㄆㄨ」，是類似於教鞭的硬樹枝，用以鞭策學生勤奮學習。小篆字形❺，同於金文字形。楷書字形❻，仍然能夠看出造字的本義。簡體字形「学」的上部則變形為三點，交叉木杆和雙手的形狀完全看不出來了。

　　《說文解字》解釋「學」這個字，根據的是金文字形❹演變而來的小篆字形❼，右邊帶有教鞭：「覺悟也。」覺悟也就是學習之後的效果。其實從甲骨文、金文字形，可以清晰地看出「學」從學舍演變為學習之意的完整過程。《廣雅·釋室》：「學，官也。」此處「官」通「館」，明明白白釋義為學館。

④ ⑤ ⑥ ⑦

中國古代重視教育，很早就出現了學校，《禮記·王制》中說：「小學在公宮南之左，大學在郊。」其中，「公宮」指君王的宮殿，小學位於此宮殿以南的左側；大學則離得遠一點，位於郊外。古代的小孩子在八歲的時候就要進入小學，正如朱熹所說：「人生八歲，則自王公之下，至庶人之子弟，皆入小學，而教之以灑掃、應對、進退之節，禮、樂、射、御、書、數之文。」十五歲的時候就要進入大學，正如朱熹所說：「及其十有五年，則自天子之元子、眾子，以至公、卿、大夫，元士之適子，與凡民之俊秀，皆入大學，而教之以窮理、正心、修己、治人之道。」

學子入學時，有一項如今已失傳但非常有趣的禮儀，叫作「釋菜」，「菜」指蘋（青蒿）、蘩（白蒿）一類的植物，繁殖力旺盛，生長迅速，因此用以祭祀祖先。「釋菜」之禮是用蘋、蘩之屬來祭祀先聖先師，祭祀完畢之後，還要跳舞唱歌。鄭玄說：「將舞，必釋菜於先師以禮之。」可見「釋菜」之禮必在舞蹈之前舉行。

《禮記·王制》又說：「天子曰辟雍，諸侯曰頖宮。」西周時期，天子設立的大學稱作「辟雍」。「辟」通「璧」，模仿圓形的璧玉，象徵天，修建圓形的校址；又在周圍壅塞流水，築成水池，象徵教化如流水一樣通行無阻。諸侯設立的大學稱作「頖宮」，「頖」通「泮」，都讀作「ㄆㄢˋ」，指壅塞流水築成的水池要比天子的小一半，只有南面通水而北邊無水，以示等級之別。

郭泰字林宗漢靈帝時人日有道嘗遊大
學諸生三千人林宗為之冠童子魏照求師事之
供給洒埽泰曰汝當精義講書何得暇來相近
照曰經師易獲人師難遭今我之來正欲人師
所在可朝夕觀摩以化於善如此素絲之質附
近朱藍

〈（傳）劉松年人物圖説〉（局部）

明清佚名繪，絹本設色長卷，美國佛利爾美術館藏

劉松年，生卒年不詳，錢塘（今浙江杭州）人，
南宋孝宗、光宗、寧宗三朝的宮廷畫家。擅山水，
筆墨精嚴，著色妍麗，界畫工整。兼精人物，神情
生動，衣褶清勁。後人將他與馬遠、李唐、夏圭並
稱為「南宋四家」。此卷為明清人仿作，題材類似
《養正圖》，畫前賢人物故事數則，圖文並茂。

這幅畫的是魏照求師於郭泰的故事。郭泰是東
漢時期大學者，字林宗。嘗入太學，諸生三千人，
林宗為之冠。童子魏照求師事之，供給灑掃。郭泰
曰：「汝少年，當精研文字，講讀經書，何得暇來
與我相近？」魏照曰：「經師易獲，人師難遭。欲
以素絲之質，附近朱藍。」魏照可謂善於擇師求學
之人。

❶ ❷

戰爭前殺羊並陳列兵器

義

不義而富且貴，於我如浮雲——《論語》

　　「義」是一個義項繁多的漢字，同時也是傳統文化中非常重要的概念，形塑了華人的道義觀。

　　義，甲骨文字形❶，這是一個會意字，上面是一隻羊，下面是一把鋸齒狀的兵器。羊是用於祭祀的祭牲，兵器表示征戰，征戰前要殺羊並陳列兵器，舉行祭祀儀式，祈禱戰爭的勝利，因此會意為合宜的道德、行為或道理，也就是正義。金文字形❷，下面兵器的形狀更清晰。小篆字形❸，下面的兵器規範化為「我」。楷書字形❹，同於小篆。簡體字形「义」完全看不出造字的原意了。

　　《說文解字》：「義，己之威儀也。」許慎解釋的其實是「儀」這個字，「義」是「儀」的古字。還記得《孟子》那段著名的話吧？「生，亦我所欲也；義，亦我所欲也，二者不可得兼，舍生而取義者也。」這就是「義」的本義。古人非常重視正義的行為，把義和仁相提並論：「立人之道，曰仁與義。」古時候「義」和「誼」也可以通假使用，比如無情無義、忘恩負義的「義」即指情誼。在很多成語中都留下了這樣使用的痕跡。

　　孔子說過：「君子喻於義，小人喻於利。」「不義而富且貴，於我如浮雲。」他還說過：「君子義以為質，禮以行之，遜以出之，信以成之。君子哉！」意思是：君子把義作為原則，用禮來做事，用恭順的言辭來表

③　④

達，用誠信的態度來完成，這樣的人就是君子啊！可見「義」的重要性。姜太公也曾經講解過「義」與古人看重的其他品行之間的關係：「天有時，地有財，能與人共之者，仁也。仁之所在，天下歸之。免人之死，解人之難，救人之患，濟人之急者，德也。德之所在，天下歸之。與人同憂同樂，同好同惡，義也。義之所在，天下赴之。凡人惡死而樂生，好德而歸利，能生利者，道也。道之所在，天下歸之。」

　　有趣的是，既然是征戰前舉行的祭祀儀式，那麼一定要有鮮明的儀仗，「義」字下面的那把鋸齒狀的兵器，就是這種儀仗。顧名思義，儀仗的形式感很強，是一種形式上的東西，因此引申出形式上的、名義上的、假的等含義。

　　南宋學者洪邁在《容齋隨筆》中說得最清楚：「人物以義為名，其別最多。仗正道曰義，義師、義戰是也。眾所尊戴曰義，義帝是也。與眾共之曰義，義倉、義社、義田、義學、義役、義井之類是也。至行過人曰義，義士、義俠、義姑、義夫、義婦之類是也。自外入而非正者曰義，義父、義兒、義兄弟、義服之類是也。衣裳器物亦然，在首曰義髻，在衣曰義襴（ㄌㄢˊ，上下衣相連的服裝）、義領之類是也。合眾物為之，則有義漿、義墨、義酒。禽畜之賢者，則有義犬、義烏、義鷹、義鵲。」其中，「合眾物為之，則有義漿、義墨、義酒」的意思，是多種物質或者食料混合而成，比如「義酒」就是將各種酒混合在一起飲用。還有假牙叫義齒，殘障者安裝的假肢叫義肢。

❶　　　　❷　　　　❸

高腳盤裡盛著祭祀用的玉器

暗與山僧別，低頭禮白雲——李白

「禮」是儒家思想的核心概念之一，並且有一整套以維護宗法等級制為目的的禮制系統。今天，這個字的意思已經弱化為禮貌、禮節等，日常生活中應該遵守的人際關係準則，但是在古代，禮可不僅僅是人際關係的準則，而是古人生活中極其重要的東西。

「禮」最早寫作「豊」，甲骨文字形❶，這是一個象形字，下面是「豆」。「豆」可不是今天所說的豆類，而是一種高腳盤，盛行於商周時期，多為陶製，用來盛食物。上面是高腳盤裡裝滿了玉器，用以祭祀。至於甲骨文字形❷，「豆」中繫著繩子的玉器的樣子更具象。甲骨文字形❸，金文字形❹，區別不大。小篆字形❺，定型化後更規範了。

《說文解字》：「豊，行禮之器也。」這是說，「豊」是一種禮器。古時最重要的禮是祭祀之禮，因此後來給「豊」添加了一個「示」字旁，凡是「示」字旁的字大都與祭祀之事有關。小篆字形❻，右上角訛變為「曲」。簡體字形「礼」完全看不出造字的原意了。

《說文解字》：「禮，履也，所以事神致福也。」可見「禮」的本義是舉行儀禮，祭神求福。李白有詩曰：「暗與山僧別，低頭禮白雲。」低頭向白雲敬禮，可見虔誠。

《禮記》中規定：「禮有五經，莫重於祭。」東漢學者鄭玄注解道：「禮有五經，謂吉禮、凶禮、賓禮、軍禮、

④　　　　　　⑤　　　　　　⑥

嘉禮。」

　　吉禮就是祭祀之禮；凶禮指逢凶事而舉行哀悼的儀禮；賓禮指接待賓客的禮儀；軍禮顧名思義就是軍事上的禮儀；嘉禮，嘉，善也，因人心所善者而制定的禮儀，共分飲食、婚冠、賓射、饗宴（宴飲）、脤膰（ㄕㄣˋ ㄈㄢˊ，祭社稷和宗廟用的肉，賜給同姓之國以示同享富貴）、賀慶六種。而五種禮中，最重要的莫過於祭祀之禮，即吉禮。

　　古人把「禮」抬升到至高無上的地位，《左傳》：「夫禮，天之經也，地之義也，民之行也。」除了五經之禮外，古人規定的禮儀還有多種，其一是《禮記》所說節制民性的六禮：冠、昏、喪、祭、鄉、相見。「冠」指男子到了二十歲舉行的加冠禮，表示成人；「昏」指婚禮；「鄉」指鄉飲酒和鄉射之禮。周代的時候，鄉學三年學業完成，要將其中德行道藝突出者推薦給諸侯，臨行之際，鄉大夫設酒宴以賓禮相待，這叫鄉飲酒禮，同時鄉大夫、鄉老還要與鄉人比賽射箭，這叫鄉射禮。「相見」指人與人之間的交際禮儀。

　　其二是更加細分的九禮：冠、婚、朝、聘、喪、祭、賓主、鄉飲酒、軍旅。朝是朝拜國君之禮，聘是諸侯之間相互聘問之禮。

　　其三是直到今天還沒有完全消亡的確立婚姻過程中的六禮：納采、問名、納吉、納徵、請期、親迎。「納采」是男方向女方送求婚禮物；「問名」是男方托媒人請問女方的名字和生辰，女方回覆；「納吉」是男方占卜得到吉兆後，備好禮物通知女方，決定締結婚姻；「納徵」是擇日將備好的聘禮送到女家，民間俗稱「過定」，意思是正式訂婚了；「請期」是男方行聘之後，卜得吉日，請媒人告知女家成婚日期；

「親迎」是女婿親自到女家去接新娘來拜堂成親。

中國號稱禮儀之邦，「禮」滲透進了日常生活的各個方面，由以上的介紹可見一斑。

戒

兩手持戈戒備森嚴

❶　　　　❷　　　　❸

　　戒，甲骨文字形❶，這是一個會意字，下方左右是兩隻手，上面是一把戈，兩手持戈，表示戒備森嚴。金文字形❷，兩隻手移到左下方。小篆字形❸，變成了上下結構。

　　《說文解字》：「戒，警也。從廾持戈，以戒不虞。」不虞指意料不到的事。「戒」的本義就是警戒，戒備。孔子曾經說過君子有三戒：「少之時，血氣未定，戒之在色；及其壯也，血氣方剛，戒之在鬥；及其老也，血氣既衰，戒之在得。」這段話的意思是：少年時，血氣未定，戒的是女色；等到成年了，血氣方剛，戒的是爭鬥；等到老了，血氣已經衰敗，戒的是貪得無厭。

　　「戒」的本義同樣用於日常生活中經常出現的一種飾物，就是戒指。明人都卬在《三餘贅筆》中列有「戒指」的條目，其中寫道：「今世俗用金銀為環，置於婦人指間，謂之戒指。按《詩》注：『古者后妃群妾以禮進御於君，女史書其月日，授之以環，以進退之；生子月辰，以金環退之。當御者，以銀環進之，著於左手，既御者著於右手。』事無大小，記以成法，則世俗之名戒指者，有自來矣。」對於懷孕的后妃，宮中的女官要授給她一枚金環，表示不能與皇帝同床。要與皇帝同床的后妃，就授給銀環，戴在左手表示即將和皇帝同床；戴在右手表示已經和皇帝同過床了。但是，「戒指」這

一稱謂並非在明代才出現，最遲到了元代就已經出現。戒指的「戒」同樣使用的是本義，即戒止之意。甚至還有詞典說「嬪妃月經來潮之日，即戴戒指，表明不可與帝王同房」。

古代最隆重的「戒」就是齋戒，古人說：「洗心曰齋，防患曰戒。」又說：「湛然純一之謂齋，肅然警惕之謂戒。」齋戒前要沐浴更衣，使身心保持整潔，以示虔敬之心。《孟子·離婁下》曾經說過：「雖有惡人，齋戒沐浴，則可以祀上帝。」

白居易有詩〈白髮〉曰：「八戒夜持香火印，三光朝念蕊珠篇。」詩中的八戒是指佛教傳入中國後，在家修行的信徒一晝夜之間受持的八條戒律，又稱八關齋或八關戒，分別是：「一不殺生，不殺生者，謂不斷一切眾生之命也，自不殺生，亦不教人殺生；二不偷盜，不偷盜者，謂不竊取他人財物也，自不偷盜，亦不教人偷盜；三不邪淫，不邪淫者，謂非己妻妾不行淫欲之事也；四不妄語，不妄語者，謂自不妄言，亦不可以虛妄之言而誑於他也；五不飲酒，不飲酒者，謂酒是亂性之本，起過之門，故不可酣飲也；六不坐高廣大床，高廣大床者，《阿含經》云：床高一尺六寸，非高也，闊四尺，非廣也，長八尺，非大也，但過此量者，名高廣大床，不宜坐也；七不著花鬘瓔珞，不著花鬘瓔珞者，謂不以花為鬘，珠璣為瓔珞，而作身首之飾也；八不習歌舞戲樂，不歌舞戲樂者，謂自不習歌舞戲樂，及不得輒往他處觀聽，亦不教人歌舞戲樂也。」

如果以此標準來衡量的話，豬八戒完全不符「八戒」的名字啊！

　　月岡芳年（1839～1892），畫號一魁齋芳年、魁齋、玉櫻樓等，晚名大蘇芳年。師從歌川國芳，日本江戶時代末期著名浮世繪師。他的作品題材多樣，包括歷史繪、美人畫、役者繪、風俗畫、古典畫、合戰繪等，以帶有強烈衝擊性的「無慘繪」著稱，被譽為「最後的浮世繪師」。

　　《西遊記》在日本是《三國演義》之外流傳最為廣泛的中國故事，江戶時代譯入日本後，浮世繪師創作了很多精美插圖。月岡芳年筆下的《通俗西遊記》繪製較晚，設色濃郁，造型已明顯脫離中國繡像本痕跡。

　　這幅畫的是豬八戒撞天婚的故事，出自《西遊記》第二十三回。梨山老母、文殊、普賢等欲試取經四眾之禪心，幻化莊院，假作孀婦，攜三女真真、愛愛、憐憐招婚，唐僧、悟空、悟淨漠不為動，獨豬八戒喜不自勝，涎著臉百計求婚，醜態盡出。

❶

忍

鋒利的刀刃插到心上

是可忍，孰不可忍——
《論語》

《論語》說：「小不忍則亂大謀。」《孟子》說：「所以動心忍性，增益其所不能。」很多人都認為忍耐是中國人的傳統性格之一，其實這跟「忍」字的本義並不完全符合。

忍，金文字形❶，下面是一顆心，上面是鋒利的刀刃。許慎認為「忍」是一個「從心刃聲」的形聲字，但我覺得倒像一個會意字。俗話說「忍字頭上一把刀」，這把鋒利的刀刃插到人的心上，完全可以會意為忍耐之意。明代學者趙宧光就持這樣的觀點，他解釋說：「如刀刺心，忍意也。」小篆字形❷，變化不大。

《說文解字》：「忍，能也。」能是能耐的意思，忍耐就是能耐。「忍」這個字的義項顯示了漢語中一個有趣的現象，即同字反義或同詞反義，就是說一個詞既可以指正面，又可以指它的反面，正反義都可兼具。比如「斷腸」一詞，既可以當作極度傷心的意思，又可以當作極度歡喜的意思；又比如「冤家」一詞，既可以指仇人，又可以指愛人。「忍」字也是如此。

段玉裁解釋說：「凡敢於行曰能，敢於止亦曰能。忍之義亦兼行止：敢於殺人謂之忍，俗所謂忍害也；敢於不殺人亦謂之忍，俗所謂忍耐也。其為能一也。仁義本無二事，先王不忍人之心，不忍人之政中皆必兼斯二者。」先王之道，有不忍人之心，但是這個不忍人之心

❷

包括了「敢於殺人」和「敢於不殺人」兩個方面，這就是「忍」的本義所包含的正反兩個方面的義項。

如果用「忍字頭上一把刀」這句俗語來解釋「忍」的話：如刀刺心，但就是忍著不報復，即段玉裁所說「俗所謂忍耐也」；被逼到了極限，就要動用這把刀了，即段玉裁所說「俗所謂忍害也」。事情的正反兩方面都在一個字上體現了出來。

日常生活中，人們形容對某件事的憤慨程度，常常說：「是可忍，孰不可忍！」這句名言出自《論語》。根據《論語・八佾》的記載：「孔子謂季氏：『八佾舞於庭，是可忍也，孰不可忍也。』」季氏是魯國的國卿，佾（一、）是古代樂舞的行列，八佾就是一行八人，一共八行，八八六十四人，人人手執一柄稚羽（野雞的羽毛）而舞，這是周天子在太廟祭祀時所用的人數。只有天子才可以「八佾」；諸侯六佾，六六三十六人；卿大夫四佾，四四十六人；士二佾，二二為四人。

魯國按理只能夠「六佾」，不過魯國是周天子分封給周公的諸侯國，周公是周武王的親弟弟，輔佐周武王滅了商朝，周武王死後，他的兒子周成王繼位，成王年幼，由周公攝政，成王長大後才把國政交還。因為周公德高望重，功勞很大，所以在周公死後，周成王特許魯國國君享受天子「八佾」的禮儀。

但是，「八佾」之禮只能在祭祀周公太廟的時候使用，不能在其他任何場合使用。季氏不過是一個卿大夫，仗著把持國政，悍然在自己家廟的庭院裡用六十四人的「八佾」之禮奏樂起舞，屬於嚴重的僭越行為，因此激怒了孔子，孔子才當面對季氏說：「是可忍也，孰不可

忍也。」這句話有兩種理解：一是，這種事季氏你都忍心做得出來，還有什麼事你不可忍心做的呢？意思就是再壞的事你都能夠做得出來；二是，人們對你做的這件壞事都能夠容忍，還有什麼人、什麼事不能容忍呢？

善

❶

❷

像目光和善的羊一樣美好

君子莫大乎與人為善──《孟子》

善和惡是一對反義詞。

先說善，甲骨文字形❶，這是一個會意字，上面是羊，下面是眼睛，羊的眼睛很和善，因此用來會意。金文字形❷，脫離了甲骨文的造字思維，上面是羊，下面是兩個「言」。金文字形❸，大同小異。古人把羊視為吉祥、美好的動物，「言」是說話，會意為說出的話非常吉祥、美好，因此《說文解字》解釋道：「善，吉也。」也有學者認為上面的羊會意為美味，下面的「言」會意為因美味而連連稱讚。小篆字形❹，下面兩個「言」簡化成一個。

已經有一千多年歷史的蒙學讀物《三字經》，開篇就是：「人之初，性本善。」孔子亦有名言：「三人行，必有我師焉，擇其善者而從之，其不善者而改之。」儒家持「性善論」，因此「善」是儒家學說中一個重要的方面。孟子則說得更多：「苟為善，後世子孫必有王者矣。」「君子莫大乎與人為善。」「教人以善，謂之忠。」「好善優於天下。」善良、善心，都是從吉祥、美好的本義引申出來的含義。

「善」的金文字形有兩個「言」，表示吉祥、美好的話說得越多越好，所謂連連稱善，因此「善」又可以引申為多。《詩經·載馳》中有「女子善懷，亦各有行」的詩句，意思是女子有很多思念，心裡也有自己的主

❸

❹

❺

張。《禮記‧文王世子》中有更明確的記載:「嘗饌善,則世子亦能食;嘗饌寡,世子亦不能飽。」這句話的意思是:如果父王吃飯多,那麼太子也能吃飯多;如果父王生病吃飯少,那麼太子也因為憂愁而吃不飽。「善」與「寡」相對,當然是多的意思;如果把此處的「善」理解成美好,就說不通了。

善有善報,惡有惡報。惡,小篆字形❺,許慎認為這是一個形聲字,從心亞聲。不過有很多學者都認為「亞」字像殷代地下墓室的平面圖形,白川靜先生說:「墓室為死者的居所,對活著的人來說,此處乃心情不暢之地,易生嫌忌拘謹之思。」那麼「惡」就是一個會意兼形聲的字。《說文解字》:「惡,過也。」人有過錯叫惡。不過,還有一種說法:「有心而惡謂之惡,無心而惡謂之過。」

古人把六種極其凶惡的事情叫作「六極」,分別是:「一曰凶短折,二曰疾,三曰憂,四曰貧,五曰惡,六曰弱。」這並不是指對人凶惡,而是指自身遭遇的禍患。

又有「十惡不赦」的說法,指古代刑律制定的十種大罪。《隋書‧刑法志》記載:「一曰謀反,二曰謀大逆,三曰謀叛,四曰惡逆,五曰不道,六曰大不敬,七曰不孝,八曰不睦,九曰不義,十曰內亂。」

一曰謀反,企圖推翻現在的政權。這一條歷來都是「十惡」之首。二曰謀大逆,危害君父、宗廟、宮闕等罪行。三曰謀叛,背叛朝廷。四曰惡逆,毆打及謀殺祖父母、父母,殺死伯叔父母、姑、兄、姊、外祖父母、夫、夫之祖父母、父母。五曰不道,殺死一家非死罪三人,將人肢解,造毒物殺人,用邪術詛咒人等。

六曰大不敬，冒犯皇帝的尊嚴，偷盜皇帝祭祀的器具和皇帝的日常用品，偽造御用藥品以及誤犯食禁。七曰不孝，對祖父母或父母不孝。八曰不睦，親族之間互相傷害。九曰不義，殺本屬府主、刺史、縣令、現受業師；吏卒殺本部五品官以上官長；聞夫喪匿不舉哀，守喪期間作樂、穿吉服及改嫁。十曰內亂，親族之間通姦或強姦。

真

仙人穿著草鞋隱形飛升

為伊判作夢中人，長向畫圖，清夜喚真真──納蘭性德

❶　　　❷

「真」是一個結構和含義都極其複雜的漢字，這個字造出來後所引發的爭議，跟古人關於出世的理想以及入世的做人道理息息相關。

真，金文字形❶，有學者認為是「珍」字的初文，上面是「㐱」字古文的反寫，下面是鼎的形狀，表示寶貴的意思。也有學者認為上面是人形或飯匙的「匕」，會意為從鼎中取美味的食品。但是另一個金文字形❷卻無法這樣解釋了，我們把這個字形留到小篆時一起講解。《說文解字》收錄的更早的古文字形❸，讓段玉裁驚呼道：「非倉頡以前已有真人乎？」在他看來，這個字形一定表示「真人」。小篆字形❹，到了這個時候，我們才可以破解「真」字的造字密碼。

《說文解字》：「真，仙人變形而登天也。從匕目，所以乘載之。」其中「匕」是「化」的古字，有變化、變形之意。中間是一個「目」字，即眼睛，段玉裁解釋說，道家的養生之道以耳目為先，耳目是尋真的梯級。

「乚」是「隱」字的古字，意為仙人可以隱形。最下面類似於「八」的符號其實不是「八」，而是仙人用以乘載的工具，按照段玉裁的說法，這個工具就是指方士穿的專用草鞋，叫作「蹻（蹻，ㄐㄩㄝˊ）」，穿上草鞋的雙腳形似「八」字形。這個乘載工具也就是金文字形❷和古文❸下面的兩個符號。道家經典著作《抱朴子》中說：

❸　　　　　　　❹

「若能乘蹻者，可以周流天下，不拘山河。」乘之道有三種，一種叫龍
蹻，一種叫氣蹻，一種叫鹿盧蹻，是三種飛行的用具，都用一個「八」
字形來代表了。

　　於是，「真」字就是一個會意字，而且一下子動用了四個符號來會
意：匕、目、乚、八，真是無比複雜，同時也可以看出古人的智慧。「真」
是「眞」的俗字，現在已不大看得出造字的原意了。

　　道家把修真得道之人稱作「真人」。莊子在〈大宗師〉一篇中曾經
詳細描述過「真人」的種種特異之處：「古之真人，其寢不夢，其覺無
憂，其食不甘，其息深深。真人之息以踵，眾人之息以喉。」「古之真
人，不知說生，不知惡死；其出不欣，其入不距；翛（ㄒㄧㄠ）然而往，
翛然而來而已矣。不忘其所始，不求其所終；受而喜之，忘而復之，
是之謂不以心捐道，不以人助天。是之謂真人。」

　　《淮南子・本經訓》中也說：「莫死莫生，莫虛莫盈，是謂真人。」
秦始皇對這種「真人」羨慕得不得了，他曾親口說：「吾慕真人，自謂
『真人』，不稱『朕』。」

　　小說《西遊記》中唐僧對孫悟空說道：「悟空，這裡人家，識得我
們道成事完了。自古道，真人不露相，露相不真人。恐為久淹，失了
大事。」早在明代之前，「真人不露相，露相不真人」這句俗語就開始
流行了。宋代禪宗史書《五燈會元》中，智海本逸禪師說偈曰：「佛也
打，祖也打，真人面前不說假；佛也安，祖也安，衲僧肚皮似海寬。」
這是「真人面前不說假話」的由來。從以上兩句俗語可見，「真人」不
僅是古代中國人的出世理想，同時也是日常生活中入世的做人道理。

道家的「真人」存養本性，修真得道，因此「真」引申為本性、本原，進而引申為真誠、真實，還有無數的引申義，都是從道家的「真人」這個概念而來。

　　最有趣的是「寫真」一詞，「真」指人的真容，「寫」是摹畫，「真人」早就飛升成仙，當然只能勉強摹畫，僅僅只能形容畫技之高了。唐代進士趙顏有一次在畫工處見到一位美貌麗人的畫像，畫工告訴他這位美女叫真真，需要晝夜不停地喚她的名字一百天，就可以把她喚活，因此後人就用「真真」來比喻美女。清代詞人納蘭性德的名句「為伊判作夢中人，長向畫圖，清夜喚真真」，只能當作傳奇來看了。

〈無款人物〉
宋代佚名繪，絹本設色，臺北故宮博物院藏

　　這幅宋代人物畫曾被自宋至清的帝王收藏，清高宗乾隆尤其欣
賞其「畫中畫」式構圖，曾令丁觀鵬等宮廷畫家仿製了五幅相似畫
作，並將畫中文士及屏上寫真都換成他自己，御題：「是一是二，
不即不離。儒可墨可，何慮何思。」人在面對自己的寫真時，的確
容易產生「是一是二」的迷思與哲思。

　　此幅畫中，一士人坐於榻上，執筆持卷，從容閒適。身旁陳設
文玩、飲饌等物，童子在一旁斟酒。榻後屏風繪工筆花鳥，其上懸
掛著士人的寫真畫軸。主人集文人之雅玩趣事於身邊，展現出宋代
文人閒適雅逸的生活意趣。宋代流行的「燒香、點茶、掛畫、插花」
等雅好，此畫中可見一斑。

眼睛看的時候視線平直

❶

　　「直」是中國傳統文化中很重要的一個概念，孔子就從不同的角度論述過「直」。我們先來看看它的字形演變。

　　直，甲骨文字形❶，這是一個會意字，下面是一隻眼睛，上面是一條直線，會意為以目視之，視線之直。金文字形❷，在甲骨文字形的基礎上，左邊添加了一個弧狀的字元，這個「乚（一ㄣˇ）」的字元，《說文解字》解釋說：「乚，匿也。」段玉裁解釋為「像逃亡者自藏之狀也」。金文字形用三個字元來會意，徐鍇解釋說：「乚，隱也。今十目所見是直也。」段玉裁進一步解釋說：「謂以十目視乚，乚者無所逃也。」

　　小篆字形❸，「目」上面直接寫成了「十」。就金文字形而言，「目」上面並不是「十」，而是在甲骨文字形一條直線的基礎上，添加了一道短橫線，用來表示視線所注目之處，因此還是應當以甲骨文和金文字形為準。徐鍇和段玉裁都是從小篆字形出發，才把「目」上面的字元解釋為「十」，進而有「十目視乚」的附會。楷體字形不僅「乚」不見了，而且「目」中的兩橫變成三橫，看不出本來的樣子了。

　　不過，關於「直」的甲骨文和金文字形，也有學者有不同的意見。谷衍奎的《漢字源流字典》認為甲骨文字形中，上面的那條直線是標杆，會意為用眼睛正對標

❷

❸

杆以測端直之意。而金文字形中的那個弧狀字元是矩尺，以突出測量之意。徐中舒先生則認為，金文字形的弧狀字元乃是甲骨文字形那條直線的偽變。

《說文解字》：「直，正見也。」《左傳·襄公七年》中有這樣的定義：「正直為正，正曲為直。」而「直」和「曲」相對，把彎曲的東西加以矯正叫「直」。由此引申出「直」最常用的義項：正直、公正、不偏私。

孔子講過很多什麼是「直」的話，最有名的是：「何以報德？以直報怨，以德報德。」這裡的「直」指正直之道。如果別人對你有德，你要報之以德；如果別人傷害了你，你不能逆來順受，忍辱偷生，而是要剛強不屈，採取正直之道去報復仇人。

孔子還說過：「吾之於人也，誰毀誰譽？如有所譽者，其有所試矣。斯民也，三代之所以直道而行也。」意思是：我對待別人，詆毀過誰？稱讚過誰？如果有我稱讚過的人，一定是經過驗證之後才會稱讚他的。這樣的人，就是夏商周三代遵循正直之道而行的人。所謂「直道」，當然是符合孔子定義的各種德行，從柳下惠的遭遇中也可以看出這一定義。

提起柳下惠，人們都知道他是個「坐懷不亂」的好男人，「坐懷不亂」的故事太為人們所熟知，以至於遮蓋了柳下惠其他方面的光芒。柳下惠其實不姓柳，而是姓展，叫展獲，字禽，是春秋時期魯國人。因為他的封地在「柳下」，死後的諡號叫「惠」，人們稱他「柳下惠」。

柳下惠曾經在魯國做過士師的官。士師是古代執掌禁令刑獄的官名。當時魯國的朝政大權把持在權臣臧文仲手中，柳下惠的官職被臧

文仲罷免了三次，有人勸柳下惠離開魯國到別的國家去做官，柳下惠回答道：「直道而事人，焉往而不三黜？枉道而事人，何必去父母之邦？」意思是：如果一直按照正直之道、正直的理念做官，到哪個國家不會被罷免呢？如果不按照正直之道、正直的理念做官，那又何必離開父母之邦呢？這就是柳下惠「直道事人」的原則，這個原則是被孔子所讚賞的。

我們回頭再看看「直」的金文字形中那個「乚」字，就可以更清楚地明白什麼叫「直道」，就是不隱瞞之道。正直之道無須隱瞞，因為就叫「直道」。

❶　　　　　❷　　　　　❸

兩個人親密地並立著

「比」這個字的字形非常簡單，但即使是這麼簡單的漢字，仍然會引發爭議。

比，甲骨文字形❶，這是兩個面朝右的人形。甲骨文字形❷，大同小異。金文字形❸，兩個站立的人形。金文字形❹，兩人靠得更近。金文字形❺，兩人俯身的樣子栩栩如生。小篆字形❻，手臂幾乎伸到地上了，這個字形為「比」字訛變為兩個「匕」打下了基礎。

《說文解字》：「比，密也。二人為從，反從為比。」其中「從」的甲骨文字形是二人面朝左，「比」則相反，二人面朝右。不過，因為字形相近，甲骨卜辭中每每混用，需要根據具體的卜辭來釋義。谷衍奎《漢字源流字典》則認為：「『從』為二立人，意在表示相跟隨；『比』為二跪拜之人，蓋為夫婦比肩之象，意在表示匹合之義。本義當為比並匹合。」

這個解釋雖然新穎，卻與「比」的字形不符，因為「比」更像兩個站立的人。張舜徽先生說：「比之本義，當為二人並立。並立則近，故訓密也……二人為從，謂前後相隨也。比則左右相並，故曰：『反從為比。』比本為二人並立之密，因引申為凡密之稱。」這種解釋更有說服力。

段玉裁解釋說：「其本義謂相親密也，餘意輔也、及也、次也、校也、例也、類也、頻也、擇善而從之也、

④ ⑤ ⑥

阿黨也，皆其所引申。」其實「比」的本義就是二人並立，或者二人並肩而行，密或親密才是引申義。

《論語·為政》：「子曰：『君子周而不比，小人比而不周。』」這裡的「比」指只與一部分人親密。什麼樣的人只與一部分人親密呢？小人。因此，孔子說：「君子團結忠信但不結黨營私，小人結黨營私但不團結忠信。」過於親密當然容易結黨營私，因此「比」用作貶義，比如「朋比為奸」。《周易》中說：「君子以朋友講習。」孔穎達解釋說：「同門曰朋，同志曰友。」只要是同學就可稱「朋」，因此可以和「比」組詞，用作貶義。

《爾雅·釋地》：「南方有比翼鳥焉，不比不飛，其名謂之鶼鶼。」郭璞解釋說：「似鳧，青赤色，一目一翼，相得乃飛。」其中，「相得」即比翼，這是類比「比」的字形中二人並立或並肩而行之態。今天我們最常使用的「比較」一詞，「較」是車廂兩旁的橫木，車廂中左右倚靠著「較」的人，即為「比較」之人。類似的用例都可以證明「比」的本義是二人並立或二人並肩而行，並不是「夫婦比肩之象」。

至於許慎所說「比，密也」，這是引申義。《詩經·良耜》中有「其比如櫛」的詩句，「櫛（ㄐㄧㄝˊ）」是梳子和篦子的總稱，疏者為梳，密者為比。張舜徽先生說：「古梳篦字但作疏比，亦以其齒之疏密得名。」

《阿藤訪鍵屋阿仙》〈鍵屋を訪れたお藤に茶を出すお仙〉

鈴木春信繪，約1769年至1770年

　　這幅畫上兩名女子的關係有些微妙。她們是「明和三美人」中的兩位，分別是笠森稻荷門前的茶屋「鍵屋」的阿仙（右），和淺草奧山的楊枝屋（楊枝即牙刷）「柳屋」的阿藤（左）。阿藤來茶屋拜訪阿仙，阿仙為其端上一盞茶。兩個如花少女婷婷相對，很難不讓人產生比較之心。

　　「明和三美人」是明和年間（1764～1771）江戶城最具人氣的美女，除了阿仙與阿藤外，還有蔦屋阿芳。阿仙與阿藤遇在一起，不免引發「瑜亮之爭」。當時好事者甚至寫了「阿仙阿藤優劣辨」來比較兩大美人的高低，結論是阿仙獲勝，作者讚美她「一顧人駐足，再顧身癱軟」。據說鈴木春信也是偏愛阿仙的，繪製了大量以阿仙為主角的作品，使阿仙的人氣達到鼎盛。

犯人受審時的辯詞

❶

❷

言者，說話也，盡人皆知。但是「言」為什麼會當作說話講？相信很多人都不清楚。而且，有時候越簡單的漢字爭議越大，「言」就是一個典型的例子。那麼，圍繞著這個字，有哪些有趣的爭議呢？

言，甲骨文字形❶，這是一個會意字，下面是個口，這一點歷來都沒有爭議，有爭議的就是上面的字元。這個字元到底代表什麼呢？

第一種說法以郭沫若為代表。他認為上面的三角形加一豎類似於「丫」形，「即簫管也，從口以吹之」，「以口吹簫，舌弄之而成音也」，「言之本為樂器，此由字形已可充分斷定，其轉化為言說之言者，蓋引伸之義也」。他最重要的例證出自《爾雅・釋樂》：「大簫謂之言，小者謂之筊。」因此認為大簫即「言」之本義。

這種說法有兩點疑問：一、考諸甲骨文字形，上面的字元都以「辛」為主，與簫管的「丫」形相去甚遠；二、《爾雅・釋樂》將大簫、小簫對舉，如果「言」的本義是大簫，那麼「筊（ㄐㄧㄠˊ）」的本義也應該是小簫，但其實「筊」的本義卻是竹皮所製的繩索，用來牽拉放置土石，因此「言」應該是對大簫樂聲的形容，正如東漢李巡所說「大簫，聲大者言言也」。

第二種說法以徐中舒先生為代表。他從文化人類學的角度出發，解釋說：「甲骨文告、舌、言均像仰置之

③　　　　　　　④　　　　　　　⑤

鈴，下像鈴身，上像鈴舌，本以突出鈴舌會意為舌，古代酋人講話之先，必搖動木鐸以聚眾，然後將鐸倒置始發言，故告、舌、言實同出一源，卜辭中每多通用，後漸分化，各專一義。」但是，「言」甲骨文字形上面的「辛」字元，實在和「告」、「舌」上面的字元相差甚遠，完全看不出鈴舌的形狀。

第三種說法出自白川靜先生。他認為上面的「辛」字元「乃帶大把手的刺墨用針，屬於一種刑具」，下面的口形是「一種置有向神禱告的禱辭的祝咒之器」，因此「言」的甲骨文字形「表示向神靈起誓發願：禱告中若含不誠不信，將甘受黥刑之罰」。因此，「言」的本義是向神立下的誓言。

第四種說法出自林義光，他說：「言本義當為獄辭，引伸為凡言之稱，與辭字同意。從辛，辛，罪人也。」這短短的幾句話極富啟發性。「辛」本是裝在木柄上的刀具，用來在罪犯的額上刺墨，因此引申為罪人。從辛從口，乃是指罪人受審時的辯辭，即「獄辭」。林義光說「與辭字同意」，《說文解字》：「辭，訟也。」正是受審時分爭辯訟之辭。

言，甲骨文字形②，金文字形③和④，小篆字形⑤，都大同小異。楷書字形則完全失去了「辛」的模樣。

《說文解字》：「言，直言曰言，論難曰語。」張舜徽先生解釋說：「所謂直言者，但申己意，不待辯論也。論難者，理有不明必須討論辨難而後解也。」因此，「直言曰言」、「但申己意，不待辯論」，正是「言本義當為獄辭」，罪人單方面陳述的具象寫照。

養

手舉著鞭子牧羊

廝役扈養，死者數百人──《春秋公羊傳》

「養」，一眼就可以看出，這是一個從食羊聲的形聲字。不過，這個字最初造出來的時候卻不是這個樣子。

養，甲骨文字形❶，左邊是一個羊頭，代指羊，右邊是一隻手舉著一根鞭子或短棍，整個字形會意為牧羊。金文字形❷和古文字形❸，都大同小異。

關於這個字形的演變，徐中舒先生在《甲骨文字典》中總結說：「從攴從羊。甲骨文攴、攴每可通，從羊從牛亦每無別，故此字或亦釋牧、釋羖……蓋畜養之行為曰牧，畜養之羊可名為羖，引申之為供養之養。故牧、羖、養應為同源之字。」其中，「攴（ㄆㄨ）」指輕輕地擊打，「殳」指竹製或木製的兵器，因此二者可通；「羖（ㄍㄨˇ）」指公羊。

養，小篆字形❹，變成了上「羊」下「食」的形聲字，字義也從執鞭牧羊變成了餵養羊群。《說文解字》：「養，供養也。從食羊聲。」

《莊子‧達生》中寫道：「善養生者，若牧羊然，視其後者而鞭之。」簡直就是「養」字的具象解說，因此引申用於人的供養。

《春秋公羊傳‧宣公十二年》記楚莊王伐鄭，鄭襄公投降後，楚莊王下令退避七里，將軍子重進諫說：「南郢之與鄭相去數千里，諸大夫死者數人，廝役扈養，死者數百人，今君勝鄭而不有，無乃失民臣之力乎？」意

3

4

思是說：我們楚國的都城南郢與鄭國相距數千里，這次征伐，大夫已經戰死數人，「廝役扈養」的士卒也死了數百人，如今國君您戰勝了鄭國卻不占領它，豈不是浪費民眾和諸位臣子的精力嗎？

何休注解說：「艾草為防者曰廝，汲水漿者曰役，養馬者曰扈，炊烹者曰養。」砍柴割草用作防禦的人稱「廝」，打水的人稱「役」，養馬的人稱「扈」，燒火做飯的人稱「養」。這些都是軍隊中操賤役的奴隸。顯然，「養」已經由餵草吃羊引申指養活人。

需要注意的是，在古代中國，「養老」或稱「養老禮」是一項國家規定的必須遵守的禮制。根據《禮記·王制》的記載，「養老」之禮起源極早：「凡養老：有虞氏以燕禮，夏后氏以饗禮，殷人以食禮，周人修而兼用之。五十養於鄉，六十養於國，七十養於學，達於諸侯。」

有虞氏指「五帝」之一的虞舜，「燕」通「宴」，所謂「燕禮」就是招待老人吃肉飲酒之禮；夏后氏指夏代的開國君主夏禹，也可以指夏朝，「饗」指設酒食盛宴，所謂「饗禮」，不是以大吃大喝為目的，而是敬老之禮；殷商時期的「食禮」，有酒有肉，但不飲酒，只以飯食為主；周代則兼而用之。

「五十養於鄉」，孔穎達注解說：「五十始衰，故養於鄉學。」

「六十養於國」，孔穎達注解說：「六十漸衰，養禮彌厚，故養之於小學，小學在國中也。」

「七十養於學」，孔穎達注解說：「七十大衰，養禮轉重，故養於大學。」

「達於諸侯」，孔穎達注解說：「言此養老之事，非惟天子之法，

乃通達於諸侯。」

　　綜上所述，「養老」本為國家層面贍養老人的行為，時至今日，卻成為個人或子女贍養老人的行為，古今養老制度之變遷，可發一嘆。

❶

諱

兩人相背而行，避免說話

避諱是人類原始文明中出現的一個共同現象，不過像古代中國這樣一直延續兩千多年，貫穿整個帝制時代則絕無僅有。我們先來看看「諱」這個字是怎麼造出來的，再來講解避諱的幾個基本原則。

「諱」，金文字形❶，右邊其實就是「韋」，相背之意。古人是怎樣表達相背這個義項的呢？右邊這個「韋」，上下是兩隻朝向兩個不同方向的腳，中間的圓圈表示城邑，會意為兩個人圍繞城邑，朝著兩個不同的方向背道而馳，這不就是相背的含義嗎？左下角是「言」，說話。整個字形則會意為：因為有某方面的顧忌，故意相背而行，避免說某些話。

諱，金文字形❷，定型為左右結構，同時規整化，為小篆字形打下了基礎。小篆字形❸，左「言」右「韋」，跟我們今天使用的字形一模一樣。

《說文解字》：「諱，誋也。從言，韋聲。」張舜徽先生在《說文解字約注》一書中進一步解釋說：「古人凡有所避而不出諸口者，皆謂之諱。」也就是說，「諱」指的僅僅是言語避諱，這一避諱有一個大原則，即《春秋公羊傳·閔西元年》所記載的：「《春秋》為尊者諱，為親者諱，為賢者諱。」

所謂「為尊者諱」，即「國諱」，規避國君的名諱；所謂「為親者諱」，即「家諱」，規避祖先和父母的名諱；

❷　　　　　　　　**❸**

所謂「為賢者諱」，即「聖諱」，規避像孔子這樣聖賢的名諱。

　　避諱始於周代，周代之前不存在避諱一說，這也就是甲骨文中還沒有發現「諱」字的原因。《左傳・桓公六年》記載：「周人以諱事神。」孔穎達注解說：「自殷以往，未有諱法。諱始於周，周人尊神之故，為之諱名，以此諱法，敬事明神，故言周人以諱事神。」說得很明白，乃是因為周人尊神的緣故。

　　《禮記・檀弓下》中有這樣的規定：「虞而立尸，有几筵，卒哭而諱，生事畢而鬼事始已。」這是指的父母葬後的儀式。「虞」即「虞祭」，下葬後舉行的安頓父母靈魂的祭祀；「尸」指父母的神主；「卒哭」之「卒」指終止，自父母死日起，一感到悲痛就要哭，不分晝夜，到了一定的期限就終止這種隨時的哭泣，改為朝夕哭，今天的「斷七」就是「卒哭」之祭的遺制。

　　這段話的意思是說：父母去世後，要舉行虞祭以安頓死者的靈魂，豎立死者的神主，擺放几筵供奉祭品，舉行完「卒哭」之祭後就要開始規避死者的名諱，從此就要把死者當成鬼神來看待了。

　　至於避諱的具體方式，有所謂改字法、缺筆法和空字法等種種，眾所周知，此不贅述。

❶

❷

老

從明代開始編撰並不斷增補的蒙學讀物《增廣賢文》一書中記錄了一則諺語：「凡事要好，須問三老。」很多人不明白這句諺語的意思，原因在於不懂得古時的「三老」制度。我們先從「老」這個有趣的字講起。

老，甲骨文字形❶，這是一個象形字，像一位老人的樣子：最上面是老人的長髮，往下是老人的面部，面部中間的一點代表眼睛，下部是老人駝背之形，左邊和手相連的一豎代表拐杖。整個字形就是一位長髮飄飄、彎腰駝背、手持拐杖行走的老人的模樣。

甲骨文字形❷，駝背和手持拐杖的樣子更明顯。甲骨文字形❸，老人轉了個方向，面朝左。金文字形❹，上面的長髮紮起來，成了一個髮髻，下面還是駝背之形，但是左下角的拐杖變形得很厲害，看起來就像一個「匕」字，這就為小篆字形❺正式訛變為「匕」打下了基礎。

《說文解字》：「老，考也。七十曰老。從人毛匕，言鬚髮變白也。」這是針對小篆字形所做的解釋，其實並不從「匕」。「考」和「老」是同源字，都是年老之意，因此許慎用來互訓。

古人稱六十歲以上為老人，有所謂上壽、中壽、下壽之分，上壽和中壽自不必說，連下壽都以六十歲為底線。六十歲以上還有詳細的區分：六十曰耆（ㄑㄧˊ），

七十曰老，八十、九十都叫耄（ㄇㄠˋ），八十曰耋（ㄉㄧㄝˊ），九十曰耇（ㄍㄡˇ）。

　　周代時，鄉、縣、郡先後設置了「三老」這一職位，職責是掌教化。「三老」不是三位老人，而是一位老人，每個鄉設一位「三老」，各鄉中再選拔出來一人，擔任縣裡的「三老」，縣令、縣丞、縣尉有了什麼疑難問題都要向他請教。後來又完善為「三老五更」制度：三老和五更各由一人擔任，是周天子親自從年老的退休官員中選拔出來的，天子以對待父親的禮節尊三老，以對待兄長的禮節尊五更，這是給天下人做孝悌的榜樣。《禮記・樂記》：「食三老五更於大學。」歷朝歷代都把三老和五更養在太學裡。

　　三老和五更各自都是一位老人，為什麼分別叫三老、五更呢？有兩種不同的說法，而且有趣的是，這兩種說法都出自鄭玄一人之口。

　　鄭玄在為《禮記・文王世子》作的注中說，之所以以「三」和「五」來命名，是「取象三辰五星，天所因以照明天下者」。三辰指日、月、星，五星指金、木、水、火、土五大行星，三老取三辰之義，五更取五星之義，象徵著三老和五更的德行可以照耀天下，做天下人的楷模。

　　不過，在鄭玄為《禮記・樂記》作的注中，又推翻了自己這個說法：「三老五更，互言之耳，皆老人更知三德五事者也。」三德指正直、剛、柔三種德行，五事指貌、言、視、聽、思五種體態，三老取三德之義，五更取五事之義，意思是三老和五更完美地實踐了三種德行，同時也向世人做出示範，什麼樣的體態和身體語言才是君子應該正確遵循的。

　　按照周禮，天子向三老五更表示敬意時，不僅要向三老和五更行

跪拜之禮，還要親自執行一系列的禮儀，這些禮儀的
先後順序是：拿著刀，袒露右臂，割肉，把肉放進竹
製和木製的禮器裡，呈獻給三老和五更，然後回頭去
拿酒具，斟滿酒，再呈獻給三老和五更。

　　到了宋代，這一系列禮節大大簡化，元明清時期
乾脆廢棄不用了。

〈香山九老圖〉（局部）
（傳）南宋馬興祖繪，絹本設色長卷，美國佛利爾美術館藏

　　馬興祖，河中（今山西永濟）人，南宋紹興（1131～1162）間
畫院待詔。工花鳥、人物、山水、雜畫，善鑑別。

　　這幅長卷描繪的是「香山九老」聚會宴遊的情景。唐武宗時，
大詩人白居易晚年在故里香山（今河南洛陽龍門山以東）與胡杲、
吉皎、鄭據、劉真、盧慎、張渾、狄兼謨、盧貞八位耆老，志趣相
投，忘情山水，組為「九老會」。唐武宗會昌五年（845）三月
二十四日，九老在白居易之居處宴集，既醉且歡之際賦詩繪畫，有
仰慕者繪成〈香山九老圖〉，傳為美談，後多有效仿。南宋時期，
此題材在畫院中也非常興盛。

　　這段畫面上，醉後滿頭插花而舞的人，據說正是主人白居易。
此時，白居易七十四歲，在古人中算得上高齡。

長老在屋子裡持炬驅鬼

❶

　　《孟子·梁惠王上》一開篇就寫道：「孟子見梁惠王，王曰：『叟，不遠千里而來，亦將有以利吾國乎？』」東漢學者趙岐注解說：「叟，長老之稱，猶父也。孟子去齊，老而之魏，王尊禮之。」今天使用的「叟」同樣還是這個義項，指老年人，比如老叟、童叟無欺，但用作尊稱的含義卻淡薄了。

　　不過，僅僅從字形上來看，哪裡能夠看出來尊稱老年人之意呢？原來，這個字的本字寫作「叜」，是一個非常有趣的漢字，反映了古人日常生活中一項極為重要的習俗。

　　叜，甲骨文字形❶，上面是屋頂，中間是火把，下面是一隻手。甲骨文字形❷，大同小異。朱駿聲解釋說：「從又持火，屋下索物也。」張舜徽先生在《說文解字約注》一書中進一步解釋說：「古者陶復陶穴，所居甚暗。老人目力昏眊，非持炬不能入內，此叜字所以從又持炬也。叜為尊老之稱，實自此起。」

　　叜，小篆字形❸，仍然是同樣的結構，但許慎卻錯誤地認為「從又從災」，完全無法解釋字義。《說文解字》：「叜，老也。」這並不是「叜」的本義。

　　至於隸書的「叟」，上面顯然是雙手持炬的訛變。這就是所謂「隸變」，漢字由小篆一轉而變為徹底筆劃化的隸書，同時也標誌著象形的古漢字演變為現代漢字

②   ③

的起點。「叟」就此取代了「叜」，當「叟」用於對老年人的尊稱之後，古人就為它添加了一個提手旁，用「搜」來表示搜尋、搜索之意。

不過，是否真的如同張舜徽先生所說，由視力不好的老人持炬入屋而引申為尊老之稱的呢？事實恐怕並非如此。根據《周禮》的記載，周代有負責驅鬼的「方相氏」一職，職責是：「掌蒙熊皮，黃金四目，玄衣朱裳，執戈揚盾，帥百隸而時難，以索室驅疫。」

「難」通「儺（ㄋㄨㄛˊ）」，驅逐疫鬼的儀式。這裡描述的是方相氏舉行四時之儺的裝束。鄭玄注解說：「索，廋也。」此處「廋」即「搜」。「索室驅疫」就是方相氏率領百隸持兵器、持炬在宮室中驅鬼的具象寫照，因此「搜」還有一個從鬼的通假字「蒐」。

白川靜先生在《常用字解》一書中有類似的解說：「『叜』義示在祭祖的廟宇（『宀』）舉行祭祀儀式時，手（『又』）持『火』。氏族的長老持火指揮祭祀，因此『叜』有長老、老者之義，後來，此字演變為『叟』。」

「索室驅疫」也屬於祭祀儀式之一種，負指揮之責的方相氏的地位也類同於氏族的長老，因此，這個持炬尋物或持炬驅鬼或持炬祭祀的「叜（叟）」字，即引申為尊老之稱，白川靜先生的解說是很有說服力的。

孝

孩子扶著長髮老人行走

❶

❷

《孝經》開宗明義章第一：「身體髮膚，受之父母，不敢毀傷，孝之始也；立身行道，揚名於後世，以顯父母，孝之終也。夫孝，始於事親，忠於事君，終於立身。」

孝，甲骨文字形❶，這是一個非常有趣的會意字，上面是一位長頭髮的老人，下面是「子」，字形就像一個孩子拉著老人行走。金文字形❷，比較複雜，一位長頭髮的老人，懷裡抱著一個孩子，老人用手撫摸著孩子。金文字形❸，含義更加顯豁：上面一位長頭髮的老人用手按著下面小孩子的頭，小孩子用頭扶持著老人行走。金文字形❹，老人長髮飄飄的樣子更加具象。小篆字形❺，跟金文差不多，不過老人的手不見了。

《說文解字》：「孝，善事父母者。」可見「孝」的本意就是孝順父母。賈誼則解釋說：「親愛利子謂之慈，反慈為囂；子愛利親謂之孝，反孝為孽。」其中「囂（ㄧㄣˊ）」是暴虐愚頑。雙親對子女不慈謂之「囂」，子女對雙親不孝謂之「孽」。

「孝」是儒家倫理思想的核心概念，孝道因此成為中國兩大基本道德準則之一，另一個基本道德準則是「忠」。數千年來，人們把忠和孝視作天性，甚至當作區分人類和禽獸的標誌。但是自五四運動以來，隨著對傳統文化的全面批判，中國人開始對傳統的孝道產生懷疑，將孝道視作封建禮教大加撻伐。但是在儒家學說

③　　　　　④　　　　　⑤

中，是否真的要求必須一切聽從父母呢？我們來看看孔子是怎樣教育弟子「孝道」的。

曾點和曾參都是孔子的弟子，曾點是父親，曾參是兒子。有一次，曾點支使兒子去給瓜苗培土，曾參幹活的時候不小心鋤斷了瓜苗的根，曾點很憤怒，就像所有脾氣暴躁的父親一樣，拿著一根大杖子，劈頭蓋臉揍了曾參一頓，把兒子打得躺在地上昏迷了過去。曾參甦醒過來的第一件事就是趕緊跑到父親面前，問候父親道：「剛才兒子做了錯事，惹您生氣了，您費這麼大力氣揍了我一頓，我是罪有應得，您沒事吧？」

問候完父親，曾參忍著身上的劇痛，裝作若無其事的樣子走進書房，拿起一把琴就彈了起來，故意彈得很大聲，讓父親遠遠地就能夠聽見。這番做派的意思是生怕父親氣消了之後，轉而開始擔心把兒子打壞了，心裡擔憂。

沒想到，馬上就有人把這起事件報告給孔子。孔子聽了大怒，對弟子們說：「曾參如果來聽課，不要放他進門！」曾參聽說老師竟然怪罪自己，心裡很不服氣，就託人向老師要一個說法。

孔子對來人說：「回去轉告曾參：難道你沒有學習過舜和父親的故事嗎？當年舜的父親生氣的時候，如果用短木棍教訓舜，舜就老老實實地挨打；可是如果用大杖子教訓舜，舜立馬就逃得遠遠的。你曾參可好，明明知道父親暴怒之下沒輕沒重，你還不逃走，硬生生地挨父親的大杖子，如果你被打死了，那不是陷你父親於不義嗎？還有比這更大的不孝嗎？你父親難道不是天子的子民嗎？設想一下，如果你

父親殺了人，該是多大的重罪？你死了兩腿一蹬，但你父親還得承擔殺人的後果呢！」曾參一聽出了一身冷汗，趕緊登門向老師謝罪。

　　這個故事記載在《孔子家語》中。在常人的印象中，身為至聖先師的孔子是一副儀態莊嚴的刻板形象，可是看看他怎樣向弟子解釋什麼是「孝道」的，他竟然要求兒子在父親暴怒的時候趕緊逃跑！可見孔子所提倡的孝道，跟後世無條件地服從父母的孝道完全不一樣啊！

　　《唐土廿四孝》是一組系列版畫，繪製了由中國傳入日本的「二十四孝」
故事。最初是元代郭居敬輯錄古代二十四個孝子的故事編輯而成，後世版本
多配以圖畫，以《二十四孝圖》流傳民間，影響甚廣。傳入日本後，這個題材
也受到日本畫家喜愛，還創作了「本朝版」、「見立版」等衍生的二十四孝作品。

　　歌川國芳繪製的這組《唐土廿四孝》大致忠於中國的原版故事，畫風則濃
豔鮮明，充分體現了「武者之國芳」的個性。

　　這幅描繪的是曾參「齧指痛心」的故事。曾參事母至孝，有一次采薪山中，
家有客至，曾母無措，望參不還，乃齧其指。參忽心痛，負薪以歸，跪問其故。
母曰：「有急客至，吾齧指以悟汝爾。」母子連心，一至於斯。曾參在孔門弟
子中的地位原本不太高，直到顏淵配享孔廟後（編註：配享，指附祀於廟，
同受祭饗），才升為「十哲」之一，中唐以後，隨著孟子地位的上升，曾參的
地位也隨之步步高升，到明世宗時已僅次於「復聖」顏淵。

❶　　　　　　　❷

放在木架上，用絲線裝飾的樂器

獨樂樂，與人樂樂，孰樂──《孟子》

　　孟子問齊宣王的這句話是：「獨樂樂，與人樂樂，孰樂？」頭兩個「樂樂」讀作「ㄩㄝˋ ㄌㄜˋ」，最後一個「樂」讀作「ㄌㄜˋ」。這句話的意思是：一個人欣賞音樂快樂，和別人一起欣賞音樂快樂，哪種更快樂？這句問話牽涉了「樂」字的兩種讀音。

　　除了簡體字形「乐」之外，「樂」的任何一種字形都是非常美麗的樣子。甲骨文字形❶，關於這個字形，諸學者有不同的見解。雖然大家都同意這是一個象形字，但是具體像的是什麼東西的形狀，則說法不一。羅振玉認為「從絲附木上，琴瑟之象也」，是一把琴的樣子。金文字形❷和❸，中間增加了一個「白」字形狀的東西，羅振玉認為是「調弦之器」，彈奏琴弦的撥子。

　　小篆字形❹，許慎認為「像鼓鞞」，鼓是大鼓，鞞（ㄆㄧˊ）是小鼓。中國古代的樂器有許多種，為什麼偏偏要用「鼓鞞」來代表「樂」呢？段玉裁解釋道：「鼓者春分之音，易曰：雷出地奮豫，先王以作樂崇德，是其意也。」古人認為，鼓聲是模仿春分時節的雷聲，雷聲激蕩，先王因此製作音樂以推崇德行。「樂」下半部分的「木」，許慎認為是放置鼓的架子。

　　楷書字形❺，同於以上字形。簡體字形「乐」，光從字形來看，完全不知所云。

　　關於「樂」字的字形，白川靜先生認為這個字像帶

❸ ❹ ❺

手柄的搖鈴的形狀，中間的「白」字是鈴鐺，左右的「幺」是絲線編製的穗狀飾物，這個搖鈴的功能是歌舞時搖動鈴鐺，愉悅神靈，或者女巫搖動鈴鐺，以驅除病魔。

《說文解字》：「樂，五聲八音之總名。」其中，「五聲」即宮、商、角（ㄐㄩㄝˊ）、徵（ㄓˇ）、羽，「八音」指金、石、絲、竹、匏（ㄆㄠˊ）、土、革、木製成的樂器所發出的樂音。不過，許慎的解釋不太準確，「五聲八音之總名」顯然是「樂」的引申義，本義應該是樂器，不管是鼓鼙、琴瑟，還是鈴鐺，根據甲骨文和金文字形所示，它毫無疑問是一種樂器。

制樂的始祖，據說是黃帝時的樂官伶倫，《呂氏春秋》：「昔黃帝令伶倫作為律。」這是關於伶倫作樂的最早記載。其後歷代皆有樂官。古人為音樂賦予了許多道德含義，即所謂「移風易俗，莫善於樂」，比如《周禮》規定有六種「樂德」：「以樂德教國子：中、和、祗（ㄓ）、庸、孝、友。」鄭玄解釋道：「中，猶忠也；和，剛柔適也；祗，敬；庸，有常也；善父母曰孝；善兄弟曰友。」

音樂悅耳，人聽著音樂會感覺快樂，因此引申出快樂、喜悅等意思。當作「喜歡」講時，「樂」應該讀作「一ㄠˋ」，這就是「樂」字的第三種讀音。子曰：「知者樂水，仁者樂山；知者動，仁者靜；知者樂，仁者壽。」意思是：智者喜歡水，仁者喜歡山；智者動，仁者靜；智者快樂，仁者長壽。

❶

❷

為剛出生的嬰兒洗澡

彼美孟姜，洵美且都──《詩經》

　　孟姜女哭長城，人們想當然地以為孟姜女就姓孟，還附會出她是孟、姜兩家聯姻所生的女兒。這都是不瞭解「孟」這個字到底是什麼意思所導致的誤解。

　　孟，金文字形❶，這是一個會意字，下面是洗浴用的器皿，器皿裡面盛著一個剛出生的嬰兒，即漢字的「子」。金文字形❷，下面是高腳的洗浴盆。金文字形❸，下面是扁而平的洗浴盆。小篆字形❹，緊承金文字形而來，沒有任何變化。

　　《說文解字》：「孟，長也，從子皿聲。」但許慎所釋為引申義，其本義是為剛出生的嬰兒洗澡。古人造字，一定是從身邊的生活習俗中取材，即許慎所說「近取諸身，遠取諸物」，那麼第一次給剛出生的嬰兒洗澡，這個嬰兒一定是頭生子，「孟」因此引申為「長」，排行第一。古人為兄弟姊妹排行，就是按照孟、仲、叔、季的順序。不過還有一種說法：嫡長曰伯，庶長曰孟。正妻所生的嫡長子稱「伯」，妾、媵等所生的庶長子稱「孟」。因此，孟、仲、叔、季也可排為伯、仲、叔、季。

　　《詩經·有女同車》是一首情詩，情郎吟詠道：「有女同車，顏如舜華。將翱將翔，佩玉瓊琚。彼美孟姜，洵美且都。有女同行，顏如舜英。將翱將翔，佩玉將將。彼美孟姜，德音不忘。」詩意甚為淺明。其中「孟姜」的稱謂，《毛傳》曰：「孟姜，齊之長女。」齊國是太公

❸　　　　　　　　　❹

望的封國，太公望本姓姜，因此齊國的國姓即為「姜」，孟姜即齊國國
君的長女。這就是後來「孟姜女」名字的出處，並非姓孟。

　　《廣雅》：「孟，始也。」即「孟」由長、排行第一引申為「始」，四
季中每個季節的第一個月就稱「孟」，即孟春、孟夏、孟秋、孟冬。

　　至於孟姓的由來，跟「孟」字的本義也大有關係。魯桓公有四子，
嫡長子繼承國君之位，是為魯莊公；庶長子慶父；庶次子叔牙；嫡次
子季友。除了魯莊公之外，其餘三子的後代就是嚴格按照孟（伯）、仲、
叔、季的順序排行的，分別為：仲孫氏、叔孫氏、季孫氏。這三大家
族後來一直把持著魯國的朝政，因為都是魯桓公的後代，史稱「三桓」。

　　有個成語典故叫「慶父不死，魯難未已」，是說慶父屢屢在魯國國
內製造內亂，並謀殺了魯閔公（為魯莊公之子）。宋代學者鄭樵在《通
志・氏族略》中說：「慶父曰共仲，本仲氏，亦曰仲孫氏。為閔公之故，
諱弒君之罪，更為孟氏，亦曰孟孫氏。」將排行第二的「仲氏」改為
排行第一的「孟氏」，掩蓋的是魯桓公四子的排行，突出的是慶父庶長
子的排行，這是慶父的後代為尊者諱，試圖淡化謀殺魯閔公之罪。孟
姓即由孟孫氏而來。

長髮持杖的長者

❶

❷

「長」是今天使用頻率非常高的漢字之一，最為常用的義項乃是長短之「長（ㄔㄤˊ）」；不過，這並非剛剛造出這個字時的本義，而且讀音也不相同。

「長」，甲骨文字形❶，下面是一個稍微屈身的人，左下角的一豎表示手杖，這個人伸出手去抓住手杖；上面是長長的頭髮的形狀，頭髮下面的一橫表示用簪子將頭髮束起來。

張舜徽先生在《說文解字約注》一書中解釋說：「像人披髮綿長之形。髮在人毛中為最長，古人造字近取諸身，因即以為長短之長耳⋯⋯人之年歲較大者，其身必視稚幼為高，故又用為長幼之稱矣。」

這一解說不正確。因為在這個字形中，長長的頭髮固然是極其鮮明的意象，但同時屈身持杖之人的形狀也極為顯豁。在古代中國，杖可不是隨便什麼年齡的人都可以使用的，只有老年人才有持杖而行的特權。《禮記・曲禮上》篇中規定：「大夫七十而致事。若不得謝，則必賜之几杖，行役以婦人。」大夫七十歲的時候要主動向國君提出退休的申請，如果沒有得到批准，國君就要賜給他可以倚靠著休息的几和手杖。

《禮記・王制》中還有更具體的規定：「五十杖於家，六十杖於鄉，七十杖於國，八十杖於朝。」古時極重養老之禮，因此男人到了五十歲才可以在家中使用手杖，

❸ ❹

到了六十歲才可以在鄉里使用手杖，到了七十和八十歲才可以在朝堂之上使用手杖。

因此，這個字形中屈身持杖之人，必為德高望重的老人。

至於長長的頭髮為何也是造字的重要字元，這是因為古代中國人不剪髮，髮皆上挽，同時也是區別於披髮之夷狄的重要特徵。年紀越老而頭髮越長，故以之為構字要件。我本來懷疑上面這部分很像殷代貴族所戴的章甫冠，因為出土的殷人高冠有高達二十六公分者，更能顯出身分之尊貴，但考慮到要在甲骨上契刻出栩栩如生的高冠實乃極難之事，也沒必要，因此還是將之視為長長的頭髮之形更為恰當。

綜上，「長」的本義當為長髮持杖的長者，讀音為ㄓㄤˇ。《呂氏春秋·季冬紀》記載：周武王登基後，與殷商遺民微子啟盟誓，曰：「世為長侯，守殷常祀，相奉桑林，宜私孟諸。」意思是說：讓你世世代代做諸侯之長，奉守殷商的各種固定的祭祀，允許你供奉〈桑林〉的祭祀之樂，把孟諸當作你的私邑。這裡的「長」就是用的本義，指首領、尊長。

長，金文字形❷，下面的手杖沒有畫出來，而是添加了老人佝僂的腰身。金文字形❸，下部屈身持杖的樣子變形得很厲害，為小篆字形的訛變埋下了伏筆。小篆字形❹，《說文解字》把這個字形釋義為：「長，久遠也。從兀，從匕。兀者，高遠意也；久則變化。」許慎根據小篆字形認為上面是表示高遠的「兀」，下面則是表示變化的「匕（化）」，老人的頭髮久而色變，因此會意為久遠之意。這一釋義很顯然是錯誤的。

《彩繪帝鑑圖說》之〈臨雍拜老〉
約十八世紀，法國國家圖書館藏

　　〈臨雍拜老〉的故事出自東漢。漢明帝初登極時，親臨辟
雍，行古養老之禮。「辟雍」原是周代為貴族子弟設立的大學，
漢代指京師的太學。古來養老，有「三老五更」名色。三公之
老者為「三老」，卿大夫之老者為「五更」。明帝舉行古禮，以
其賢臣李躬為三老，以其師傅桓榮為五更。行禮既畢，進入堂
上，明帝親自講解經義，諸儒執經問難於前。冠帶縉紳之人，
羅列橋門觀禮聽講者上萬人，可謂一時盛事。

　　畫中正在行禮的兩位退休長者並未扶杖，也許童子或僕從
替他們捧杖侍立於畫面之外吧。

寡

一個人在屋子裡愁眉苦臉

凡無妻無夫通謂之寡——《小爾雅》

❶

甲骨文中還沒有發現「寡」字。金文字形❶，看起來就讓人感覺不舒服。上面是屋頂，下面是一個人，這位有頭有腳的人模樣十分奇特，不知道在屋子裡做什麼。林義光在《文源》一書中認為「像人在屋下……顛沛見於顏面之形」，意思是顛沛流離，受盡磨難和挫折之後，臉上的表情顯得很苦，在屋子裡自怨自艾。

張舜徽先生則在《說文解字約注》一書中認為這個人的頭頂「像頭骨隆起形」，是將頭部的肉剔淨之後，「空留頭骨在屋下也」；而夫妻一體，如果將之分離，就像肉和骨分離一樣，因此用這個字形來表示無妻或無夫的寡居狀態。如此說來，「寡」的這個字形很像一個因為某種原因受刑之人。

白川靜先生在《常用字解》一書中的解釋更為奇特，他認為上面的屋頂「形示祭祖之廟舍」，而「『寡』乃葬禮時頭纏白布、戴孝之人的側視圖，此人在廟宇中仰望在天神靈，噫嘻不止」。這個女人死了丈夫，因此戴孝，那麼「寡」就指未亡人、寡婦。

後兩位學者的解釋都過於奇特。細看這個字形，倒真的如同林義光所說，像極了一個愁眉苦臉的人，一個人在屋子裡愁眉苦臉，會意為失去伴侶後的寡居狀態。

寡，金文字形❷，這個人頭髮豎起，睜著一隻大眼睛，東張西望，左顧右盼，卻四顧彷徨，就像夜晚失眠

❷　　　　　　　❸

一樣，或者緬懷逝去的伴侶，或者盼望趕緊有一位伴侶來到自己身邊。小篆字形❸，雖然有所變形，但中間的「頁」仍然是頭部的象形，彎腰屈膝的這個人的兩旁還添加了兩撇，似乎是流淚的樣子。

《說文解字》：「寡，少也。」這並非「寡」的本義，只不過是由寡居引申而來的義項。

《禮記‧王制》記載：「老而無夫者謂之寡。」劉熙所著《釋名‧釋親屬》也說：「無夫曰寡。寡，踝也，踝踝，單獨之言也。」此處「踝」通「裸」，單獨的意思。漢代字書《小爾雅》的釋義則有不同：「凡無妻無夫通謂之寡。」可見「寡」並非單指寡婦，而是無妻無夫都可以稱「寡」。

《禮記‧曲禮下》篇中規定：「諸侯……與民言，自稱曰『寡人』。」孔穎達注解說：「寡人者，言己是寡德之人。」想一想「寡」的字形中那位愁眉苦臉、睜眼失眠的人的樣子，就可以理解國君自稱「寡」乃是一個謙辭，將自己貶低到極其低下的「寡德」的位置，可以視之為對百姓的安撫。

有趣的是，晉代人率直任誕，瀟灑倜儻，視禮法如無物，竟然上下通稱「寡人」！《世說新語‧文學》中記載了一則趣事：「裴散騎娶王太尉女，婚後三日，諸婿大會，當時名士、王、裴子弟悉集。郭子玄在坐，挑與裴談。子玄才甚豐贍，始數交，未快；郭陳張甚盛，裴徐理前語，理致甚微，四坐諮嗟稱快。王亦以為奇，謂諸人曰：『君輩勿為爾，將受困寡人女婿。』」

裴遐時任散騎郎，故稱「裴散騎」；王衍時任太尉，故稱「王太

尉」。裴遐是王衍的女婿。著名玄學家郭象字子玄，才識淵博，鋪陳玄學的義理極其充分，他在這次名士雲集的大會上專門挑中了裴遐來辯論。沒想到，裴遐雖然語速緩慢，但是「理致甚微」，對義理和情致的闡發都極其精微，結果舉座稱歎。連王衍都稱奇不已，對大家說：「你們不要再辯論了，否則就要被『寡人』的女婿給困住了！」

王衍以太尉之職而竟然自稱「寡人」，這大概就是惹後人豔羨、獨步中國史的魏晉風度吧！

母

兩手交叉，用乳房哺育子女

❶ ❷

天下最偉大的人莫過於母親了。

母，甲骨文字形❶，這是一個象形字，像一個面朝左跪著的人形，兩手交叉，胸前的兩點代表乳房。《倉頡篇》：「母其中有兩點，像人乳形。」金文字形❷，突出的是胸前的乳房。金文字形❸，上面的一橫是女人頭上戴的簪子。小篆字形❹，人形面朝右，胸前的兩點變成了一對下垂的乳房。

《說文解字》：「母，牧也。從女，像杯子形。一曰像乳子也。」古人喜歡用兩個韻母相同的字來釋義，這叫疊韻，因此許慎說「母，牧也」，借用「牧」字表示養育子女。其他還有類似的釋義：「母，冒也，含生己也。」「母，慕也，嬰兒所慕也。」《詩經·蓼莪》中有一段非常感人的描寫：「父兮生我，母兮鞠我。拊我畜我，長我育我。顧我復我，出入腹我。欲報之德，昊天罔極。」鞠（ㄐㄩˊ）是養育之意，「母兮鞠我」，跟「母」字最初造字的字形是多麼貼切啊！

今天有「母難日」這個說法，人們大都以為這是西方或日本的外來詞，其實不然，中國元代就已經有了這個詞。元代詩人白珽在《湛淵靜語》一書中寫道：「近劉極齋宏濟，蜀人，遇誕日，必齋沐焚香端坐，曰：『父憂母難之日也。』」清代學者俞樾也說：「今人於生日曰『母難日』，不知有父憂母難。」劉宏濟把自己的生日叫

③　　　　　　　　　④

作「父憂母難之日」，恰好符合《佛說孝子經》所云：「親之生子，懷之十月，身為重病，臨生之日，母危父怖，其情難言。」

　　鮮為人知的是，在唐代之前，古代中國人是從來不過生日的，非但不過生日，在自己誕辰的這一天還要齋戒，感念父母的生養之恩，這就是因為自己誕生的這一天「父憂母難」的緣故。

　　有一年唐太宗李世民在自己的誕辰日召來開國功臣長孫無忌，並對他說：「今天是朕的生日，可是我每當到了這個日子，心裡都非常感傷。你看我君臨天下，富有四海，可是有一件事讓我很不快樂，那就是我永遠無法在父母膝下承歡了！我的心情就和孔子的好學生子路一樣。子路當年為了讓父母吃米飯，不惜來回奔波一百里地為父母送去白米，後來父母去世之後，每每吃飯的時候就想起了雙親，以至於淚流滿面，無法下嚥。《詩經》中說：『哀哀父母，生我劬（ㄑㄩˊ）勞。』他們勞苦了一輩子，再也無法享受宴飲之樂了！」

　　母親是子女的本源，因此「母」引申為本源之意。《老子》中曾經說過：「天下有始，以為天下母。既知其母，又知其子。既知其子，復守其母，沒身不殆。」這段話的意思是：天下萬事萬物都有起始，這個起始就是萬事萬物的根源。掌握了萬事萬物的起始，就可以認識萬事萬物；認識了萬事萬物，還必須堅守萬事萬物的根本，這樣終生就不會有危險。

　　「母」又引申為凡雌性的總稱，比如對各種雌性動物的稱呼，母老虎、母豬、母猴等。

　　母子一體，因此凡是物體有大有小者皆稱為子母，比如人們使用

的無線電話叫作子母機。有一種叢生的竹子，一叢甚至多達數十百根，竹根纏繞，新竹舊竹盤結在一起，高低相倚，就像母子相依，因此稱作子母竹，又稱作慈竹、慈孝竹，都是從不能分割的母子關係而來的。

　　因為「母」是本源，古人認為拇指是五根指頭的本源，於是給「母」字加上了一個「手」字，用來表示大拇指。喝酒時划拳稱作「拇戰」，就是因為拇指的使用率最高。

① ②

右手持棒教子女守規矩

怡然敬父執，問我來何方——杜甫

《禮記·曲禮上》：「見父之執，不謂之進不敢進，不謂之退不敢退，不問不敢對，此孝子之行也。」父親的朋友稱「父執」，比如杜甫的詩：「怡然敬父執，問我來何方。」

父，甲骨文字形❶，這是一個會意字，右邊是一隻手，左邊是一根棍子，右手持棒，教子女守規矩。金文字形❷，這隻手把棒子舉得更高了。金文字形❸，好粗的一根棒子！打在身上一定很痛。小篆字形❹，楷體字形變形得很厲害。

《說文解字》：「父，矩也，家長率教者。從又舉杖。」《禮記·學記》規定：「夏、楚二物，收其威也。」其中，「夏」是山楸木，跟荊樹一樣堅硬；「楚」是一種落葉灌木或小喬木，開花時呈青色或紫色的穗狀小花，葉子可入藥，枝幹堅硬。用這兩種樹的枝幹製成杖，以對付那些不好好學習的頑童，調皮搗蛋的時候懲戒一下。後來「夏楚」連用，泛指用棍棒進行體罰，主要用於未成年人。夏、楚，就是家長舉的那根杖，而舉杖的家長，就是父親。這是「父」的本義。

不過，郭沫若先生有不同的看法。他認為「父」是「斧」的初字，手持的不是棒子，而是石斧。石器時代，男子手持石斧進行操作，因此而稱父親之「父」。

古代中國是一個男權社會，父子關係因而成為這個

235

❸ ❹

社會中最重要的關係。《論語》中有這樣一段對話:「葉公語孔子曰:
『吾黨有直躬者,其父攘羊,而子證之。』孔子曰:『吾黨之直者異於是,
父為子隱,子為父隱。直在其中矣。』」葉公對孔子說:「我家鄉有個
正直的人,他父親偷了別人的羊,他去檢舉了自己的父親。」孔子說:
「我家鄉正直的人跟這個人不一樣,父親為兒子隱瞞,兒子為父親隱
瞞,正直就在這種行為之中了。」

　　《左傳‧昭公二十年》中還記載了「一過不父」的成語故事。費無
極向楚平王進伍奢的讒言,說伍奢聯合太子準備發動叛亂,楚平王信
以為真,於是就向伍奢求證。伍奢回答道:「君一過多矣,何信於讒?」
此處的「一過」是指先前楚平王派遣費無極去秦國為太子接親,費無
極為了討好楚平王,就對他說秦女甚美,乾脆大王您自己娶了她吧!
楚平王果然自娶了秦女。這一個過錯已經很嚴重,因此後人用「一過
不父」形容失於父道。

　　古代社會的父子關係還深刻地體現在血親復仇之中。《禮記‧曲
禮上》寫道:「父之仇弗與共戴天,兄弟之仇不反兵,交遊之仇不同
國。」父仇不共戴天,不能頭頂同一片天空;殺兄弟之仇,則要隨身
攜帶兵器,見到仇人直接殺掉,不需再回家取兵器;殺朋友之仇,不
能跟仇人共處一個國家之內。

　　《禮記‧檀弓上》記載,孔子的學生子夏詢問為父母復仇之道,孔
子回答說:「寢苫(ㄕㄢ),枕干,不仕,弗與共天下也。遇諸市朝,不
反兵而鬥。」意思是兒子要睡在草墊子上,拿盾牌當枕頭,還不能去
做官,臥薪嘗膽。一旦在街頭遇到仇人,拿出隨身攜帶的兵器就殺掉

仇人。

　　《春秋公羊傳・定公》也說：「父不受誅，子復仇，可也；父受誅，子復仇，推刃之道也。」意思是說：父親無辜被殺，兒子可以復仇；如果父親有罪被殺，兒子為父親復仇就會形成「推刃之道」，即冤冤相報的惡性循環，後者不被讚賞。如伍奢受奸佞所害，為楚平王所殺，後其子伍子胥為報父仇，率領吳軍攻入楚國都城，將楚平王的屍體從墳墓裡挖出來，鞭屍三百。

　　由「父」的本義可以引申為對老年男子的尊稱，比如姜太公被周武王尊稱為「尚父」，管仲被齊桓公尊稱為「仲父」，孔子被魯哀公尊稱為「尼父」，范增被項羽尊稱為「亞父」。

〈允禧訓經圖〉
清代顧銘繪，絹本設色，北京故宮博物院藏

　　顧銘，字仲書，生卒年不詳，浙江嘉興人，康熙至乾隆時期畫家，工寫真，小像尤精妙。

　　允禧（1711～1758）是康熙皇帝第二十一子，爵至慎郡王。他為人好客，禮賢下士，亦擅長書畫。

　　這幅人物畫描繪了允禧課子經書的家居場景。畫面中，允禧身著便服，手拿書卷，正在教習。福晉攜子坐在一側。稚子似剛開蒙不久的樣子，還不能專心聽講，正要掙脫母親之手去追逐堂前嬉鬧的小貓。允禧夫婦對此並未露出慍色，而是將目光也一起轉向了小貓，透出一種享受天倫之樂的暖意。捧書侍童及供水侍女巧妙點綴，畫面具有真實而濃郁的生活氣息。作為人物寫真，畫家的處理極具巧思，人物傳神，情景生動。

俯身向天禱告

凡今之人，莫如兄弟——《詩經》

❶　　　　　　　　❷

《詩經》中的這首〈常棣〉詠歎兄弟之間的深厚感情，其中有「凡今之人，莫如兄弟」、「兄弟既翕，和樂且湛」的句子。兄，甲骨文字形❶，這是一個會意字，下面是一個俯下身子的人，上面是「口」，會意為一個人向天禱告，因此，「兄」是「祝」的本字。甲骨文字形❷，這個人乾脆跪了下來。金文字形❸，下面的人換了個方向，面朝右。

金文字形❹，這個俯身的人，衣袖上的穗穗似乎都垂了下來，描摹得真是細緻。小篆字形❺，下面的人變形為「兒」。

《說文解字》：「兄，長也。」但這並不是「兄」字的本義。「兄」既然是「祝」的本字，而「祝」是祭祀時主持祝告的人，這個人通常會是家庭中的長子，因此「兄」引申為兄長的意思。

古人對兄弟關係非常重視，《周禮》中有「六行」之說，指的是六種善行：孝、友、睦、姻、任、恤。《爾雅·釋訓》：「善父母為孝，善兄弟為友。」《尚書·君陳》中的一句話甚至還變成一個古詩文中常用的典故：「惟孝友于兄弟。」意思是：孝順父母，友愛兄弟。後人於是把兄弟稱作「友于」。陶淵明有詩曰：「一欣侍溫顏，再喜見友于。」其中「溫顏」代指慈母，「友于」就是兄弟。

東漢有一對兄弟，兄名趙孝，弟名趙禮，生逢亂世

③ ④ ⑤

人相食，弟弟趙禮被強盜擄去，準備吃掉充飢。哥哥趙孝聽說後，立刻趕往強盜的巢穴，對強盜說：「我弟弟趙禮有病，身體又瘦，還不夠你們塞牙縫的。我身子胖，你們還是吃我吧！」弟弟趙禮一聽，堅決不答應，說：「我被你們抓住，死了也是我的命，跟我哥哥有什麼關係！」兄弟倆各不相讓，相擁大哭。強盜被感動了，於是放了二人。這個典故被縮寫為「兄肥弟瘦」，用來比喻兄弟之間的友愛之情。

　　古時候的錢除了有「銅臭」的貶稱之外，還有一個有趣的稱謂：孔方兄。銅錢外圓，中有方孔，所謂「外圓而內孔方也」。西晉隱士魯褒寫有一篇著名的文章〈錢神論〉，第一次使用了「孔方」這個稱謂，並直接呼之為兄，來譏諷當時的金錢崇拜。「錢之為體，有乾坤之象。內則其方，外則其圓……親之如兄，字曰孔方。失之則貧弱，得之則富昌。」從此之後，「孔方兄」的謔稱就大行於世。

　　不過，並非所有人都有兄弟，這就誕生了著名的「司馬牛之嘆」，此嘆出自《論語・顏淵》：「司馬牛憂曰：『人皆有兄弟，我獨亡！』子夏曰：『商聞之矣：死生有命，富貴在天。君子敬而無失，與人恭而有禮，四海之內皆兄弟也，君子何患乎無兄弟也？』」而「四海之內皆兄弟」的俗語即由此而來，「司馬牛之嘆」也成為對孑然一身、孤立無援的感嘆之詞。

《詩經・小雅・鹿鳴之什圖・常棣》
（傳）南宋馬和之繪，趙構書，絹本設色長卷，北京故宮博物院藏

　　此卷據說是馬和之《詩經》系列圖之一，全卷書、畫共十段。馬和之創作
《詩經圖》歷經高宗、孝宗二朝，《鹿鳴之什圖》卷創作於高宗朝。《詩經圖》
問世不久即出現摹本、臨本。此卷繪畫簡逸流動，書法端莊瀟灑，是極難得
的存世趙書馬畫合璧真跡。

　　這一段描繪的是《小雅・常棣》一詩的詩意。圖繪三人立於水畔坡岸上，
形貌幾乎相同，似表現兄弟三人正在觀看水中花樹。水中三株灌木錯落生長，
開滿繁花。〈常棣〉是一篇吟誦兄弟友愛、手足親情的詩作，開篇云：「常棣
之華，鄂不韡韡。凡今之人，莫如兄弟。」其中「韡韡（ㄨㄟˇ）」是形容光明美
麗的樣子。

　　常棣亦作棠棣、唐棣，是一種薔薇科落葉灌木，花粉紅色或白色。常棣
花開時，每兩、三朵彼此相依，所以詩中用來比喻兄弟之情。全詩筆意曲折，
委婉誠摯，是《詩經》中的名篇，常棣之華亦成為後世經典意象。

弟

用繩子將捕鳥工具一圈圈纏起來

采菊投酒中，昆弟自同傾──韋應物

❶　　　　　❷

韋應物有詩曰：「采菊投酒中，昆弟自同傾。」其中「昆弟」也是兄弟之意，但和兄弟的稱謂還是有區別。中國古代服喪制度的規格、時間等，是按照嚴格的親疏遠近來制定的，從重到輕，依次分為斬衰、齊衰、大功、小功、緦麻五種，此之謂「五服」。其中穿斬衰、齊衰、大功三種喪服的兄弟關係稱作「昆弟」，穿小功、緦麻兩種喪服的兄弟關係稱作「兄弟」，「兄弟」比「昆弟」的關係要遠一些。

弟，甲骨文字形❶，這是象形字：中間是「弋」，「弋」是繫有繩子的箭；纏繞著「弋」的叫矰繳，是絲做的繩子。這種組合又稱「弋繳」，是古代專用的射鳥工具。《說文解字》：「弟，韋束之次第也。」其中「韋」是熟過的皮子。用熟皮繩將「弋」捆束起來，就產生了一圈一圈的次第，因此「弟」是「第」的本字。不過，商承祚先生認為「弟」是「梯」的本字，一道一道繩索纏繞上去，像用以攀登的梯子。

金文字形❷，筆劃變粗了。金文字形❸，繩子纏得更密了。小篆字形❹，緊承甲骨文和金文而來。楷體字形徹底失去了原始的形狀。

「弟」的本義就是次第，兄弟之間也有先後大小的次第，由此引申出弟弟的意思。按照古代的禮節，弟弟要敬愛兄長，這叫「悌（ㄊㄧˋ）」，因此「弟」可以通假

為「悌」。孝敬父母，敬愛兄長叫「孝弟」，同樣可以寫作「孝悌」。

朱熹解釋道：「善事父母為孝，善事兄長為弟。」《論語》中說：「其為人也孝弟，而好犯上者，鮮矣；不好犯上，而好作亂者，未之有也。君子務本，本立而道生。孝弟也者，其為仁之本與！」意思是：如果為人孝順父母，敬愛兄長，卻喜歡冒犯尊長，這樣的人很少見；不喜歡冒犯尊長，卻喜歡作亂，這樣的人從來沒有過。君子致力於根本，根本建立了，仁道自然就有了。孝悌就是為仁的根本啊！可見古人對「孝悌」的重視程度。

《詩經‧常棣》中有個至今還在使用的成語：「兄弟鬩於牆，外禦其侮。」其中「鬩」讀作「ㄒㄧˋ」，爭吵。這個成語的意思是：兄弟雖然在家裡爭吵，內部有分歧，但能夠一致抵禦外人的欺侮。

兄弟關係的呈現還有一個成語「難兄難弟」，在今天，「難」讀作「ㄋㄢˋ」，意思是落難；相應地把同時落難的人稱作「難兄難弟」。殊不知在古代，「難兄難弟」的意思剛好相反，「難」讀作「ㄋㄢˊ」，意思就是它的本義，不易、難以的意思。

東漢靈帝時，陳寔（ㄕˊ）有六個兒子，個個都很賢德，也都很有名望，特別以長子陳紀（字元方）和四子陳諶（字季方）最為傑出，哥倆和老爹被當時人合稱為「三君」，讚譽有加。

有一次，陳紀的兒子陳長文和陳諶的兒子陳孝先之間發生了一場爭論，兩人都誇自己父親的功德更高，品行更完美，爭論不休，誰也說服不了誰，於是二人攜手去找爺爺，請爺爺一決高下。陳寔聽了二人爭論的理由，不由得笑了起來，裁決道：「元方難為兄，季方難為

弟。」意思是兩人的功德都一樣高，品行都一樣完美，
無法像兄和弟一樣分出高下。

　　漢語詞彙的變遷真是太有意思了，到了今天，
「難兄難弟」不僅讀音變了，連意思也完全改變了！

❶ ❷ ❸

既多受社，黃髮兒齒——《詩經》

嬰兒口中新長出了牙齒

　　兒，甲骨文字形❶，很明顯這是一個象形字，下面是人形，看得很清楚，上面象形的是什麼呢？谷衍奎在《漢字源流字典》中認為「像幼兒張口嘻笑露少量牙齒形，表示還是幼兒，牙尚未長齊」。白川靜先生則說：「頭部為幼兒髮髻之人形。這樣的髮髻指代孩兒、幼兒。《禮記·內則》云：男兒出生滿三個月時，做成髮髻，所謂『男角』。男角髮型為『兒』。男角髮髻的編法是，將頭髮從中分成兩股，然後在耳朵上方捲起，捲成圓圈，像動物的角一樣突起。日本古代，男孩子也留類似的髮型。」這種髮型也稱作「總角」。不過，「總角」是在頭頂上，而該字形上面半圓中那兩筆短筆劃並不像「總角」之形。

　　兒，甲骨文字形❷和❸，大同小異。金文字形❹，遵循著同樣的造字思維。金文字形❺，字形發生變化，上面的半圓形裡變成了左右對稱的四個短筆劃。

　　《說文解字》：「兒，孺子也。從儿，象小兒頭囟未合。」其中，「孺子」即小孩子；「囟（ㄒㄧㄣˋ）」指嬰兒的頭頂骨尚未合縫之處，俗稱「囟門」。明代學者魏校說：「頂門也。子在母胎，諸竅尚閉，唯臍納氣，囟為之通氣，骨獨未合。既生，則竅閉，口鼻內氣，尾閭為之洩氣，囟乃漸合，陰陽升降之道也。」

　　對此，張舜徽先生認為：「孺子以生齒毀齒辨其長

幼，故造文者取象焉。頭囟未合，不見於外，無由象形，固非所從得義也。」所謂「生齒」，指幼兒長出乳齒；所謂「毀齒」，指幼兒乳齒脫落，更換為恆齒。他據此認為「兒」字形裡的短筆劃乃是牙齒的象形，用新長出牙齒表示幼兒。

兒，金文字形❻，幼兒背上鼓起的一塊應該是襁褓。小篆字形❼，上面定型為「臼」，好似形狀如臼的臼齒。

另外，「兒」的簡體字形為「儿」，但其實「儿」和「兒」是不同的字。《說文解字》：「儿，仁人也。古文奇字人也。象形。」據此則「儿」和「人」本為一字。

《詩經・閟宮》中有「既多受祉，黃髮兒齒」的詩句。祉，福也；黃髮，老人的頭髮白了之後會發黃，因代指老人；兒齒，鄭玄解釋說：「齒落更生細者也。」老人的牙齒落盡後再生出的細齒，稱「兒齒」，這當然是不常見的現象，但「兒齒」的稱謂印證了張舜徽先生所謂「孺子以生齒毀齒辨其長幼，故造文者取象焉」的觀點。

「男曰兒，女曰嬰。」古人稱男孩為「兒」，稱女孩為「嬰」。「嬰」字上面的兩個「貝」是古代女人的頸飾，因此用來指稱女孩。由男孩稱「兒」引申為雄性的牲畜也稱「兒」，比如兒貓指公貓，兒馬指公馬。後來才不加分別，用「嬰兒」泛指出生不久的幼兒。

《養正圖》冊之〈訪任棠〉

清代冷枚繪，張若靄書，絹本設色，北京故宮博物院藏

　　冷枚（約1669～1742），字吉臣，號金門畫史，山東膠
州人。清代宮廷畫家，擅長人物、界畫，尤精仕女。畫風糅
合中西技法，筆墨潔淨，界畫精工，賦色韶秀，典麗妍雅。

　　《養正圖》又稱《聖功圖》，是帶有啟蒙教育性質的圖冊，
明清兩代均有繪製。此套冊頁共十開，左文右圖，內容皆為
歷代賢臣明主的故事。

　　這幅畫描繪了漢代龐參訪任棠的故事。龐參字仲達，漢
安帝時為漢陽太守。聽說郡人任棠有奇節，龐參便去拜訪。
棠見參來，乃抱小兒當門而立，以水一盂、薤一大本獻之，
口中更無一言。參悟其意曰：「水者，欲吾清也。薤者，欲
我擊強宗也。抱兒當戶者，欲我開門恤孤也。」於是嘆息而
還。龐參在職期間，果然抑強助弱，以惠政得民。現在看來，
這像是一個猜啞謎的故事，連懷中小兒也成了謎面之一。

❶   ❷

結繩來記錄子孫的世系

宜爾子孫，繩繩兮——《詩經》

　　《說文解字》:「孫，子之子曰孫。從子，從系。系，續也。」這是許慎對「孫」的釋義，也就是「孫」的本義。那麼，「子」和「系」組合在一起，為什麼可以表示「子之子」呢？這個字的起源非常早，而且反映了有文字之前先民的一項有趣的習俗。

　　孫，甲骨文字形❶，這是會意字，上面是「子」，下面是「系」，細絲繩。甲骨文字形❷，改為左右結構。金文字形❸和❹，除了更加美觀之外，變化不大。至於小篆字形❺，一脈相承。

　　《爾雅·釋訓》:「子子孫孫，引無極也。」怎樣「引無極」呢？徐中舒先生在《甲骨文字典》中詳細闡釋了先民結繩記事的傳統:「文字肇興以前，古人即以結繩紀祖孫世系之先後。」

　　《詩經》中屢屢有結繩以紀世系的實錄。〈下武〉:「繩其祖武。」承續祖先所行之跡。〈抑〉:「子孫繩繩。」子孫延綿不絕。《螽（ㄓㄨㄥ）斯》:「宜爾子孫，繩繩兮。」你的子孫綿綿不絕。這些詩句中的「繩」、「繩繩」，即是「孫」字形中的「系」。

　　徐中舒先生又說:「古代祭先祖之祭壇上，必高懸若干繩結以紀其世系……父子相繼為世，子之世系於父下，孫之世系於子下。」

　　白川靜先生則另有新說:「『系』形示飾線下垂。

❸ ❹ ❺

『孫』義示祭祀祖先時，後代司直『尸』（充任被祭奠者，接受祭祀）職，身佩祝咒用飾物。祭奠祖父時，司直『尸』職的是孫子，因此『孫』有了孫子之義。」

　　白川靜先生的這段話需要解釋一下。《禮記・祭統》規定：「夫祭之道，孫為王父尸。」王父指祖父。《禮記・曾子問》又記載了曾子和孔子的一段對話。曾子問：「祭必有尸乎？」其中「尸」指祭祀時代表死者受祭的活人。孔子回答：「祭成喪者必有尸，尸必以孫，孫幼則使人抱之；無孫，則取於同姓可也。」古人認為祭祀的目的在於和祖先的靈魂感通，用孫子來代表死去的先祖受祭，可以凝聚先祖之氣，這種祭祀稱作「尸祭」。

　　祭祀祖父時，不能由兒子來擔任「尸」，必須由孫子擔任，可見祖父與孫子的關係要遠遠親於父與子。擔任主祭者的孫子，祭祀時要自稱「孝孫」。

　　有趣的是，從「孫」的本義引申開來，脈絡的細小分支也稱「孫」，比如中國古代醫學術語將此分支稱作「孫絡」。再生的植物也稱「孫」，比如《周禮》中有「孫竹之管」的稱謂，鄭玄解釋說：「孫竹，竹枝根之末生者。」此即竹的枝根末端所生的竹。

　　稻子收割之後，留下的根再生的稻穗稱「稻孫」。南宋葉寘（ㄓˋ）所著的《坦齋筆衡》中，記載了著名畫家米芾的一則趣事。米芾在城樓上宴飲，看到田野中一片綠色，不解地詢問老農：「秋已晚矣，刈獲告功，而田中復青，何也？」老農回答：「稻孫也。稻已刈，得雨復抽餘穗，故稚色如此。」再生稻乃祥瑞之兆，米芾於是欣然提筆，將

此城樓命名為「稻孫樓」，這就是安徽省無為縣西門城樓命名的由來。

　　至於排名百家姓第三大姓的孫姓，則起源極早。衛武公的兒子惠孫有個孫子叫武仲乙，「以王父字為氏」，用祖父惠孫的字做為自己的氏名，從此才誕生了孫姓。

愛

用手抓著心跑去奉獻給所愛的人

親至結心為愛——沈宏

❶

「愛」字中間有顆心,但簡體字形「爱」將這顆心給刪除了。論者曰,沒有「心」還怎麼「愛」?但是,為什麼「愛」這個字最初造出來的時候會有一顆心,卻沒有人說得清楚。

愛,金文字形❶,這是一個會意字,但究竟是怎麼會意的,卻眾說紛紜。下面是一顆心,這是毫無疑義的;上面的字元,有人認為像一個人張大嘴巴呵氣,加上「心」表示用心地噓寒問暖。還有人認為上面這個字元是一個人佇立轉身回顧的樣子,加上「心」表示心有所繫而回顧徘徊。金文字形❷,右邊多了一隻手的模樣。小篆字形❸,下面又多了一隻腳。

《說文解字》:「愛,行貌。」許慎竟然將「愛」解釋成行走的樣子!清代學者段玉裁相信許慎的這個解釋,於是聲稱,當作今天「愛」這個意思的另有一個字,但是那個字後來被廢棄了,「愛」於是被假借來使用。很多人用這個證據來嘲笑那些持「愛中有心」論調的人,因為如果「愛」僅僅表示行走的樣子,再被假借來使用,那麼「愛中有心」的論調就變成沒有根據的猜測。

我認為,從字形來看,最突出的是「心」。不管是呵氣還是佇立回顧,不管添加的是手還是腳,所有這些字元都圍繞著「心」,「心」才是這個字的中心符號。如果「愛」如許慎所說僅指行走的樣子,為什麼非要突出

❷

❸

其中的「心」呢？行走只需用腳，沒聽說過還要用「心」來行走的。況且從小篆字形來看，包裹著的那顆「心」比金文字形的更大，用手抓著這麼大的一顆心走路，不嫌累贅，不嫌沉重嗎？因此，「愛」不應該解釋為「行貌」。

在所有關於「愛」字的解釋中，我認為古代學者沈宏的解釋最接近「愛」的本義。在對《孝經》的注解中，沈宏說：「親至結心為愛。」親指父母，思念父母，想到父母身邊去孝敬父母，以至於這樣的念頭積存於心，這就叫作「愛」。各種字書對「愛」字的解釋：親也、恩也、惠也、憐也、寵也、好樂也、吝惜也、慕也，等等，都是從本義中引申出來的義項。

回過頭來再看「愛」字的金文和小篆字形，它的含義就非常清晰了：把自己的一顆心突顯出來，用手抓著，走著跑著去奉獻給深愛的人，這才是「愛」字的本義。因此，我贊成「愛中有心」的論調，沒有心的愛，那叫利慾薰心，把「心」都給薰丟啦！

支持這種解釋的還有一個有趣的佐證：古人稱對方的女兒為「令愛」。令愛最初寫作令嬡，父母都愛女兒，於是給「愛」字添加了一個「女」字旁，再加上一個表示美好的「令」字，專門用來尊敬又親暱地稱呼對方的女兒。

❶

慈

母親的心像細絲一樣牽繫著子女

慈母手中線，遊子身上衣——孟郊

「慈母手中線，遊子身上衣。臨行密密縫，意恐遲遲歸。」自古以來，母親常被稱作慈母，「慈」成了母親的專利，父親則稱為嚴父。嚴父慈母，彷彿父母對待子女的態度就此定型了。那麼，究竟什麼是「慈」呢？

慈，金文字形❶，這是一個會意兼形聲的字，下面是一顆心，上面是兩束細絲，會意為母親的心像細絲一樣牽繫著子女。小篆字形❷，「慈」的字形定型，變成了從心茲聲的形聲字。篆體字的另一種寫法❸，比金文更具象：下面依舊是一顆心，左上是「子」，代表子女，右上是手，會意為用心愛著子女，用手撫育著子女。

《說文解字》：「慈，愛也。」西漢學者賈誼：「親愛利子謂之慈，惻隱憐人謂之慈。」東漢學者服虔：「上愛下曰慈。」《管子》：「慈者，父母之高行也。」這些解釋還都沒有將「慈」的特性附加到母親身上，直到「五常」概念的出現。

五常是五種倫常道德，根據西漢學者孔安國的解釋：「天與民五常，使父義、母慈、兄友、弟恭、子孝。」於是產生了「父嚴母慈」這一傳統的父母定位。

不過，「慈母」最早可不是指親生母親，《儀禮·喪服》中出現了一個奇怪的定義：「慈母如母。」如果慈母是指親生母親，怎麼還會這樣說呢？儒家學者解釋說：「慈母者何也？傳曰：妾之無子者，妾子之無母者，父

❷ ❸

命妾曰：『女（汝）以為子。』命子曰：『女（汝）以為母。』若是，則
生養之，終其身如母。」這真是一個令人瞠目結舌的定義！

　　原來，「慈母」的地位低於親母和繼母，「繼母如母，慈母如母」。
要符合「慈母」的條件可不容易：首先，父親最少必須有兩個妾；其
次，其中一個妾剛好沒有生育男孩；再次，另一個妾生育有男孩，但
是這名妾必須死掉；最後，父親還要下令讓無子的妾領養已死之妾的
兒子。只有符合這些條件，這個被領養的男孩才能稱撫育自己成長的
養母為「慈母」。這就是「慈母如母」的含義！說起來真是讓人傷心！
不過，這一含義後來就不再使用，而是專指親生母親了，比如古人對
別人稱呼自己的母親叫「家慈」，相應地對別人稱呼自己的父親就叫
「家嚴」。

　　「慈」是指母親對子女的慈愛，後來加以引申，對父母孝敬奉養也
稱作「慈」。東漢學者鄭玄解釋道：「慈，愛敬進之也。」以愛和敬來
奉養父母。古人將烏鴉的一個種類稱為「慈烏」，李時珍記載：「此鳥
初生，母哺六十日，長則反哺六十日，可謂慈孝矣。」相傳此鳥剛出
生的時候，母鴉口中含著食物餵養小鴉六十天，小鴉長大之後，為了
報答母鴉的養育之恩，也銜著食物餵養母鴉六十天，叫作「反哺」，因
此烏鴉被稱為「慈烏」，以表彰這種鳥的慈孝。因為這個緣故，有時候
也以「慈烏」來指代母親。

〈孟母斷機教子圖〉
清代康濤繪，絹本設色，北京故宮博物院藏

康濤，清代畫家，生卒年不詳，錢塘（今杭州）人。善山水、花鳥，尤精仕女。

此作繪於乾隆二十八年（1763），取材於孟母斷機教子的故事。

孟母側身立於織機旁，左手指機，右手執刀，回首訓子。稚氣未脫的孟軻立於母親面前，神情專注，恭敬馴順。畫中人物古樸清秀，線條純熟，表情細膩。

全畫設色淡雅，唯母子二人頭巾上的青色與孟軻鞋上的朱砂色鮮明醒目。

孟母不是一般意義上的慈母，她既嚴且慈，既養且教。三遷擇鄰，斷機教子，放到現代依然睿智而果斷。孟子能成為一代聖賢，與孟母的教育不可分割。

子女來看望砍柴的父母

親朋無一字，老病有孤舟——杜甫

❶ ❷

古代親戚關係中有「六親」一詞，「六親」到底指哪六種親戚關係，則說法不一，一說為父、子、兄、弟、夫、婦，一說為父、母、兄、弟、妻、子，一說為父子、兄弟、姑姊、甥舅、婚媾、姻婭……還有別的種種說法，非常煩瑣，不再贅述。不過，從「六親不認」這一成語來看，那麼「六親」的概念應該越寬泛，越能顯示出此人或鐵面無私或人情冷漠之達於極端。

親，甲骨文字形❶，這是一個會意字，外面是屋子的形狀，屋子裡的兩個組成字元會意為什麼，則眾說紛紜。右邊是一個人，看得很清楚，眾說紛紜的就是左邊這個字元。從形狀上來看，下面是「木」，上面是「辛」，「辛」是古代施肉刑的一種刀具，這種肉刑叫「黥」，用刑刀在犯人臉上刻字，再用墨塗，墨跡就會深陷進肉裡，做為犯人的標識。徐中舒先生則認為「辛」表聲，下面的「木」和右邊的「斤」會意為以斤（斧子）伐木。

白川靜先生的看法最獨特，他認為「辛」是帶把手的大針，向「木」投出大針，投中的「木」就選來製作成祖先的牌位，右邊的這個人躬身向牌位祭拜，這就叫「親」。這個看法很有道理，因為在中國古代，「國之大事，在祀與戎」，祭祀和戰爭同等重要。而且「親」的字形上面還有一間屋子，在屋子裡向祖先的牌位祭拜，也很符合這個字形的樣子。牌位首先是父母的牌位，因

❸　　　　　　　❹　　　　　　　　❺

此「親」會意為父親、母親之意。

親，金文字形❷，上面的屋子去掉了，右邊的人突出了大眼睛，左邊依舊不變。根據這個字形以及後面的小篆字形，我傾向於從日常生活的角度來猜測「親」的本義。「辛」是一把刑刀，固然沒錯，但是否也可以當作人們的日常器具來使用呢？父母拿著這把刀在砍伐薪木，可以想見非常勞累，兒子還小，從家裡趕來探望，躬下身趨近於父母，表示安慰之意，大約也能夠說得通。

我們來看許慎在《說文解字》中的解釋：「親，至也。」段玉裁進一步解釋道：「到其地曰至，情意懇到曰至。父母者，情之最至者也，故謂之親。」這種解釋更接近於我的解釋，即兒子前來懇摯地安慰勞累的父母。不過，也有人解釋為前往獄中探視受刑的親人。

親，金文字形❸，上面又出現了屋子的形狀，同於甲骨文字形。按照我的解釋，這個字形可以會意為父母從外面勞作歸家，兒子趨近問安。小篆字形❹，左邊「辛」和「木」的組合更加清楚。楷書字形❺，左邊發生了變異。簡體字形「亲」則是俗體字，省掉了右邊的「見」，這個俗體字飽受詬病，網路上也曾用「親不見」來加以嘲諷。

「親」有平、去兩種讀音，去聲讀作「ㄑㄧㄥˋ」，聯姻的雙方父母互稱「親家」。這一稱謂從東漢開始，延續到今天，貴為皇帝的唐玄宗也使用過。名相蕭嵩的兒子蕭衡娶了新昌公主為妻，蕭嵩的妻子賀氏入宮拜見皇帝，唐玄宗金口玉言稱賀氏為「親家」，又稱她「親家母」，足見跟蕭家關係之親密，對蕭家之寵幸。因此，唐代詩人盧綸在詩中豔羨地寫道：「人主人臣是親家，千秋萬歲保榮華。」

① ② ③

世

分杈的樹枝上長出三支新芽

君子之澤，五世而斬──《孟子》

今天我們使用的「世代」、「世世代代」等說法，早已屬於泛泛之言，並沒有具體的時間限定，不過，它在古代可完全不一樣，有著精準的時間限定。

世，金文字形❶，三條分隔號上面分別有三個點瘤狀。這個字形到底想表達什麼樣的意思呢？清代學者吳大澂給出了極富啟發性的解說：「葉、世二字，古本一字。」林義光在《文源》一書中進一步發揮道：「當為葉之初文，像莖及葉之形。草木之葉重累百疊，故引申為世代之世。」也就是說，這個字形中的三條分隔號表示草木的莖，三個點瘤狀表示莖上長出的葉子。

白川靜先生在《常用字解》一書中總結道：「象形，分杈的樹枝長出新芽之態。草長出新芽為『生』。木長出新枝三枝為『枼』，樹枝上長出之物為『葉』。植物長出新芽，由此衍生出了一生、生涯、壽命、世界、世間之義。」今天仍然還在使用中葉、末葉這樣的歷史時期的分段法，也可證明世、枼、葉同出一字。

世，金文字形❷，三枝上的新芽更是栩栩如生。小篆字形❸，點瘤狀訛變為三短橫，《說文解字》就是根據這個字形做出釋義：「世，三十年為一世。從卅而曳長之。」顯然不符合「世」的金文字形。

張舜徽先生在《說文解字約注》一書中則認為：「像草木葉葉既凋復吐之狀，當為歲之初文。荒古淳樸，初

民但以此為改歲之候……《禮記・曲禮下》:『去國三世。』《釋文》引盧王注:『世,歲也。萬物以歲為世。』此古義之僅存者。草木多以一歲為榮枯,故世有歲義。」

不過,《詩經・大雅・文王》中有「文王孫子,本支百世」的詩句,將周文王比作樹幹的「本」,將子孫比作枝葉的「支」,正符合「世」的金文字形,因此還是「葉、世二字,古本一字」的釋義更為妥當。許慎把小篆字形混淆於代表三十之數的「卅(ㄙㄚˋ)」,從而才有了「三十年為一世」的說法,但其實父(本)、子(支)相繼為「世」才更符合本義。

《禮記・曲禮上》記載:男子「三十曰壯,有室」。《禮記・內則》篇中同樣有男子「三十而有室,始理男事」的記載。也就是說,儒家理想中的男子的結婚年齡是三十歲,三十歲結婚生子,就有了下一代,因此,「世」的本義指父子相繼,也就是「一代」,引申而指三十年。

王力先生在《王力古漢語字典》中詳細辨析了「世」和「代」的區別及其演變軌跡:「上古漢語『世』、『代』不同義。父子相傳為一世,朝代相替為一代。『三世』指祖孫三世,『三代』指夏商周三代。唐人避唐太宗諱,遇『世』字多改用『代』字,甚至世宗亦改稱代宗。從此以後,『代』字變為『世』的同義詞。」

孟子在〈離婁下〉篇中的名句「君子之澤,五世而斬」,「五世」即指五代,形容祖先的遺風和影響五代之後就消失了,跟今天常說的「富不過三代」是同一個意思,但是週期卻大大縮短了。

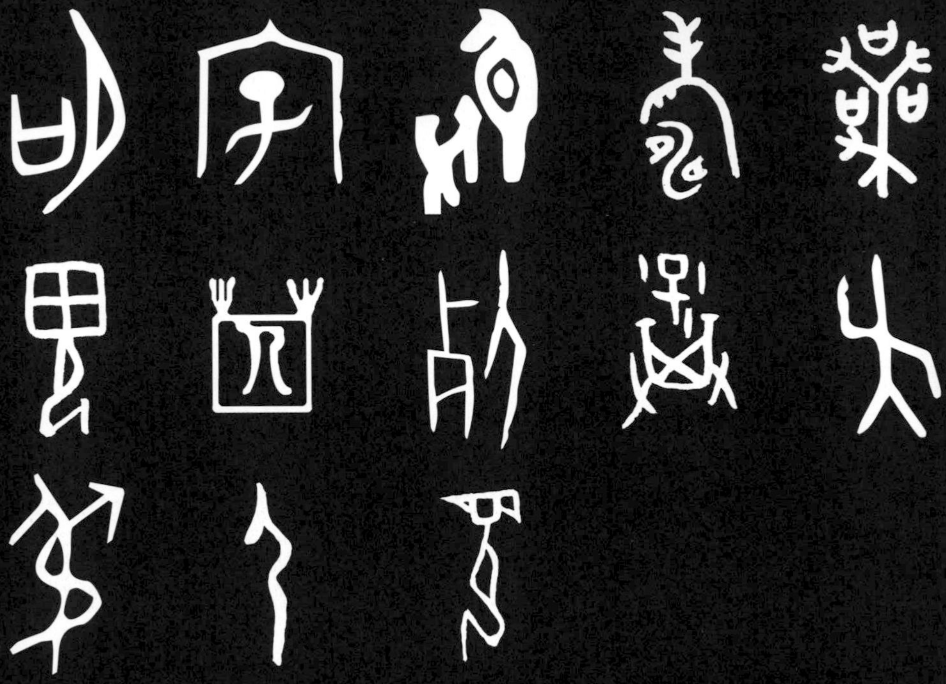

生死篇

❶

❷

天黑時自己報出姓名

猗嗟名兮，美目清兮——
《詩經》

　　名，甲骨文字形❶，這是一個會意字，《說文解字》：「名，自命也。從口從夕。夕者，冥也。冥不相見，故以口自名。」張舜徽先生說：「許君云自命者，謂自呼其名也。古者嚴男女之防，《禮記‧內則》所云：『夜行以燭，無燭則止。』蓋所以閑內外者為至密，故禁冥行。冥行則必自呼其名，使人知之，所以厚別遠嫌也。此篆說解，足補古代禮制之遺，最為可據。」

　　人出生三個月，父母就要取個名字，以分別於他人。這個「名」必須自稱，平輩之間甚至一般關係的尊長對晚輩，都必須以「字」來稱呼對方，以示尊重。比如諸葛亮字孔明，別人稱呼他時，必須稱「孔明」，他自稱時，必須稱「亮」，絕對不能反其道而行之。由此也可見「指名道姓」即是不尊重對方的表現。

　　名，甲骨文字形❷，方向相反，但還是從口從夕。金文字形❸和❹，變成了上下結構。小篆字形❺，緊承金文字形而來。可以看出，從古至今，「名」這個字都沒有什麼大的變化。

　　有個成語叫「不名一錢」或「不名一文」，形容極其貧窮，連一枚錢、一文錢都沒有。這個成語中的「名」是什麼意思呢？

　　這個成語出自《史記‧佞幸列傳》中鄧通的故事，知道了這個故事，就會明白「不名一錢」是一個多麼刻

❸

❹

❺

薄的詞。

　　鄧通是掌管船舶行駛的小吏，因為行船時必須戴黃帽而稱之為
「黃頭郎」。有一次，漢文帝夢見自己上天，背後有黃頭郎推了一把，
回頭一看，只見這位黃頭郎衣服的橫腰部分，衣帶在背後打了結。漢
文帝醒來後，到處尋找，發現鄧通的衣服跟夢中所見一模一樣，鄧通
就這樣得了寵，「於是文帝賞賜通巨萬以十數，官至上大夫」。有趣的
是，相士為鄧通相面，卻聲稱鄧通「當貧餓死」，漢文帝很生氣，說：
「能富通者在我也，何謂貧乎？」於是乾脆賜給鄧通一座銅山，允許他
自己鑄錢，號為「鄧氏錢」，通行天下。鑄錢必須官鑄，鄧通竟然可以
私鑄，其富可想而知。

　　漢景帝即位後，不僅免了鄧通的官，而且將他的家產盡數沒收，
鄧通的結局是「竟不得名一錢，寄死人家」。司馬貞在《史記索隱》中
解釋說：「始天下名『鄧氏錢』，今皆沒入，卒竟無一錢之名也。」原來，
鄧通私鑄的錢取名「鄧氏錢」，此時被全部沒收後，再也沒有一枚錢可
以名為「鄧氏錢」了！

　　這就是「不名一錢」的來歷。王充在《論衡‧骨相》篇中簡潔地
總結道：「文帝崩，景帝立，通有盜鑄錢之罪，景帝考驗，通亡，寄
死人家，不名一錢。」從不能再取名「鄧氏錢」而引申為私人占有，「不
名一錢」或「不名一文」因此意為私人不占有一枚錢或一文錢。

　　「名」還有一個最為奇特的義項。《詩經‧猗嗟》是一首讚美少年
射手的詩篇，其中吟詠這位少年射手「猗嗟名兮，美目清兮」，《爾雅‧
釋訓》如此解釋這個「名」：「猗嗟名兮，目上為名。」其中「目上」即

263

眉睫之間。《毛傳》則說：「目上為名，目下為清。」
清代學者陳奐說：「名與清，皆美目也。」至今仍有「名
目」一詞。

〈卻坐圖〉
宋代佚名繪，絹本設色，
臺北故宮博物院藏

　　這幅畫描繪的是漢文帝時
袁盎直諫阻止寵妃慎夫人與
帝、后並坐的故事。文帝遊上
林苑，慎夫人僭坐帝旁，袁盎
面諫，謂帝既有后，不當容其
妃同坐於側，否則尊卑失序，
終會禍及慎夫人。帝納其議，
慎夫人亦賜金袁盎。慎夫人僭
坐，實際是名不正，行亦不
當，皇帝可以默許，但一旦以
名實責之，立刻理虧。

　　圖中右側，漢文帝居中坐
在寶座上，表情嚴肅，右手按
膝，左手扶椅，似在沉吟傾
聽。文帝左首圓墩上坐著慎夫
人，低頭沉默，微露不悅。四
位宮女在後面侍立靜聽。袁盎
弓背彎腰，兩手舉笏，作面奏
君王狀，神情堅定坦然。左上
一皇宮衛士，手執金瓜，威風
凜凜，似只等皇帝一聲令下。
幅上無名款，人物線條流利簡
潔，樹石刻劃精謹，為南宋院
體畫佳作。

❶   ❷

在家裡生孩子

女子許嫁，笄而字——

《禮記》

　　女子成年後還未出嫁，人們常常雅稱為「待字閨中」。待是等待，閨中指女子居住的內室，這都好理解，但是這個「字」是什麼意思？為什麼可以比作未嫁呢？

　　字，金文字形❶，這是一個會意字，上面是屋頂，下面是小孩子，會意為在家裡生孩子。金文字形❷和❸，大同小異。小篆字形❹，緊承金文字形而來。這個「字」的字形，從古至今都沒有任何變化。

　　《說文解字》：「字，乳也。」《廣雅》：「字，生也。」這就是「字」的本義。《易經》第三卦叫屯卦，其中六二的爻辭有「女子貞不字，十年乃字」之辭，意思是卜得女子不能懷孕，十年之後才能孕育。「字」又由此引申為撫養。

　　白川靜先生則獨持己見，他認為上面的屋頂「形示祭祀祖先的廟宇之房頂，新生兒出生後，達到了一定的天數，確信有望養育成人後，要前往祖廟舉行儀式，報告出生之事，此儀式謂『字』」。但這種觀點未免將「字」的字形過於複雜化了。

　　有趣的是，我們現在所說的「文字」，在古代卻有著嚴格的區別。許慎在《說文解字・敘》中寫道：「倉頡之初作書也，蓋依類象形，故謂之文；其後形聲相益，即謂之字。文者，物象之本；字者，言孳乳而浸多也。」其中，「文」即「錯畫也」，像花紋、紋理交錯縱橫之形，

❸　　　　　　　　　❹

象形字就是對自然萬物的摹畫，此之謂「物象之本」；象形字不夠用了，慢慢發展出形聲字，就像女人生孩子，生得越來越多，這就叫「孳（ㄗ）乳」，因而稱之為「字」。這個名稱也是由「字」的本義引申而來。

《禮記·曲禮上》記載：「男子二十，冠而字，父前子名，君前臣名。女子許嫁，笄而字。」這是指古代男女的成年禮。

男子到了二十歲時要舉行成年禮，稱作「冠禮」，束起頭髮，戴上帽子，表示成人了。這時還要再取一個「字」，此「字」由冠禮的正賓所取。《儀禮·士冠禮》解釋說：「冠而字之，敬其名也。」意思是尊重父母為他取的「名」。不過，「父前子名，君前臣名」，在君父面前稱「名」，他人則必須稱「字」。這個「字」又稱作「表字」，意思是用這個「字」來表其德行，凡人相敬而呼，必稱其表德之字。這就是所謂「名以正體，字以表德」。

女子的成年禮比男子要早好幾歲，十五歲時就要舉行成年禮，稱作「笄禮」，「笄（ㄐㄧ）」是簪子，盤髮結笄，表示成人了。這時也要取一個「字」。舉行完笄禮，女子就可以出嫁了。但是在笄禮之後、出嫁之前的這一段時間，這位成年女子的狀態就稱作「待字」或「待字閨中」。女子尚未婚配，就好像在等待那個成人時才可以取的「字」一樣，故稱「待字」，這當然是從字面意義上來理解的，「字」的引申義就是「女子許嫁」的「許嫁」二字。

在屋裡為孕婦接生

❶

❷

《史記索隱》：「契始封商，其後裔盤庚遷殷，殷在鄴南，遂為天下號。」唐代學者司馬貞所作的這則索隱，僅僅指出「殷」乃地名，而並沒有說清楚盤庚遷都後為何以「殷」為國號。我們來看看「殷」這個字的演變過程，並結合前人後人的研究成果，嘗試著破解這個謎題。

殷，甲骨文字形❶，于省吾先生在《甲骨文字釋林》一書中說這個字「舊不識」，他釋義為：「像人內腑有疾病，用按摩器以治之。」並引用古籍中諸多按摩之法的記載，得出結論：「依據契文，商人患病多乞佑於鬼神而不用醫藥。但本諸前文所述，可見商人患病除乞佑於鬼神外也用按摩療法。」但細看字形，這根按摩器的把柄未免太長。

我們再來看甲骨文字形❷，這個字形出自北京故宮博物院所藏晚商二祀邥其卣，卣（一ㄡˇ）是青銅所製的盛酒器。這也是一個會意字，但所會何意，學者卻有不同的意見。字形的上部是刺棘覆蓋的房屋之形，中間是一個大肚子的人，右下角是一隻手，這隻手持著一個器具。這個器具到底是什麼東西呢？有學者認為這是一根針，比如谷衍奎《漢字源流字典》中說：「會一手持針給一個身患嚴重腹疾的大肚子人進行治療之意。」但是，細看這個器具的形狀，與針相去甚遠。

對這個器具的辨形分析，我認同有家學淵源、在學

③　　　　　　④　　　　　　⑤

界卻籍籍無名的民間學者華強先生的看法。在三秦出版社二〇一一年六月出版的《甲骨文比較研究》一書中，華強認為這個器具是一柄刀口呈弧形的刀，持刀的醫生正在為孕婦做剖腹產手術，孕婦的肚子上已經橫切了第一刀，醫生正在進行豎直的第二刀，形成T形切口後就可以將嬰兒取出。孕婦頭上的一橫是一根橫杠，供孕婦在手術過程中雙手緊抓之用。

　　殷，金文字形③，這把用來剖腹的刀雖然加以簡化，但粗粗的樣子仍然不像針。孕婦大肚子裡的一橫變成了一點，代表身孕，這就更像接生而非剖腹產了。金文字形④，上面添加了一個屋頂，表示是在屋子裡接生。小篆字形⑤，左邊的孕婦身體發生了訛變，看不出來懷孕的樣子了。

　　《說文解字》：「作樂之盛稱殷。」但這是引申義，「殷」的本義是在產房裡為孕婦做剖腹產手術或者為孕婦接生。由此本義而引申為新生，正如華強所說：「盤庚自稱殷商，有新生的含義，說明盤庚遷殷目的是創造一個新生的王朝。」這就是盤庚遷都後國號稱「殷」的由來：所謂「殷商」，即為「新商」，新生的、中興的商朝。

　　新生之後當然會發展壯大，因此「殷」又引申出盛大、眾多之意，《詩經‧溱洧》中有「士與女，殷其盛矣」的詠歎，意思是在鄭國的溱（ㄓㄣ）水和洧（ㄨㄟˇ）水之上，擠滿了眾多的青年男女。古時還有「殷祭」的祭禮，指三年一次的祖廟之祭和五年一次的合祭諸祖神主之祭，這當然都是盛大的祭禮，故稱「殷祭」，即「大祭」。

　　至於「殷」當作姓，《史記‧殷本紀》記載得很清楚：「契為子姓，

其後分封，以國為姓，有殷氏、來氏、宋氏、空桐氏、
稚氏、北殷氏、目夷氏。」凡是這些姓，都表明他們
是殷商始祖契的後裔。

.

壽

老人在田間主持四時之祭

如南山之壽，不騫不崩——《詩經》

❶ ❷

　　「五福臨門」是中國民間的一句吉慶用語，過春節相互拜年時經常使用，春聯上更是出現得非常頻繁。「五福」到底是哪五種福氣呢？

　　「五福」出自《尚書・洪範》：「一曰壽，二曰富，三曰康寧，四曰攸好德，五曰考終命。」其中，「康寧」是指身體安康，沒有疾病；「攸好德」是修習美好的德行；「考終命」的「考」是老的意思，「考終命」即盡享天年，壽終正寢。東漢學者桓譚在所著的《新論》中進一步解釋道：「五福：壽，富，貴，安樂，子孫眾多。」這「五福」濃縮了中國人的終極理想，現代人仍然兢兢業業地遵循，只不過「子孫眾多」的衝動弱化了下來。

　　「五福」中有兩福（壽、考終命）都跟壽命有關，而且頭一福就是「壽」，這也是遠古人類的原始意識。古人把人的壽命分成上壽、中壽、下壽三種，有關三種壽命的年齡，說法不一，《莊子・盜蹠》說：「人上壽百歲，中壽八十，下壽六十。」唐代學者孔穎達說：「上壽百年以上，中壽九十以上，下壽八十以上。」高壽既是古人的追求，也是最大的福氣，所以按照古代的禮節，活到八十歲以上壽終正寢的，送禮不用白布，而是用紅色的輓聯和紅色的帳子，這稱為喜喪，是說喪事當作喜事辦。

　　「壽」字形的演變非常有意思。壽，金文字形❶，

❸

❹

❺

這是一個會意字，但到底是怎麼會意的卻眾說紛紜。

有學者認為，下面的曲線「為耕耙過的田地的紋路，像老人臉上的皺紋」，兩個「口」是表聲符號。也有學者認為，下面的曲線表示延續，兩個「口」則為肉形，代表身體，會意為生命延續，活得長久。

還有學者認為，壽字形的上面是「老」字的上半部分，像一位頭髮長長的老人，下面的曲線表示田壟或耕田的痕跡，左右兩個半圓形表示耕田的犁具。這樣來看，「壽」字顯然是農業社會的反映，意思是說老年人不能光坐著不動，要經常參加勞動，在田地裡耕作才會長壽。

我認為以上諸說都不妥。「壽」字下面的曲線代表田疇，兩個「口」應該是祭祀所用的器具的形狀。古時鄉間有四時之祭，祭祀土地神和穀神，祈禱豐收。字形上面添加了一個「老」，表示德高望重的老人主持祭祀儀式。整個字形會意為祈禱老人長壽。

壽，金文字形❷，最下面添加了一個酒具，用酒為老年人祝壽。金文字形❸，在酒具的旁邊又添加了一隻手，意思是手捧酒具為老年人祝壽。小篆字形❹，與金文相似但更加規範化。楷書字形❺，失去了最初的形象，只有手（寸）的樣子還在，外形上完全看不出為什麼這樣造字了。簡體字形「寿」則完全看不出造字的原意了。

《說文解字》：「壽，久也。」《詩經・天保》：「如南山之壽，不騫不崩。」如同南山一樣長壽，不虧損、不崩塌。古人甚至幻想出一種生長年歲長久的仙木，喚作壽木：「壽木，昆侖山上木也。華，實也。食其實者不死，故曰壽木。」「有壽木之林，一樹千尋。日月為之隱蔽。若經憩此木下，皆不死不病。」出於對活得長久的美好願望，古人還

把棺材叫作壽木。

　　從漢代開始，年滿七十歲的老者可以得到朝廷賜拐杖的榮譽，這種拐杖叫鳩杖，是用玉製成的，可見古人對長壽者的尊崇。賞賜鳩杖的習俗一直延續到明清，乾隆皇帝有一次開「千叟宴」，參加宴會的老者達三千九百多人，每人都被賞賜了一根鳩杖，令人歎為觀止。

〈舊傳李公麟郭子儀遇七夕神女〉

明清佚名繪，紙本設色，美國佛利爾美術館藏

　　這是一套人物冊頁中的一開，落款被識為偽託，描繪了唐代大將郭子儀戍邊時遇到七夕神女的傳說，也是「富貴壽考」這一典故的來源。

　　根據《古今圖書集成》引《感遇集》的記載：「郭子儀至銀州，夜見左右皆赤光。仰視空中，駢車繡幄，中有一美女，自天而下。子儀拜祝：『今七月七夕，必是織女降臨，願賜長壽富貴。』女笑謂曰：『大富貴，亦壽考。』言訖，冉冉升天。子儀後立功，貴盛，年九十餘薨。」

　　郭子儀一生平定安史之亂等諸多亂事，歷事玄、肅、代、德四帝，封汾陽郡王，世稱郭令公。史家稱讚他「權傾天下而朝不忌，功蓋一代而主不疑，侈窮人欲而君子不之罪。富貴壽考，繁衍安泰，哀榮終始，人道之盛，此無缺焉。」享年八十五歲，並非《感遇集》中所寫的「九十餘」，不過在古代也完全稱得上長壽了。

❶　　　　　❷

喪

眾人在桑樹下哭喪

子夏喪其子而喪其明——《禮記》

　　喪，甲骨文字形❶，這是一個既奇特又有趣的會意字！上、中的三個「口」表示哭的意思，中間是一棵桑樹。左民安先生說這棵桑樹是聲符，表音。按照這種說法，「喪」就是一個形聲字。但是，其他學者有不同的意見。谷衍奎《漢字源流字典》解釋說：「會眾口喧哭於桑枝之下意。古代喪事用桑枝作標誌，如今喪事所用的紙幡即是古代桑枝的遺制。俗有『宅後不種柳，宅前不栽桑』之語，就是因為桑與喪音同。」這種解釋更具說服力。

　　喪，金文字形❷，上面是四張口，中間的桑枝嚴重變形，以至於看起來就像一個「亡」字。金文字形❸，右邊添加了一個人，人下面是一隻腳，表示奔跑，跑得很快去參加喪事。小篆字形❹，上部訛變為「哭」，下部訛變為「亡」。楷書字形❺，由小篆演變而來。簡體字形「丧」失去了用來哭泣的「口」。

　　《說文解字》：「喪，亡也。」而「喪」的本義就是死亡，引申為喪失。晉國公子重耳在外逃亡十九年，自稱「身喪」，意思就是失去了在國內的地位。魯昭公也曾自稱「喪人」，因為他失去了魯國國君的地位，逃亡到了齊國。當作「死亡」的意思時，都讀作一聲ㄙㄤ；當作「喪失、逃亡」的意思時，都讀作四聲ㄙㄤˋ。《禮記·檀弓》中的一句話，同時包含了這個字的兩種讀音，是最好的

275

③

④

⑤

參照。「子夏喪其子而喪其明。」子夏是孔子的學生，兒子死了，他為此哭泣，哭得喪失了眼睛的明亮，意思就是哭瞎了眼睛。後來就用「喪明」指代眼睛失明。在這句話中，前一個「喪」字讀作ㄙㄤ，死亡的意思；後一個「喪」字讀作ㄙㄤˋ，喪失的意思。

　　古人對喪禮很重視，《中庸》說：「事死如事生，事亡如事存，孝之至也。」為父母辦喪事的時候，就如同他們還活著一樣。還按照嚴格的親疏遠近，制定了五種喪服制度，從重到輕，依次分為斬衰、齊衰、大功、小功、緦麻，此之謂「五服」。

　　首先最重的是斬衰。衰同縗，讀作ㄘㄨㄟ，是指用粗麻布做成的喪服。這種喪服不能鎖邊，要用刀子隨手裁取幾塊粗麻布，胡亂拼湊縫合在一起，所以稱為「斬衰」。這種喪服一穿就要穿三年，用於直系親屬和最親近的人之間，比如兒子為父親服喪，妻子為丈夫服喪。喪服之所以是胡亂拼湊的，意思是指最親的人死了，我是多麼悲傷啊，連衣服都沒有心情製作了，就讓我胡亂披著幾塊麻布為您服喪吧。

　　其次是齊衰。「齊衰」是用生麻布做成的喪服，能鎖邊，把邊縫齊，所以叫「齊衰」。這種喪服穿的時間長短不一，可以是三年，也可以是一年、五個月、三個月，等等。比如為繼母服喪是三年；孫子為祖父母服喪、丈夫為妻子服喪是一年；為曾祖父母服喪是五個月；為高祖父母服喪是三個月。

　　再次是大功。「大功」是用熟麻布做成的喪服，比「齊衰」稍細，比「小功」稍粗。「功」同「工」，意思是做工很粗，故稱「大功」。這種喪服要穿九個月，比如為堂兄弟、未婚的堂姊妹、已婚的姑、姊妹、

侄女等服喪，已婚女為伯父、叔父、兄弟、侄、未婚姑母、姊妹、侄女等服喪，都要穿這種喪服。

再次是小功。「小功」也是用熟麻布做成的喪服，比「大功」稍細，故稱「小功」。這種喪服要穿五個月。比如為本宗的曾祖父母、堂姑母、已出嫁的堂姊妹等服喪，為母系一支中的外祖父母、母舅、母姨等服喪，都要穿這種喪服。

最輕的叫緦麻。緦讀作ㄙ，是指用細麻布做成的喪服，這種喪服只需穿三個月即可脫掉。比如為本宗的高祖父母、族兄弟、還沒有出嫁的族姊妹等服喪，或者為外孫、外甥、岳父母等服喪，都要穿這種喪服。

❶ ❷ ❸

頂著又大又怪異的腦袋的人

未能事人，焉能事鬼——《論語》

　　鬼不僅是中國文化中深入人心又令人恐懼的形象，同樣也是世界各民族文化中的共有形象。

　　鬼，甲骨文字形❶，這是一個象形字，下面是一個朝左邊跪著的人，頭上頂著一個大大的怪異的腦袋。金文字形❷，大大的怪異腦袋照舊，不過跪著的人已經站了起來。小篆字形❸，在站著的人的右邊加了「厶」，厶就是私，「鬼陰氣賊害，故從厶」，意思是鬼的陰私特別重。由「鬼」這個字的演變可以看出：在古人的想像中，原始的鬼不過就是一個大頭人，頭大如斗，以至於壓得人站不起身，等人能夠站起身了，就開始給鬼添加更多的駭人成分，這種駭人成分就是鬼的所謂陰私，「鬼」的形象從此定型。

　　古時關於鬼的說法雖然千奇百怪，但最早卻跟「歸」這個同音字有關。《說文解字》：「人所歸為鬼。」《爾雅・釋訓》：「鬼之為言歸也。」《禮記・祭義》：「眾生必死，死必歸土，此之謂鬼。」《尸子》：「古者謂死人為歸人。」《列子・天瑞》：「精神離形，各歸其真，故謂之鬼。鬼，歸也，歸其真宅。」先秦政治家子產說：「鬼有所歸，乃不為厲，吾為之歸也。」厲是惡鬼，子產的意思是說，如果鬼有所歸就不會變成惡鬼。

　　北宋學者邢昺也說：「鬼者，歸也。言人生於無，還歸於無，故曰鬼也。」這是一種非常深刻的思想，正

如孔子的學生季路向老師請教鬼神之事，孔子回答：「未能事人，焉能事鬼？」季路又問生死之事，孔子回答：「未知生，焉知死？」在中國古代哲學中，生才是最重要的，死不過是「歸」，是回家，是返回到人的來處，所以才會產生「視死如歸」這個成語，把死亡看得像回家一樣正常。

由此可見，在古人的心目中，鬼並沒有今天鬼故事、鬼電影中那麼恐怖，既然是人之所歸，那就不過是換了一個空間，換了一個時間維度的「人」而已。

鬼有時候非但不恐怖，甚至還很可愛，有時還會被人捉弄。干寶《搜神記》中講過一個著名的鬼故事。有一次，宋定伯夜行遇到了一個鬼，鬼說：「我是鬼。」宋定伯說：「我也是鬼。」兩「鬼」同行，為了加快速度，鬼建議互相擔著對方行走。鬼先擔宋定伯，疑惑宋定伯為何如此之重，宋定伯稱自己乃是新鬼。換宋定伯擔鬼，非常之輕。宋定伯趁機套問鬼怕什麼，鬼回答道：「怕唾。」到了集市上，宋定伯將鬼擔在肩上，趁人多就要捉拿鬼，鬼大呼，落地後化為一隻羊，宋定伯怕鬼再變化，急忙一口唾沫唾過去，將鬼定格為羊，賣了很多錢。

在這個著名的鬼故事中，這位老老實實的鬼哪裡具備害人的心機和本事呢？反而是人的奸詐程度遠遠超過了鬼，因此干寶其實是借助這個鬼故事對人進行了辛辣的嘲諷。人乎？鬼乎？無非都是現實主義的鬼話而已。至於鍾馗捉鬼的故事，倒是鍾馗的形象比鬼還要恐怖得多，不過也早已化作喜慶的民俗，供人自娛自樂了。

　　《月百姿》系列是一部以月亮為主題的大型錦繪（彩色木版畫一百幅）合集，取材自日本和中國的軼事、歷史與神話，描繪了月亮的千態百姿。該系列優美抒情，乃月岡芳年的晚年代表作。

　　這幅畫中，長髮垂地、白衣紅裳的背影女子伊賀局，是日本南北朝時代宮中的女官，侍奉後醍醐天皇之妃新待賢門院。一個明亮的夏夜，伊賀局在庭院中納涼，忽然松梢月黑，一個背生雙翼的天狗模樣的鬼怪出現在她面前。伊賀局面無懼色，沉著搭話，得知此怪乃藤原基任的亡靈，因不滿被女院殿下遺忘而化為厲鬼，於是約定為其祈禱冥福，遂遣退之。鬼怪展翼飛去之時，伊賀局問道：「閣下所歸何處？」鬼怪朗聲回答：「無墳無塚，原野浮萍。」聲隨影沒，月色復明。雖是鬼故事，卻淒美動人，餘韻不盡。

❶　　　　　　　　❷

「葬」字的字形演變深刻地反映了中國古代葬儀的變遷。

葬，甲骨文字形❶，這是一個會意字，一個人躺在地下的空間裡，上面的兩束草表示用草掩埋。甲骨文字形❷，左邊像是一塊死者身下墊的板子，右邊據許慎解釋是殘骨的形狀，整個字形會意為埋葬。馬如森先生解釋道：「像一朽骨於床上，意為死人。」金文字形❸，這個字形出自河北平山中山王陵的戰國時期中山王墓宮堂圖，與甲骨文字形相比略有變化。小篆字形❹，脫離了甲骨文和金文的造字思維。

《說文解字》：「葬，藏也。從死在草中，一其中，所以薦之。」許慎解釋小篆字形，上下都是草，中間是「死」字，「死」字的下面是一塊墊板，薦是草席，整個字形會意為人死後用草席覆蓋起來，藏在草叢裡。三國時出土的《三體石經》上還有一種變形❺，字形非常美麗，因此收錄於此。

《周易・繫辭》：「古之葬者，厚衣之以薪，葬之中野，不封不樹，喪期無數。後世聖人易之以棺槨。」由此可見，上古時候的葬禮是多麼簡單：用柴草厚厚地包裹起屍體，葬到原野之中，既不封土為墳，上面也不植樹，服喪也沒有規定的期限。

《孟子》曾經敘述過上古的葬儀：「蓋上世嘗有不葬

人死後用草席覆蓋起來

古之葬者，厚衣之以薪，葬之中野──《周易》

葬

其親者，其親死，則舉而委之於壑。他日過之，狐狸食之，蠅蚋姑嘬之。」意思是上古曾經有個不安葬父母的人，在父母死後，就抬走他們的屍體扔進山溝裡。幾天後，他經過那個地方，看到狐狸在吃，蒼蠅蚊子在叮。孟子是用後世的儒家觀念來批評這個人，但也可從中看出上古時期的葬禮之簡單。

《禮記》中記載了一則孔子的故事。孔子在「防」這個地方為父母修建了一座合葬墓，修完後說：「我聽說古時候墓而不墳，我孔丘乃是東西南北四處漂流之人，不能不做一個標記。」於是修了一個高四尺的墳頭。修完後，孔子先回家，跟他一塊兒修墓的弟子們比較晚回來，孔子問道：「你們怎麼回來得這麼晚啊？」弟子們回答說：「您走了之後下大雨，墓被雨淋壞了，我們重新將它修好，因此花費了一些時間。」孔子聽了這番話，半天沒有回應，弟子們說了三遍，孔子才流著眼淚說：「我聽說古時候不修墓。」

從這個故事中可以得知，在春秋時期之前，第一「墓而不墳」，只有墓而不立墳頭；第二「古不修墓」，墓壞了也不會再修好。這已經是「厚衣之以薪，葬之中野，不封不樹，喪期無數」之後的簡葬制度了。「後世聖人易之以棺槨」，這種簡葬方式後來改成了棺葬，但是仍然只有「墓」而沒有「墳」，而且墓壞了也不會去修，任其自然。上古時期沒有那麼多繁雜的禮節，人們對待死亡的態度很超然，不需要後來的一整套埋葬制度。

不過，孔子感慨的是上古時期的葬儀，事實上，周代時已經出現了「墳墓」。周代有「大司徒」的官職，其職責之一要遵從六種風俗以

安定百姓，這六種風俗分別是：「一曰美宮室，二曰族墳墓，三曰聯兄弟，四曰聯師儒，五曰聯朋友，六曰同衣服。」可見這時的民間風俗中已經有了「墳墓」制度。

今天的墳墓越來越趨於豪華，跟古人的教誨早已經背道而馳了。

❶　　　　　　　❷　　　　　　　❸

活人對著朽骨俯身拜祭

君子曰終，小人曰死──《禮記》

　　孔子說：「未知生，焉知死。」不過既然死亡是人生的終點，那麼先民們一定非常重視人的死亡，這種重視就體現在「死」的造字思維當中。

　　死，甲骨文字形❶，這是一個會意字，右邊是一個俯身的人，左邊是一具肉已朽盡的殘骨，羅振玉說像生人拜於朽骨之旁，死之誼昭然，因此會意為死亡。這個觀點也為大多數學者所認可。甲骨文字形❷，右邊的人俯身拜祭的樣子栩栩如生。甲骨文字形❸，這個人半跪在地上，頭甚至都俯到朽骨之上，悲哀之狀可掬。

　　金文字形❹，大同小異。金文字形❺，右邊的人還能夠清晰地看出來俯身的樣子。小篆字形❻，緊承甲骨文和金文字形而來。楷書字形誤將俯身之人寫成「匕」，不過也有學者認為「匕」乃倒人之形，倒著的人即表示人死了。

　　《說文解字》：「死，澌也，人所離也。」《釋名·釋喪制》也說：「人死氣絕曰死。死，澌也，就消澌也。」其中「澌」是水流盡之意，用來比喻人走到了盡頭，離世而去。不過，奇怪的是，人新死之後，屍體並沒有腐爛，為什麼先民造「死」字的時候，偏偏要對著一具殘骨拜祭呢？

　　白川靜先生解釋說：「古時，人死後先暫時放置在草叢裡，待其風化為殘骸後，拾取骨殖埋葬，謂『葬』。

④　　　　　　⑤　　　　　　⑥

此種方式稱為『複葬』。對拾集的骨殖躬身禮拜悼念之形為『死』，由此有了死亡、致死之義。」這段話極富啟發性。

　　許慎如此解釋「葬」字：「葬，藏也。從死在草中，一其中，所以薦之。」而「葬」的小篆字形上下都是草，中間是「死」字，「死」字的下面是一塊墊板，薦是草席，整個字形會意為人死後用草席覆蓋起來，藏在草叢裡。《周易·繫辭》中說：「古之葬者，厚衣之以薪，葬之中野，不封不樹，喪期無數。後世聖人易之以棺槨。」這是上古時期的薄葬習俗。

　　不過，要將死去的人放置在草叢裡待其風化，花費的時間未免過長，而白川靜先生對「複葬」的解說也不符合古時的喪葬習俗。所謂「複葬」，是指一次土葬後，若干年後再將肉已朽盡的殘骨撿出，放在棺木或陶器中另行安葬。考古發掘證明，這一習俗早在原始社會時期就已出現，又稱「撿骨葬」或「拾骨葬」，今天在一些地方還有這樣的習俗。

　　《禮記·曲禮下》記載：「天子死曰崩，諸侯死曰薨，大夫死曰卒，士曰不祿，庶人曰死。」《檀弓上》也說：「君子曰終，小人曰死。」

　　也就是說，平民百姓之死才能稱「死」，這正呼應了「撿骨葬」的習俗，平民百姓的子孫發跡後重新安葬父母的遺骨，撿出遺骨後，向遺骨俯身拜祭，正是「死」的甲骨文和金文字形的具象寫照，因此「死」的本義就是白川靜先生所說的「對拾集的骨殖躬身禮拜悼念之形為『死』」。

〈舊傳劉松年摔琴謝知音圖〉
明代佚名繪，絹本設色，美國佛利爾美術館藏

這幅明代人物畫仿仇英風格，佛利爾美術館題為〈山中訪友〉（Visitor to a Mountain Retreat），描繪的是俞伯牙和鐘子期的故事。

俞伯牙善鼓琴，鐘子期善聽。伯牙鼓琴，志在高山。鐘子期曰：「善哉，峨峨兮若泰山！」志在流水，鐘子期曰：「善哉，洋洋兮若江河！」伯牙所念，鐘子期必得之。

子期死，伯牙謂世再無知音，乃破琴絕弦，終身不復鼓琴。

畫中情景，是漢水江邊分別一年後，俞伯牙再訪鐘子期於山中，得知好友身故消息，悲慟之下，舉琴欲摔的一幕。上有高山蒼蒼，下有流水湯湯，山高水長，氣象蒼鬱，襯托得人物雅潔，意境高遠。

❶　　　　　　　❷

逆產的胎兒放到草筐裡扔掉

棄繻頻北上，懷刺幾西遊——王績

　　西漢時，濟南人終軍十八歲就被舉薦為博士弟子，前往長安，途經函谷關時，關吏給他一半繻。繻（ㄒㄩ）是帛製的通行證，入關時取得一半，出關時要拿出來跟關吏手中的另一半合為一體。十八歲的終軍問清楚用途後，慨然道：「大丈夫西遊，終不復傳還。」棄而去，後來果然成就了一番事業。王績有詩曰：「棄繻頻北上，懷刺幾西遊。」用的就是這個典故，年少立大志之典。

　　棄，甲骨文字形❶，這是一個會意字，上面是嬰兒「子」，頭朝上，「子」兩旁的三點表示羊水，中間是一隻草筐，下面是兩隻手。整個字形會意為：頭上腳下逆產而生的胎兒，要放到草筐裡，用手端著去扔掉。在古人看來，逆產兒不吉利，因此要扔掉。白川靜先生則如此解釋：「古時，有將第一胎遺棄或將其棄於水中，看其是否能夠浮出水面，以決定養育與否的習俗。」

　　甲骨文字形❷，字形更複雜，右邊好像是編結物，也許是埋葬嬰兒的草席。金文字形❸，嬰兒變成了頭朝下，代表死嬰，兩隻手的樣子仍然很明顯，但是草筐的形狀變得異常複雜。小篆字形❹，「子」和兩隻手的形狀還看得出來，但是草筐的樣子不大看得出來了。楷書字形❺，直接由小篆演變而來，不過下面的兩隻手訛變成了「木」。

　　《說文解字》：「棄，捐也。」而「捐」也是捨棄、拋

③ ④ ⑤

棄的意思。周代始祖后稷的名字就叫「棄」，他的母親在野外因為踩踏了巨人的足跡而懷孕，生下來後以為不祥，就把他扔在陌巷，但是卻沒有受到傷害，母親又把他撿了回來，因此名之為「棄」。這是「棄」字最具象化的解釋。至於段玉裁解釋說「不孝子，人所棄也」，就未免泛道德化了。

古代刑罰制度有「棄市」的傳統，《禮記‧王制》規定：「刑人於市，與眾棄之。」受刑罰的人要在街頭示眾，民眾共同唾棄他。「棄市」之後的刑人，「公家不畜刑人，大夫弗養，士遇之途弗與言也。屏之四方，唯其所之，不及以政，亦弗故生也」。這段話的意思是：既然已經「棄」之了，那麼官家不能收容，大夫不能育養，士在途中遇到不能跟他交談。放逐四方，任其所往。雖然不再讓他服役交稅，但也不欲讓他好好活著，放之化外，任其自生自滅而已。後來，「棄市」一詞就引申而專指死刑。

顏之推在著名的《顏氏家訓》中勸誡兒女：「謝幼輿賕賄黜削，違棄其餘魚之旨也。」謝鯤，字幼輿，西晉名士，因貪污而丟官，顏之推指責他違背了「棄其餘魚」的宗旨。戰國時期，惠施擔任魏國國相之後，從車百乘，還是不滿足，他的朋友莊子看到這種氣派，本來在河邊捉了很多魚，這時就把剩餘的魚都放掉了，以此來諷刺惠施的奢侈。「棄其餘魚」因此變為一個典故，形容節欲知足。

❶ ❷

人行走時兩臂擺動

厥草惟夭，厥木惟喬──《尚書》

　　「夭」這個字今天很少使用，最常用的義項就是夭折、短命早死，或者事情半途而廢。這是一個字形非常簡單的漢字，但也是一個非常有趣的漢字。

　　夭，甲骨文字形❶，這是一個很明顯的象形字，徐中舒先生認為「像人行走時兩臂擺動之形」，這也是大多數學者的意見。但是，仔細觀察甲骨文字形❷，這個人舒展的動作更像舞蹈。金文字形❸，大同小異。小篆字形❹，將頭部改成了傾側之形。

　　《說文解字》：「夭，屈也。」但「夭」的甲骨文和金文字形中，人屈曲的樣子並不明顯，婀娜起舞則要屈身折腰，因此才引申為「屈」。《詩經》中的名句「桃之夭夭，灼灼其華」，形容桃花絢麗茂盛，「夭夭」一詞正是由婀娜起舞的形象而來。婀娜起舞，舞姿輕盈，儀態嬌媚，極富觀賞性，因此引申來形容桃花的豔麗茂盛。《尚書‧禹貢》篇中有「厥草惟夭，厥木惟喬」的描述，形容草長得非常茂盛，樹長得非常高大。這裡的「夭」也是茂盛之意。

　　有趣的是，「夭」這個字也體現了漢語中一個獨特的現象，即反義同字，一個字可以表示正、反兩方面的意思。屈曲過分則易折，因此「夭」引申為短命早死。《釋名‧釋喪制》：「少壯而死曰夭，如取物中夭折也。」

　　短命早死的反義即為初生。《禮記‧月令》：「毋覆

❸

❹

巢，毋殺孩蟲、胎、夭、飛鳥，毋麛，毋卵。」這是說孟春之月的禁
忌事項。覆巢指搗毀鳥巢；孩蟲指幼蟲，初生之蟲；「胎」指尚未出生
的小動物；「夭」即指剛剛出生的小動物；飛鳥指剛剛學會飛行的小鳥；
「麛（ㄇㄧˊ）」本是幼鹿，此處泛指幼獸；「卵」指鳥卵。初春始生，因
此設戒。

　　《國語‧魯語》中也有類似的記載：「山不槎櫱，澤不伐夭，魚禁
鯤鮞，獸長麑麌，鳥翼鷇卵，蟲舍蚳蝝，蕃庶物也，古之訓也。」槎櫱，
砍伐幼林；「夭」指初生之草；鯤鮞（ㄎㄨㄣ ㄦˊ），小魚；「麑（ㄋㄧˊ）」
是幼鹿，「麌（ㄩˇ）」是雄性獐鹿；「鷇（ㄎㄡˋ）」是需要母鳥餵食的雛鳥；
「蚳（ㄔˊ）」是螞蟻卵，「蝝（ㄩㄢˊ）」是未生翅的幼蝗。之所以不傷害這
些東西，是為了使萬物繁育生長。「夭」指剛出生的禽獸或者初生的草
木時，讀作ㄠˇ。

　　《詩經‧隰有萇楚》中吟詠道：「隰有萇楚，猗儺其枝，夭之沃沃。
樂子之無知。隰有萇楚，猗儺其華，夭之沃沃。樂子之無家。隰有萇
楚，猗儺其實，夭之沃沃。樂子之無室。」這首詩詠歎濕地裡生長的
萇楚（羊桃，即獼猴桃），枝、花和果實又幼嫩又潤澤。「夭」由初生
的草木引申為形容詞，形容幼嫩。兩個「夭」組成疊詞「夭夭」，幼嫩
又幼嫩，不就是長大了嘛，因此「桃之夭夭」是形容少壯之桃，即生
長茂盛的桃花。

❶

❷

吊生曰唁，吊死曰弔——《玉篇》

人拿著射鳥的矰繳守在遺體旁邊

「吊」是「弔」的俗字，上面是「口」，代表頭部，下面是「巾」，用「巾」將頭部懸掛起來，可不就是上吊的意思嘛！不過，本字「弔」並非此義，從它的字形中，透露出了上古時期先民的喪葬習俗。

弔，甲骨文字形❶，這是一個會意字，中間是人形，帶箭頭的繩子叫「矰（ㄗㄥ）」或「矰繳」，是拴著絲繩、用來射鳥的短箭。甲骨文字形❷，把短箭射出去的時候，人要扯著絲繩，以便射中鳥後往回拉，所以絲繩在人的頭頂，表示人甩出短箭的同時高高地扯著絲繩。

金文字形❸，大同小異。金文字形❹，繫著箭頭的絲繩栩栩如生。小篆字形❺，將人移到矰的上面，字形稍有變化。

《說文解字》：「弔，問終也。古之葬者，厚衣之以薪。從人持弓，會驅禽。」許慎是根據小篆字形做出的釋義，但是從甲骨文和金文字形來看，人所持的並不是弓，而是矰繳。近代學者陳獨秀認為：「弔乃像人懸弔於繩索，本義為人之自經，引申之懸物皆曰吊……自經乃不幸之事，戚族誼應慰，故弔用為弔問字，並不限於問喪。」陳獨秀將「弔」釋為上吊，那麼用於上吊的繩索有何必要非得帶有箭頭？因此這是錯誤的釋義。

上古時期，先民實行薄葬，人死了，用柴草簡簡單單地包起來，往野外一埋就算了事，連棺材都沒有。在

❸ ❹ ❺

埋下去之前，死者就這樣無遮無擋地躺在曠野，禽獸發現了死者的屍體，循跡而來，對死者的完屍造成了很大的損害，死者的兒子就手持矰繳守候在遺體旁邊，驅趕禽獸。前來弔喪的人身處於這樣的場景之中，於是「弔」就引申為「問終」，吊問死者。

《吳越春秋》中記載了善射者陳音和越王勾踐的一段對話。陳音說「弩生於弓，弓生於彈，彈起古之孝子」，接著解釋說：「古者人民樸質，飢食鳥獸，渴飲霧露，死則裹以白茅，投於中野。孝子不忍見父母為禽獸所食，故作彈以守之，絕鳥獸之害。故歌曰『斷竹續竹，飛土逐害』之謂也。」

陳音引用的古歌出自先秦無名氏的〈彈歌〉，原文是：「斷竹續竹，飛土逐肉。」彈弓乃竹製，「斷竹續竹」是製作彈弓的動作；彈丸乃團土而成，故曰「飛土」，射出彈丸以驅逐禽獸。將陳音所說的弓和彈替換成矰繳，即是孝子守護父母遺體的生動寫照。

顧野王所著《玉篇》中說：「吊生曰唁，吊死曰弔。」對死者家屬慰問叫「唁」，哀悼死者叫「吊」。很多人不理解那種大張旗鼓、非常誇張的葬禮，覺得都是演給活人看的，很虛偽。這就是不瞭解中國式的「弔唁」所致。「弔唁」的重點不在「吊」，而在「唁」，即對生者的慰問，看起來虛偽的葬禮其實正是對死者家屬內心的一種撫慰。死者已矣，重要的是活著的人，這才是弔唁的核心所在。

代表死者受祭的活人

神具醉止，皇尸載起——《詩經》

❶ ❷

人們通常以為「尸」是「屍」的簡體字，其實在古代，最早先有「尸」這個字，後來兩字並存，而且意義完全不同。

尸，甲骨文字形❶，這是一個象形字，像一個面朝左，曲腰彎腿的人。金文字形❷，屈膝的樣子更加具象。小篆字形❸，變得好像一個躺臥著的人形。

《說文解字》：「尸，陳也，象臥之形。」這個「尸」的本義可絕對不是屍體，而是「陳也」。什麼叫「陳」？段玉裁解釋道：「祭祀之尸本象神而陳之。」原來，「尸」的本義是祭祀時代表死者受祭的活人。《詩經‧楚茨》是一首描寫祭祀過程的詩篇，其中有「神具醉止，皇尸載起。鼓鐘送尸，神保聿歸」的詩句。「皇」是美稱。如果把「皇尸載起」理解成「屍體起身」那可就是詐屍了！正確的理解是：代表死者受祭的人起身離開神位。因此這幾句詩的意思是：神靈都已經喝醉了，代表死者受祭的人起身離開神位。敲響鐘鼓送走這個代祭者，神靈也回去了。

根據《禮記》的記載，曾子曾經詢問孔子：「祭必有尸乎？」孔子回答道：「祭成喪者必有尸，尸必以孫，孫幼則使人抱之；無孫，則取於同姓可也。」古人認為祭祀的目的在於和祖先的靈魂感通，用孫輩來代表死去的先祖受祭，可以凝聚先祖之氣，這種祭祀稱作「尸祭」。

❸　　　　　　**❹**

　　有個成語叫「尸位素餐」，從中還可以看出古代「尸祭」的遺風。顏師古解釋說：「尸位者，不舉其事，但主其位而已；素餐者，德不稱官，空當食祿。」代表先祖受祭的孝孫，在祭祀時僅僅是先祖的替身，是先祖靈魂的附體，自己什麼事也不用做，只需要坐在神位上即可，「但主其位而已」和「素餐」組合在一起，比喻居位食祿而不盡職。這個意思從此成為「尸」的引申義，指在其位而無所作為。《莊子‧逍遙遊》：「夫子立而天下治，而我猶尸之。」意思是：如果夫子您當了國君，天下一定大治，可是如今我卻占著這個位置無所作為。

　　我們再來看「屍」字，小篆字形❹。《禮記‧曲禮》：「在床曰屍。」這才是屍體之「屍」。《說文解字》：「屍，終主也，從尸從死。」這是一個會意兼形聲的字：上面是「尸」，代表死者受祭的人；下面右邊是人，左邊是死者的殘骨，整個字形會意為屍體。後來「尸」和「屍」可以通用，但是祭祀的「尸」絕對不能借用「屍」字。

　　有趣的是，道家有「三尸神」的說法。三尸神是在人體內作祟的三神，每天定時向天帝彙報人的惡行，減少人的壽命。一名青古，伐人眼，症狀是目暗面皺，口臭齒落；二名白姑，伐人五臟，症狀是心慌氣短；三名血屍，伐人胃，症狀是胃脹悲愁。對付三尸神的辦法是，每到三尸神要上奏天帝的時候，人要徹夜不眠，一直守夜到天亮，使其無機可乘，無法上奏。其實這大概是道家為了讓人修行，故意危言聳聽，讓人在適當的時候修真而已。

〈四孝圖〉第四幅「沉江」

元代佚名繪，絹本設色長卷，臺北故宮博物院藏

　　元人〈四孝圖〉卷描繪了孝子故事四則，一圖配一文。第一則「割股療疾」，第二則「陸績懷橘」，第三則「臥冰求鯉」，第四則「曹娥沉江」。卷末附李居敬四孝圖序，論孝之精義。通幅人物，以勻稱之線條為主，細挺有力。

　　此幅描繪的是後漢曹娥的故事。曹娥為會稽上虞人，年十四，其父渡江溺水而亡，卻不獲屍靈。曹娥向江岸號泣七日七夜，亦投江死。三日之後，娥抱父屍，江心俱出。鄉人將他們安葬，並立碑為記。蔡邕歎美其文，曾鐫八字「黃絹幼婦外孫齏臼」，寓意「絕妙好辭」。畫面分為兩部分，右上描繪曹娥抱父親屍體從江心浮出，左下是眾人於碑前點評讚歎，兩個場景由江岸相連為一個整體。

❶　　　　　❷　　　　　❸

見

人的頭上頂著一隻大眼睛

信而見疑，忠而被謗——《史記》

　　「見」這個字看似簡單，卻蘊含著一個非常奇特的義項。且讓我們從頭說起。

　　見，甲骨文字形❶，這是一個會意字，下面是一個半跪著的人的側視圖，頭上頂著一隻大眼睛。甲骨文字形❷，上面的眼睛顯得更大。金文字形❸，下面的人形幾乎被上面巨大的眼睛給壓垮了，可見「見」的字形突出的就是這隻大眼睛。金文字形❹，大眼睛栩栩如生。小篆字形❺，下面的人形變成了「兒」，上面的大眼睛定型為「目」。楷書字形❻，同於小篆。簡體字形「见」，上面的「目」加以簡化，看不出眼睛的樣子了。

　　《說文解字》：「見，視也。」段玉裁進一步解釋二者的區別：「析言之有視而不見者，聽而不聞者；渾言之則視與見、聞與聽一也。」所以，「見」的本義就是看見、看到，進而引申為觀見。

　　周代諸侯觀見天子，有如下規定：「春見曰朝，夏見曰宗，秋見曰覲，冬見曰遇，時見曰會，殷見曰同。」春夏秋冬的見各有名目，一目了然。「時見」是沒有常期的觀見，比如天子討伐不順從的諸侯，而集合別的諸侯，此時觀見就稱作「時見」；「殷見」的「殷」意為眾，即諸侯一年四季分批朝見天子。

　　人的眼睛看見某個人、物或者事件時，會產生一定的判斷，因此引申為看法、見解，用作名詞；人既然能

❹

❺

❻

夠看見，那麼看見的對象（人或物）必然會產生反向的作用力，即「被看見」，由此而引申出「被」的意思，用作助詞，表示被動。《呂氏春秋》說：「君子之自行也，敬人而不必見敬，愛人而不必見愛。」其中，「見敬」、「見愛」即被敬重、被喜愛。還有「見笑於人」、「見笑大方」的用法，均為被人恥笑之意。《史記》中形容屈原「信而見疑，忠而被謗」，「見疑」也是被懷疑、受到懷疑的意思。

　　「見」的以上義項都為人所熟知，最奇特的義項出現在「尋短見」或「自尋短見」這個日常俗語之中。自殺為什麼被稱作「尋短見」？迄今未見有說服力的解釋。其實這跟古代的葬禮制度有關。

　　上古時期實行的是簡葬，用木柴把屍體厚厚地包起來，埋到野外，既不封土為墳，也不植樹立碑。後來慢慢開始厚葬，人死後，棺材外面還要再套上一層大棺，這叫「槨（ㄍㄨㄛˇ）」。停殯尚未下葬的時候，「槨」上要用帷幕覆蓋起來；棺木將要葬入墓穴的時候，還要用帷幕將「棺」覆蓋起來，這個覆蓋「棺」的帷幕就叫作「見」，是用死者生前所使用的帷幕製成的，亦稱「棺飾」，顧名思義，是棺木的裝飾品。

　　為什麼稱作「見」呢？賈公彥解釋說：「『見』謂道上帳帷荒，將入藏以覆棺。言見者以其棺不復見，唯見帷荒，故謂之『見』也。」其中，「帷荒」也是棺飾之一，是用布帛製成的棺罩。參加葬禮的人看不見棺木，只能看見覆蓋的棺飾，因此這種棺飾就叫作「見」。

　　在「尋短見」這個日常俗語中，「短」指壽命短，鄭玄說：「未冠曰短。」男子二十歲舉行冠禮，表示成年，未滿二十歲死亡，就稱作「短」。既未成年，則身量矮小，使用「見」這種棺飾自然就比成年人

的要短小，故稱「短見」。「尋」是極其具象又刻薄的點睛之筆，自己去尋找「短見」的棺飾，不正是壽命短、自尋死路的典型象徵嗎？因此，「尋短見」或「自尋短見」就用來比喻自殺尋死。

漢字裡的故事 藏在漢字裡的古代家國志

作者 許暉

選圖、解說 芸窗

封面設計 萬勝安

內文設計 黃雅藍

執行編輯 洪禎璐

責任編輯 劉文駿

行銷業務 王綬晨、邱紹溢

行銷企劃 曾志傑、劉文雅

副總編輯 張海靜

總編輯 王思迅

發行人 蘇拾平

出版 如果出版

發行 大雁出版基地

地址 台北市松山區復興北路333號11樓之4

電話 （02）2718-2001

傳真 （02）2718-1258

讀者傳真服務 （02）2718-1258

讀者服務E-mail andbooks@andbooks.com.tw

劃撥帳號 19983379

戶名 大雁文化事業股份有限公司

出版日期 2022年4月 初版

定價 480元

ISBN 978-626-7045-30-5

有著作權‧翻印必究

國家圖書館出版品預行編目資料

———————————————————————————

漢字裡的故事：藏在漢字裡的古代家國志 / 許暉著. – 初版.
-- 臺北市：如果出版：大雁出版基地發行, 2022.04
面；公分
ISBN 978-626-7045-30-5（平裝）

1. 漢字 2. 漢語文字學 3. 愛國思想

———————————————————————————

802.2 　　　　　　　　　　　　　　111002307

圖書許可發行核准字號：文化部部版臺陸字第110418號
出版說明：本書係由簡體版圖書《漢字裡的中國 藏在漢字裡的古代家國志》
以正體字在臺灣重製發行，期能藉引進華文好書以饗臺灣讀者。